ファントム・ピークス

北林一光

角川文庫
16592

目次

長野県安曇野

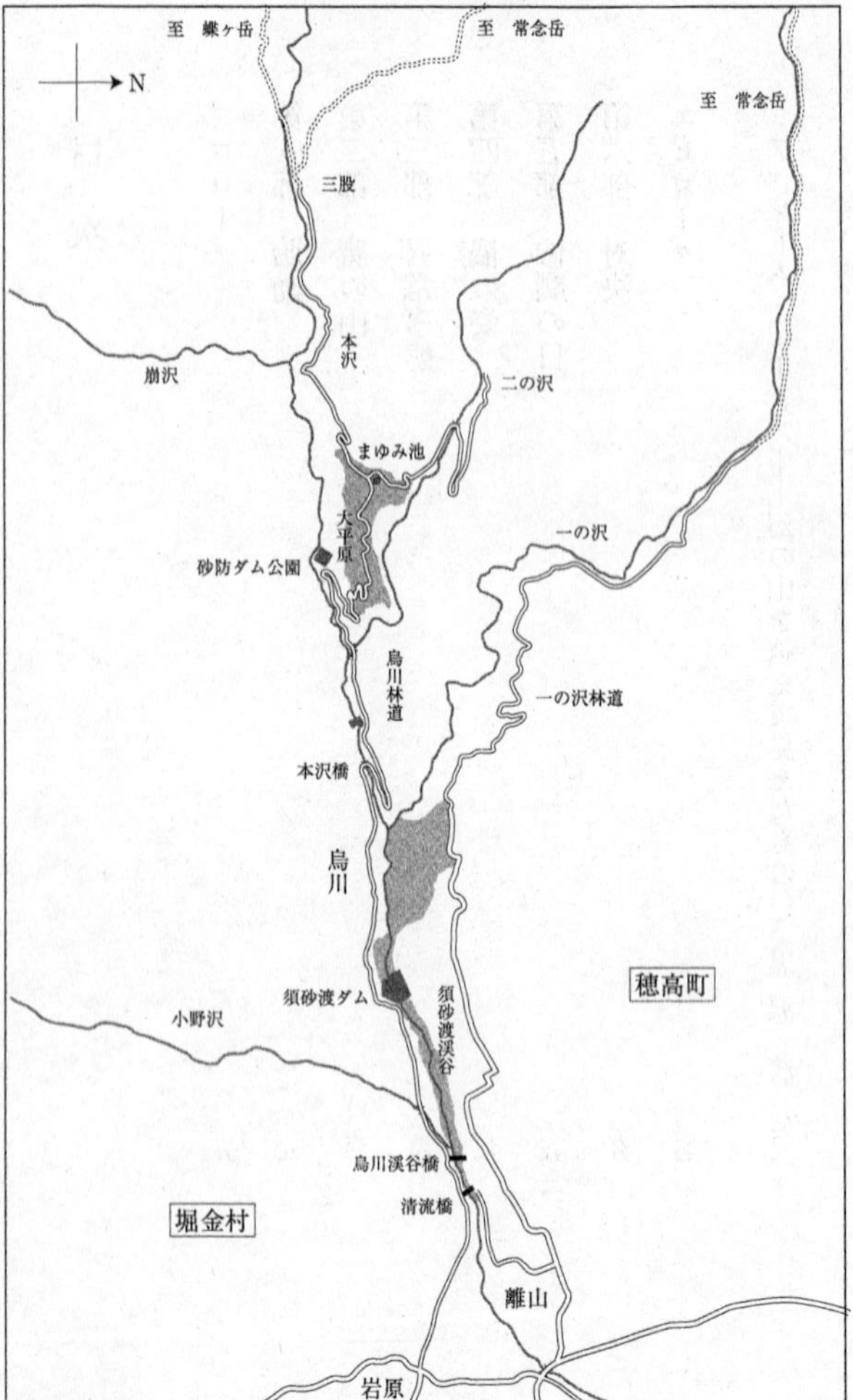

至　蝶ヶ岳
至　常念岳
至　常念岳
N
三股
本沢
崩沢
二の沢
まゆみ池
大平原
砂防ダム公園
一の沢
烏川林道
一の沢林道
本沢橋
烏川
穂高町
須砂渡ダム
須砂渡渓谷
小野沢
烏川渓谷橋
清流橋
堀金村
離山
岩原

プロローグ――九月三十日　長野県南安曇《あづみ》郡堀金《ほりがね》村烏川《からすがわ》支流二の沢付近

人は自分が生まれた季節を好きになるという――。

言葉の真偽はともかく、少なくとも十月生まれの三井杏子《みついようこ》は、落ち着いた静けさが満ちる秋口から晩秋にかけての季節をたしかに愛していた。春は心が噪《さわ》ぎすぎていけない。夏を愉《たの》しむには自分は体力がなさすぎるし、冬は孤独が募る。実りの秋は、杏子の心まで豊かにし、しっとりとした潤いを与える。喜びよりは悲しみの方がはるかに多い過去をすごしてきた自分だが、そんな人生もまんざら悪くはないという思いにさせてくれる。

北アルプス常念《じようねん》岳の麓《ふもと》に位置するこの村に越してきて、杏子はますます秋が好きになった。稲穂が頭《こうべ》を垂れる田園風景、その果てに屹立《きつりつ》する山々の涼やかな姿、深まる紅葉、凜《りん》とした空気……それらが杏子の細胞を生き生きと蘇《よみがえ》らせる。躰《からだ》が弱く、およそ活動的とはいいがたい彼女が、この季節だけはいそいそと外出する機会が増え、もっぱら山の散策や茸狩《きのこが》りを愉しむのだった。

この日も彼女は、夫の周平《しゆうへい》が日曜日にもかかわらず臨時の仕事に出かけるのを見送ったあと、急に山へ行こうと思い立った。中古の軽自動車を駆って烏川林道を登り、夫婦ともども愛飲している〈延命水〉と呼ばれる岩清水が湧き出ている場所まで赴いて、十八リットルのポリタンクに水を汲《く》んだ。最初はそれだけで帰るつもりだったが、あまりにも気候がよく、あまりにも体調がよかったので、少し足を延ばすことにした。そこからまた二キロほど山奥に入り、烏川の支流の二の沢に向かう隘路《あいろ》に車を置いた。夕餉《ゆうげ》のために少しばかり茸を採っていくつもりだった。この近くにシメジやリコボウが群生するカラマツ林があるのだ。山菜採りや茸狩りに必要な装備は常時車のトランクに置いてあった。地下足袋《じかたび》に履き替え、軍手をはめ、真田紐《さなだひも》を腰に巻いて花ビクと藪漕《やぶこ》ぎ用の鉈《なた》を提げると、これから山に分け入るのだという気構えができた。杏子にとっては制服のようなものだった。

身支度を素早く整え、隘路を沢に向かって歩きはじめた。人気はなかったが、女ひとりの山歩きでも恐怖心はまったくなかった。家の庭のように通い慣れた道だ、むしろ孤独が心地好《よ》いくらいで、晴れ晴れとした気分で道を闊歩《かっぽ》した。それにしても、都会育ちの上に喘息《ぜんそく》持ちの自分がこうして山を悠々と歩けるようになったのだから、人も変われば変わるものだと杏子は苦笑交じりに考えた。それもこれも、夫の気遣いと教育の賜物だった。周平は、杏子の健康をすべてに優先して考える男だった。そのためにこの土地に引っ越してきたのだし、空気のいい山中での適度な運動を妻に奨励したのだ。杏子もそれに応《こた》えた。いや、周平の期待以上に彼女は自然と戯れる時を持つようになり、驚くほど健康的になった。そういう意味では、三井夫妻にとってもようやく豊穣《ほうじょう》の季節が訪れたといえるのかもしれなかった。

葉陰の道は気持ちがよかった。ほどよい湿りの中に草木の香を孕《はら》んだ山の空気を、杏子は胸一杯に吸い込んだ。躰がしゃんとした。すると、いつにも増して夫への感謝の念が胸の裡《うち》に広がった。おたがいに遅い結婚で、周平は四十二、杏子が三十五の時に一緒になった。夫婦として重ねた歳月もまだ六年に満たなかった。若さにまかせた結婚ではなかったから、熱い恋愛感情などとは無縁だったが、むしろそれでよかったと杏子は思っている。その年齢で出逢《であ》い、その年齢で結婚したからこそ、今の安らぎがあると信じている。ふたりの間には最初から秋の木洩《こも》れ陽《び》にも似た穏やかな情愛がたゆとうていた。幸せな結婚生活だった。杏子はまるで少女のような華やいだ気持ちで、今夜はうんと旨《うま》い茸汁を作るぞと独りごちた。

十分ほど歩くと、渓流の瀬音が聞こえてきた。明日から渓流釣りは禁漁期に入る。シーズン最後の日曜日だから釣人と出くわすことも考えていたのだが、誰の姿も見かけなかったし、車やバイクがその先に入り込んでいる様子もなかった。

目的のカラマツ林に差しかかり、杏子が道を逸《そ》れて山の斜面に足をかけた時だった。背後の繁みで樹木の枝が折れる乾いた音がした。最初は人がいるのだろうと思い、「誰かいるのですか」と声をかけてみた。だが、反応はなかった。頭上の音とは思えないから、ニホンザルではないだろう。カモシカか、さもなくばツキノワグマかもしれない。クマの可能性を考えて杏子は緊張したものの、自分でも驚くほど落ち着き払っていた。以前にも一度、周平と山菜採りにきた時にこの道の奥でクマの姿を見かけていて、その時は向こうの方があたふたと退散していった。もっとも、その時の杏子は肝を冷やし、夫と一緒でなければパニックに陥っていたかもしれない。周平はといえば、稀有《けう》な遭遇をむしろ子供のように喜んで、どうかするとクマを追いかけかねない様子だった。「騒ぐことはない。クマの方が怯《おび》えてるんだ。勝手に逃げてくれるさ」と周平はいった。そんなものかと杏子は思った。

杏子は鞘《さや》の掛け金をはずし、そっと鉈を引き出した。そして、山歩きの際には必ず首から提げるようにしているホイッスルを口にくわえた。緊急の場合に使用するようにと、周平が買い与えてくれたものだった。二度、三度、ホイッスルを鳴らした。甲高い金属音が山の静寂を乱した。繁みの向こうで明らかになにかが動いた。枯れ枝がまた鳴った。「フッ、フッ」という息遣いのような音も聞こえる。

相手はかなり大型の動物のようだった。その気配に尋常ならざるものを感じてさすがに杏子も少し怯《ひる》み、鉈を持つ右手に力を込めた。掌《てのひら》にじわっと汗が滲《にじ》んだ。その刹那《せつな》、彼女はすさまじい臭気を、獣の発する湿った臭いを嗅《か》いだように思った。と、繁みの中からなにかが躍り出た。恐怖心がいくぶん眼を狂わせたにせよ、杏子にはそれが牛なみの大きさに見えた。思わず後退《あとずさ》り、樹木の根に足を取られて転倒した。相手が覆いかぶさってきた。悲鳴も出なかった。杏子は驚愕《きょうがく》と恐怖の表情をその顔に張りつけたまま、自分の死を覚悟した。

杏子の頭上で、彼女が愛した秋の木洩れ陽が躍っていた……。

第一部　胎動

1　四月二十六日　烏川清流橋

堀金村役場農林課の職員、榊友和《さかきともかず》が昼休みを利用して〈生駒建設《いこま》〉の事務所を訪れると、そこには沈痛な空気が澱《よど》んでいた。窓際の応接用のソファで社長の生駒渓一郎《けいいちろう》と駐在所の丹羽《にわ》巡査が向かい合って座り、それぞれがとっくに負けを覚悟した棋戦を眺めているような面持ちで押し黙っていた。閑散とした事務所の中で、経理担当の女性事務員だけがパソコンのキーボードを叩《たた》いて仕事に励んでいたが、その顔も暗い翳《かげ》に覆われていた。

榊はソファに歩み寄り、いった。

「さっき役場の人間に聞きました。やっぱり三井さんの奥さんだったんですね」

生駒が重苦しく頷《うなず》くのを見て、榊もまた放心したような顔になり、丹羽の横にどすんと腰を落とした。

「歯型が一致したとあっちゃあ、もはや疑う余地はないわな」と生駒がいった。

「三井さんの様子は？」と榊が訊《たず》ねた。

「見ちゃいられねえよ。そりゃ、周さんのことだから、泣いたり喚《わめ》いたりなんてことはしねえさ。じっと耐えている。耐え忍んで、ことさらいつも通りに物静かに振る舞っている。だが、ほんとは死んじまいたいくらいなんじゃねえかな。あの人が杏子さんをどれだけ大切にしてきたか、あんたも知っているだろう？」

「もちろんですよ」と榊は答えた。「で、三井さんは今はどうしているんです？」

「仕事だよ。北沢《きたざわ》林道の現場に行ってもらっている」

「仕事？　こんな時にですか」

「本人がそうさせてくれっていうんだよ。仕事でもしなけりゃ、気が紛れねえんだろう」

生駒はテーブルの上のシガーケースから煙草を取り出したが、指先で弄《もてあそ》ぶだけで一向に喫おうとはしなかった。「まったく気の毒な話だよ。奥さんがいなくなって半年、ほとんど諦《あきら》めていたとはいえ、心のどこかに少しは希望もあったと思うんだ。それが突然、最後通牒《つうちょう》を突きつけられたんだからな。周さんの心には今、なんにも映っちゃいねえよ」

束の間、沈黙が落ちた。

「でも、妙ですよね」と榊が言葉を発した。「杏子さんは二の沢の方へ向かったんでしょう。車だってあの近辺にあった。どうして本沢《ほんざわ》で骨が見つかったんですかね？」

「わからんねえ」と丹羽が答え、深々と嘆息した。旧《ふる》き良き時代の〝駐在さん〟を彷彿《ほうふつ》とさせる四十代の好人物だった。

「わからんが、最終的には本沢を見おろすあの斜面で亡くなったってことだろうな。遺体はずっと放置され、ひと冬をあそこですごした。春になって雪崩が起き、雪や土砂と一緒に本沢に落ちた……そういうことだろうと思う」

「それなら山狩りでも見つからなかったわけですよね。捜索隊は二の沢方面に集中したんだから」

「おれもそのことが悔やまれてならねえんだ」と生駒がいった。「本沢周辺をもっと徹底的に探していれば、生きているうちに杏子さんを救けられたかもしれん」

「生きているうちに……」

「いや、あとに残された者は皆そう思うものだよ。自分が悔やむことばかりを数えあげてしまう。捜索隊を本沢方面に投入していたって、あの斜面にまで眼を配ることができたかどうかは疑問だし、そもそもあの段階で杏子さんが生存していたという証《あかし》もない。誰の責任でもないさ」丹羽は捜索隊メンバーのひとりだった榊を慰めるようにいった。「それはともかく、本沢で釣人が頭蓋骨《ずがいこつ》を見つけたこと自体、奇跡みたいなもんだよ。雪や土砂の量からいって、人の骨なんか粉砕されても仕方がない状況だった。それが綺麗《きれい》に残っていて、しかも、人の眼に触れたんだから」

「きっと仏さんが見つけてくれって叫んでいたのさ」と生駒がいった。「さぞかし家に帰りたかったんだろうなあ。あんなに仲のいい夫婦はめったにあるもんじゃない。半年も寂しい思いをして、寒い思いをして……杏子さんはようやく好きな亭主のもとに戻れたんだな」

言葉の最後が震えていた。生駒は眼にゴミでも入ったような素振りでごまかそうとしたが、眼尻《めじり》が濡《ぬ》れているのを榊は見た。

「それにしても、杏子さんはなぜあんな急斜面に向かったんだろう？」

榊の呟《つぶや》きに丹羽が応じた。

「三井さんも不思議がっていた。杏子は絶対にあんなところに行かない。なにかのっぴきならない事情があったに違いないって」

「事情って……もしかして誰かに殺されたとか？」

「おいおい、物騒なことをいうもんじゃないよ。そんな証拠はなにもない。たぶん事故だ」

それから小一時間、昼休みを完全に超過してからも榊は〈生駒建設〉に居座り、ふたりと話し込んだ。最後は通夜や葬儀の話になった。在の者でもなく、身寄りもいない三井周平のために、〈生駒建設〉や役場の人間がなにやかやと助力しなければいけないという見解の一致をみたところで、榊はようやく重い腰をあげた。

榊は夜になって三井周平の住む村営住宅へ赴き、お悔やみを申し述べるつもりでいたが、就業中に意外なところで周平と出くわした。猿害の出ている岩原《いわはら》地区へ車で現地視察に出かけた折、周平が足に使っている50ccのバイクを路傍に見かけ、ふと勘を働かせて烏川にかかる清流橋へ行ってみると、案の定そこに当人が立っていたのだ。周平は橋の中央で欄干に肘《ひじ》を載せ、ぽつねんと川を眺めていた。作業服にヘルメットという格好だった。夕暮れの中でその姿があまりにも孤独に、あまりにも痛々しく眼に映ったので、榊はしばらく声をかけられなかった。

周平の方で榊に気づき、手を振った。榊は歩み寄り、「生駒社長や丹羽さんにお聞きしました。なんと申しあげてよいか……。ご愁傷様です」とぎごちなくいった。

「その節はきみにも大変お世話になったね」と周平はいい、頭をさげた。

「ありがとう」

「いえ、なんのお役にも立てなくて……」

橋の下の淵《ふち》が夕陽に照り映え、幾千の輝きを放っている。周平は眩《まぶ》しげに眼を細め、その輝きに見入った。

「仕事の帰りですか」と榊は訊ねた。ほかになにを喋《しゃべ》ればよいか見当がつかなかった。

「うん。なんだか家に帰る気がしなくてね。家に帰っても、つまらないんだよ」

「……お察しします」

「ほんとうにつまらないんだ。あいつがいないと。ここ半年ずっとそうだったが、こうなってみると、余計骨身に染みる」

「三井さんはほんとうに奥さんを大事にしていたから」

「皆さん、なにかというとそういってくださるが、違うんだよ」と周平は寂しく笑った。

「杏子は躰《からだ》が弱かった。それを気遣っていたのはたしかだが、あいつのためばかりじゃなく、おれのためでもあったんだ。杏子が健康になって、一緒に山歩きでもできるようになればきっと愉《たの》しいだろうなって、いつもそう思っていたし、事実そうなった。ほかの人の眼に、おれがあれこれ女房の世話を焼いているように見えて、聖人みたいに思われているとしたら、とんだお門違いだな。おれは自分がそうしたかったから、した。むしろあいつの方がそれに応《こた》えようとして必死だった。ほんとうに大事にされていたのはおれの方だよ」

「……」

「引っ越してきたばかりの頃、あそこであいつに無理やり釣りをやらせたことがある」周平はそういって眼下の淵を指差した。「そうしたら、すごい大物を釣りあげやがった。きゃあきゃあいって騒ぐものだから、結局、竿《さお》を折って釣り落としてしまったが、あれは大きかったな。化け物みたいだった……」

大物の引きに右往左往している妻の姿が瞼《まぶた》の裏にちらついたのか、西陽を浴びる周平の横顔が少し歪《ゆが》んだように榊には見えた。それきり周平は黙り込んでしまった。榊も言葉を継ぎかねた。長い長い沈黙がふたりの間に澱んだ。せせらぎの音と森の中から湧き起こる間歇《かんけつ》的な鳥の声だけが榊の耳に届くものだった。光り輝く淵でイワナがライズした。〝化け物〟にはほど遠いサイズの魚だったが、その一瞬だけ周平が「おっ」と小さく声を発し、現実の時間に戻ってきたようだった。

それを見逃さず、榊は声をかけた。

「生駒社長たちとも話したんですが、奥さんのお葬式をちゃんとしなければいけませんね」

「葬式か……」まるで他人事《ひとごと》のように周平は呟いた。「そうだな、そういうことをしなくちゃいかんのだな。忘れていたよ。恥ずかしい話だが、ほんとうに忘れていた……」

「よかったら、僕らにお手伝いさせてください」

「ありがとう。お言葉に甘えさせてもらうよ。おれはそういうことは不得手だから」

「あの……こういっては失礼ですが、奥さんのことをお報《しら》せしなくちゃいけないお身内の方とかはいらっしゃらないんですか」

「杏子もおれも身寄りはないんだ。ふたりっきりだった」

「おふたりはもともと東京ですよね。ずっと訊《き》きそびれていたんですが、なぜ堀金に？」

「杏子が若い頃、ひとりで安曇野を旅したことがあって、とても憧《あこが》れていた。夕暮れ時に、大糸《おおいと》線の電車の窓から見た常念岳の光景がずっと眼に焼きついていたようで、東京にいた頃、繰り返しおれにそのことを話して聞かせた。あいつもおれも東京の生活には疲れ切っていたし、あいつの躰のこともあったから、いっそのこと残りの人生をそこですごそうということになった。不安がないこともなかったが、役場の人たちがずいぶん相談に乗ってくれてな、住居や就職の目星がついたんで、勇んで越してきたんだ」

「そうだったんですか」

　三井夫妻にとってそのことがほんとうに幸せだったのだろうか。榊は心の中でそう問わずにはいられなかった。その問いが別の言葉となって榊の口から発せられた。

「こんなことになっても……三井さんはここを好きでいてくれますか」

「いつまでも余所者《よそもの》扱いしないでくれよ」と周平は薄く笑った。「好きも嫌いも、ここはおれたちが終《つい》の栖《すみか》と決めて移り住んだ場所だよ。いわば故郷だ。故郷をそんな天秤《てんびん》にはかけないだろう」

「……すみません」

「ある意味では、杏子は本望を遂げたともいえる。憧れの土地で死ねたんだからな」と周平はいった。「きみはここの出身なのかい？」

「はい。生まれてこの方ずっと田舎暮らしです。世間が狭くていけません」

「結婚は？」

「まだです。今年の二月にとうとう三十になってしまったので、親や親戚《しんせき》連中がうるさいんですが」

「好きな相手と好きな時に一緒になればいいさ。年齢は関係ないし、他人の眼なんてもっと関係ない。おれたちも結婚はずいぶん遅かったんだ。それでも十分……」周平はふいに言葉を飲み込んだ。そして、はたと気づいたとばかりに「たった六年だ」と呟いた。

「はあ？」

「たった六年だ、あいつと暮らしたのは」と周平は衝撃を受けたようにいった。「ここに越してきて三年。やはり十分とはいえないな。短すぎる」

「……」

「だがね、百歩譲ってそのことは納得したとしよう。短かったけれど、夫婦の真似事くらいはできたと思う。納得できないのは、杏子の身になにが起きたのかわからないということなんだ。おれはあいつの人生の最期の瞬間を知らない。知る術《すべ》もない。夫としてこんなに腑甲斐《ふがい》ないこともないじゃないか。あいつはなぜ死ななければならなかったのか。あの山でいったいなにがあったのか」周平にはめずらしく激した口調だった。

「警察の人たちは、足でも挫《くじ》いて動けなくなったのではないかとか、心臓麻痺《まひ》でも起こしたのではないかとかいっている。だが、おれは違うと思う。杏子ほど自分の躰と相談して行動を決める人間を、おれはほかに知らない。絶対に無理はしない女だったし、危険な場所へ近づくこともなかった。おれなりに万一の場合に備えての対処法も教えてあった。よほどのことがあったに違いないんだ」自分でも興奮しかけていると思ったのか、周平は言葉を切って息を鎮め、そして吐息のようにいった。

「あいつが死んだ理由を知らなければ、おれは自分の人生に納得などできない。いつまで経ってもな」

周平は口を真一文字に結んで、橋の欄干を握り締めた。眼前のV字型の渓《たに》に急速に夜が舞い降り、さっきまできらめいていた淵が本物の〝化け物〟を棲《す》まわせていそうなおどろおどろしい闇と化していた。

2　五月十三日　二の沢

周平は二の沢に向かう隘路《あいろ》を、杏子が車を乗り捨てた場所からカラマツ林まで歩いていた。杏子の死を受け入れて以来、いや、もっと遡《さかのぼ》って彼女が失踪《しっそう》して以来、彼が何度も繰り返してきたことだった。少しでも時間が空くと、ついつい足が向いてしまう。〈生駒建設〉が冬の間に荒れ果てた烏川林道の法面《のりめん》工事を請け負ったのを幸い、ここ最近は昼食時間を利用して毎日のように通い詰めていた。

周平には、杏子の行動はある程度までなぞることができた。水の入ったポリタンクが車中に置かれてあったことから、彼女が〈延命水〉を汲《く》みにきたことははっきりしている。逆に、車のトランクに収納されていた山菜採りの道具類が失くなっており、一部はこの先のカラマツ林の縁《へり》で、一部は遺体発見現場の近くで見つかっているので、彼女が茸《きのこ》狩りに出かけるつもりであったことも間違いないと思われる。杏子が行こうとしていた場所の見当もついていた。それは周平が見つけ、彼女を連れて行ったことがある群落だったに違いない。事実、目的地のすぐ間近に杏子の痕跡《こんせき》は残されていた。

ただし、その痕跡が謎のひとつでもあった。カラマツ林の縁で見つかったのは鉈《なた》と、万一のために周平が買い与えたホイッスルだった。まず鉈だが、それは抜き身の状態で放置されていた。鞘《さや》は結局、見つからず終《じま》いだが、少なくとも杏子がその場所で鉈を鞘から引き出したことは間違いなさそうだった。そもそも藪漕《やぶこ》ぎのために用意していた鉈を、周辺に進行を妨げるような藪が見当たらないのに、杏子はなぜ抜いたのか。そして、ホイッスルが落ちていたというのもおかしな話だった。ホイッスルには首にかけるための紐《ひも》がついていた。「山で動けなくなったら、笛を吹いて人を呼ぶんだ。これがおまえを救けることになるかもしれないから、肌身離さず持っていろ」という周平の教えを忠実に守り、杏子は必ずそれを首にかけて行動した。うっかり落としてしまうほど杏子は粗忽《そこつ》でも大胆でもなかった。

——杏子はここでなにか暴力的な危機に遭遇したのではないか。

カラマツ林の縁に立って、周平が幾度となく考えたことだった。今日もまた周平は同じ場所で同じ考えに囚《とら》われていた。

だが、そこから先の彼女の行動はまったく読めない。カラマツ林と、杏子が変わり果てた姿でひと冬をすごしたと推察される本沢の斜面との距離は一キロ近くある。ここで杏子が何者かに襲われ、行動の自由を奪われるか、あるいは殺されたと仮定してみよう。なぜ彼女はそんなところに運ばれたのか。犯行自体の湮滅《いんめつ》、もしくは発覚の遅れを意図しての死体遺棄だと考えられなくもないが、それにしては遺留品や車の始末が杜撰《ずさん》すぎるし、遺棄する場所はこの近くにもいくらだってある。杏子が一旦《いったん》、危機を脱してこの場から離れたという可能性はどうか。いや、おかしい。いくら動転していたとしても、あんな急斜面に逃げ込むはずがないし、第一、途中には車が置いてあった。まずは車に乗り込んで逃れることを考えるはずだ。ただし、相手に追いつかれてそれを阻止されたということは考えられるが。

しかし、動機はなんだ？　金品目的の犯行ならば、こんな場所で山菜採りの格好をした女を襲うというのも妙だし、車に財布が残されていたことも腑に落ちない。あとは性的暴行という可能性だが、これぱっかりは周平の判断力が曇ってしまう領域で、心情的に否定していた。人生の最期に、そんな屈辱と恐怖を杏子が味わったかもしれないと仮定することは、今の周平には耐えられないことだった。

周平の思考はいつもと同じ堂々巡りに陥り、彼は五月晴れの空を仰いで顔をしかめた。気を取り直すように大きく息を吐くと、草叢《くさむら》に座って昼食用の弁当を広げた。自分で作った握り飯だ。妻を亡くしてから自炊生活がつづいている。独身時代が長かったから、別段そのこと自体は苦にならないが、やはり男の作るものには芸がなかった。いつも似たようなメニューになってしまう。そろそろ飽きがきていた。

と、なにげなく眼を遣《や》った先に、周平は亡霊を見た。二の沢の方角から山歩きの格好をした女がこちらに向かって歩いてきたのだ。一瞬、ほんとうに杏子が蘇《よみがえ》ったのだと思い、周平は大ぶりの握り飯を取り落としそうになった。もちろん、それは錯覚だった。女は杏子よりもずっと若く、垢抜《あかぬ》けた服装をしていたし、よくよく見れば背格好も顔つきもまるで違っていた。女が近づいてきて、強張《こわば》った笑みを周平に送り、蚊の鳴くような声で「こんにちは」と挨拶《あいさつ》した。人気のない山中で出くわした風体怪しげな中年男を大いに警戒しているが、かといって無視もできないという感じの態度だった。

「こんにちは」

つい今しがたの衝撃が消え去っていなかった周平もまたぎごちない挨拶を返した。いつもの彼ならばそこで適当にやりすごすところだが、杏子の消息が途絶えた場所で出逢《であ》った女になにやら因縁めいたものを感じ、「バードウォッチングかい？」と言葉を繋《つな》いでみた。彼女が双眼鏡を首に提げていたからだ。

「ウォッチングはウォッチングでも、バードじゃありません」と女は答えた。「モンキーです」

「ほう？」

「わあ、おいしそうなおにぎりだなあ」女は急に人懐こくなって、周平との距離を縮めた。「そんなものを見たら、余計にお腹が減っちゃった。朝からなんにも食べてないから」

「よかったら、食べるかい？」

これも周平らしからぬ台詞《せりふ》だった。見知らぬ女に自分の弁当を勧めるとは。思えば、妻を亡くして以来、女性とふたりきりになって会話することなど絶えてなかった。正直、気持ちが華やいだ。

「いいんですか」

お愛想ばかりとは思えない、ほんとうに嬉《うれ》しげな表情が女の顔に広がった。

「構わないよ。大きく作りすぎて、三つはとても食べられそうにない。梅と昆布、どっちがいい?」

「じゃあ、梅を。遠慮なくいただきます」

女は〝戴《いただ》く〟という動作を大袈裟《おおげさ》に誇張して両手を差し出し、屈託なく笑った。周平も笑い返し、握り飯を渡した。女はどこに座ろうか迷ったあげく、結局は周平と向かい合う位置に胡座《あぐら》をかいた。かぶっていた帽子を取って無造作に地べたに放り投げ、「ふう、疲れた」と一言、洩《も》らした。もはや周平に対する警戒心は完全に解いているようだった。帽子を脱いでショートヘアがあらわになった女は、年齢が一気に五つほど嵩《かさ》んだように周平には見えた。

「あまり感心しないな」と周平はいった。「どこの誰とも知れない男の前で、少し無防備すぎないか」

まさにこの場所で女がひとり消息を絶ったということはいわないでおいた。山歩きを好む人間をあまり怯《おび》えさせてもいけない。

女はきょとんとし、それから「ひどいなあ。そっちでナンパしたくせに」といった。

「ナンパ?」

「そう、おにぎりを使って。私もまんまと引っかかっちゃったけど」

周平は苦笑した。

「そんなつもりはなかったが、しかし、おれが妙な気を起こしたらどうするつもりなんだ? きみが泣こうが喚《わめ》こうが、こんな場所へは誰も救けにきてくれないぞ」

「会社のロゴマークを堂々と貼りつけたヘルメット持参で、そんなことするつもりですか」と女は愉《たの》しげに笑った。「〈生駒建設〉の人でしょ？　下で法面工事をしている」

「なるほど、素姓は知られていたわけだ」

どうにも年齢のわからない女だった。話し言葉は学生のようだが、外見は三十女のそれだった。

「サルを観察しているのかい？」

「ええ。これでも一応、お仕事ですよ。堀金村と穂高《ほたか》町の委託を受けて」

「どういうことかな？」

「私、信州大学農学部の〈野生動物研究会〉というところで助手をしています」

「学者なのか」

「学者の手伝いの、そのまた手伝いみたいなものです。院まで進んで学者の卵になりかけたけど、結婚でリタイアして、すぐに離婚して、ブラブラしているのもなんなんで教授に相談したら、不肖の弟子を不憫《ふびん》に思ったのか、雑用係として雇ってくれました」

「雑用係って……きみは研究のための調査をしているんだろう？」

「ほかにやり手がないんですよ。これ、どうでもいいやっつけ仕事ですから」と女はいい、握り飯を少し齧《かじ》った。「おいしい」と笑い、口をもぐもぐさせながらつづけた。「今、麓《ふもと》で猿害——サルの害って書くんですけど——が増えているのをご存じですか」

「知っている」

「農家からの苦情が多くて、役場は駆除を考えているんです。でも、闇雲に間引いたら生態系が崩れて絶滅に追い込みかねないし、今は自然保護団体やNPOなんかの眼も厳しいから、ちゃんと実態を摑《つか》んでから対処しようということになったんです。このあたりのサルについては三年前のデータがあるだけなので、うちの研究会があらためて群れを観察して個体数とか餌場とかの確認調査をしています」

「ひょっとしたら、榊さんのところの仕事？」

「そうです、そうです。農林課の依頼です」

「立派な仕事じゃないか。どうして〝やっつけ仕事〟なんていうんだい？」

「私がどういうデータを取ったって、結果は見えてるから」と女は答えた。「最初に駆除ありき、なんですよ。殺すことは決まっているんです。鳥川周辺のサルには今のところ四グループあって、群れの平均頭数は七十三、分布距離が十キロにも満たないところに三百頭以上がひしめいていることになるんです。サルの〝人口密度〟が高すぎるんですよ。もともと棲息《せいそく》域がブナ帯の上限に属していて、植生は貧弱だし、サルたちは宿命的に下流域に勢力を延ばさざるを得ません。別に最初から人間のものを盗もうとして麓に向かうわけじゃないんです。でも、麓に降りれば、どうしたって人間と喧嘩《けんか》になっちゃう。そうなったら、勝負は見えているでしょう？　鳥獣保護法なんて名ばかりで、ちょっと農家が騒ぎ立てれば、サルなんてすごく安易に駆除されちゃうんですよ」

「殺す以外に手立てはないのかい？」

「捕獲しても引き取り手はなかなか見つからないし、結局、殺されるケースが多いんです。病院や大学に送られて実験動物にされちゃうとか……。ある村では、始末に困ったあげく、何十頭も生き埋めにしたことがあるって聞きました。ひどい話だと思いません？　まるでアウシュビッツじゃないですか」憤懣《ふんまん》遣る方ないというように女の口調が熱を帯びてきた。「もっと上流部に棲息環境が整っていれば、〝追いあげ〟といって、サルたちを群れごと移動させることも考えられるんだけれど……。私にできるのは、群れを滅ぼさないように、適正な間引き数をアドバイスすることくらいのものですね。でも、駆除を選択する前に、農家や農協や行政がもっと努力しろって、私はいいたいですよ。それはたしかに農家の人にとっては死活問題かもしれないけど、それはサルにとっても同じです。人間がもっと頭を使って、手間とお金を惜しまなければ、防御策はないこともないんだから」

「役場にそういう具体策を提案すればいいじゃないか」

「何度もやってきましたよ。だけど、誰も耳を貸してくれません。駆除する方がずっと簡単だし、安あがりだから。そうやって殺しまくって、絶滅させてしまって初めて人間は悔いるんですね。いつの時代も同じことの繰り返しですよ。ほんと、人間がムチャクチャやったら、野生動物なんてすぐに消えちゃうんだから」

女は怒りを鎮めるように、あるいは怒りにまかせるようにしばらく握り飯を食べることに集中した。見事な食べっぷりだった。

「それにしても、たったひとりでサルの群れを追いかけるなんてすごいな」

「女だてらにっていいたいんでしょう?」

「うん……まあ、正直いって、そういう意味合いもある」

女が破顔した。

「ほんとに正直ですね。最近の男性は、あんまりそういうことをいいませんよ。女がおっかないから」

「気に障ったのなら申し訳ない」

「障ってませんよ。自分でもそう思うもの」

「山で野生動物を追いかけるなんて、おれには想像もつかない。よく体力が持つな。険しくて危険な場所だってあるだろうに」

「生傷は絶えませんよ。特に渓流は滑るからデンジャラスです。でも、私、昔は屋久島《やく》でヤクザルのフィールド調査もしたことがあるんです。あそこに比べたら、こんなところチョロいもんですよ」

「だが、いつもいつもそんなに都合よくサルの群れと行き合えるものなのかい?」

「サインがありますからね」

「サイン?」

「食痕《くいあと》、糞《ふん》、鳴き声、物音、気配……そういうものからサルの存在を察知するんです。たとえば……」

女はふいにあたりを見まわしたかと思うと、這《は》いつくばって移動し、地面から小枝を拾いあげた。

「これもサルの仕業ですよ。芽が食べられているでしょう？」

小枝を受け取って眺め入った周平は感心した。

「なるほどねえ」

「なぁんて、偉そうなことをいいましたけど」女がおどけてみせた。「サルの遊動域——あっ、これってテリトリーと同じような意味なんですけど——その中に存在するだいたいの植生を理解して、彼らの食物地図を頭に入れておけば、案外簡単に移動場所を突き止められるんですよ。うちにはもともと三年前のデータがあったし、ゼロからはじめたわけじゃないから、それほど難しい作業じゃないんです。そんなに大真面目に感心されると、かえって恐縮しちゃうなあ」

「いや、感心するさ。大したものだよ」

女は素直に喜んだ。成熟した女と少女の表情が目まぐるしく入れ替わる。なかなか魅力的な女だと周平は思った。

その時だった。ふたりの頭上を、サルの大群がかまびすしく吠《ほ》えながら枝を渡って行った。ひどく興奮しているようだった。

「なんの騒ぎだい、あれは？」と周平が訊《たず》ねた。

「さあ」と女が首を傾げ、眉宇《びう》を曇らせた。「私たちが〈KB群〉って名づけている、このあたりで一番大所帯の群れですけど、なんだか怯えているみたい。最近、ああいう行動をよく眼にするんですよ。逃げ惑っているように見えません？」

「そうだな……」

周平と女は、耳を聾《ろう》するようなサルたちの声の洪水に囲まれ、口をあんぐりと開けて樹上を眺めつづけた。

3　五月十六日　崩沢出合《くずれざわであい》

午後四時、快闊《かいかつ》な五月の陽射しに夕方の色合いが兆した頃、生駒が「今日はここまでにしようや。ご苦労さん。帰って一杯やろう」と声を発し、作業が終了した。生駒は二代目の経営者で、四十一歳。堂々たる恰幅《かっぷく》と押し出しの強さで、実年齢以上の貫禄《かんろく》を感じさせ、十二分に〝親方〟の趣が備わっていた。面倒見がいいので、人望も厚い。雇われている者の大半が社長の生駒より年長で、その上、ひと癖もふた癖もある連中が多いにもかかわらず、皆が皆、例外なく生駒のことを慕っている。

作業員たちはそそくさと現場の片付けを済ませ、トラックとワゴンに分乗した。生駒がワゴンの運転席に、周平が同じ車の助手席に乗り込もうとした時、丹羽巡査の運転するジムニーが烏川林道を登ってきた。多摩ナンバーのRVRを従えている。

（なにかあったな）と周平はすぐに直感した。ジムニーがワゴンの横に停車すると、生駒が汗にまみれた首筋を手拭《てぬぐ》いで拭《ふ》きながら歩み寄り、運転席を覗《のぞ》き込んだ。

「どうしたね、丹羽さん？　山に泥棒でも逃げ込んだか」

浮かぬ顔の丹羽が「泥棒じゃないが、ひょっとすると、また山狩りってことになるかもしれないね」といった。

「遭難かい？」

「よくわからん。まったく妙な話さ。後ろの車を運転している男の連れが本沢で姿を消したらしい。やっこさん、さっき血相変えて駐在所に駆け込んできたんだ」

RVRの運転席にはフィッシングベストを着た若者がいた。

「姿を消したって、どういうことだよ？」

「だから、事情がよくわからないんだよ。話を聞いた限りだと、まるで神隠しに遭ったみたいだな」

「まさか」

「そんなわけで、ちょっと現場を見に行ってくる」

「そいつはご苦労さん」

車を動かそうとした丹羽に、「おれも連れて行ってください」と周平が声をかけた。

生駒の顔が歪《ゆが》んだ。

「よしなよ、周さん」

周平の胸中を、生駒は察していた。山で起きる異変にはことごとく敏感になっているのだ。周平はいまだに杳子の一件を納得できないままでいる。その死に不審を抱きつづけている。周平が時間を見つけては足しげく二の沢や遺体発見現場の近辺に通っていることを生駒は知っていた。生駒はそんな周平の執着を危ういものに感じている。人は前に進むためになにかを振り切らなければならない。杏子の葬儀のあと、本人にも直接そう告げた。

「辛《つら》いだろうが、忘れてやることも供養だよ。杏子さんは天寿を全うした。そう思って、今度は生きている周さんが次に進まなくちゃ」と。だが、周平は進もうとしていなかった。振り切ろうともしていなかった。周平の停滞を、生駒は憂えていた。

丹羽が困惑顔を晒《さら》している間に、周平は勝手にジムニーの助手席のドアを開けて躰《からだ》を滑り込ませていた。

「社長、丹羽さんに送ってもらいますから、先に帰ってください」

「周さん……」

「お願いします」

丹羽と生駒が目配せし合った。仕方がないという雰囲気になった。

「今夜、役場の連中と〈たぬき〉で飲むことになってるからさ、よかったらあとで顔を出しなよ」と生駒は周平にいい、丹羽にも声をかけた。「酒はなるべく控えとくよ。山狩りということになったら、声をかけてくれや」

「なにが酒を控える、だ。あんたにそんな芸当ができるもんか」と丹羽は笑い、乱暴にギアをローに入れて車を発進させた。

ジムニーとRVRは鳥川林道を登り、大平原《おでらっぱら》砂防堰堤《えんてい》そばにある〈砂防ダム公園〉に向かった。公園の草地に二張のドームテントとタープが張ってあり、タープの下のフォールディングチェアに学生風の女がひとり所在なげに座っていた。

RVRから降り立ったフィッシングベストの男が「どうだ？」と女に訊ねた。女は弱々しく首を横に振り、「だめ。帰ってこないわ」と答えた。丹羽と周平も車外に出た。

「四人できたといっていたが、もうひとりはどうした？」と丹羽が訊ねた。

「問題の場所で待機しています」と男が答えた。

「要するに、きみたちは二組のカップルできていたということだな」

「はい」

「ふうん」丹羽はなにやら面白くなさそうにテントの周囲をうろついたあげく、「火を焚《た》いたな？」と語気鋭くいった。

公園の片隅に石で囲んで作った簡易竈《かまど》の痕跡《こんせき》があった。

「えっ……はい」

「このあたりは、ほんとうはキャンプも焚き火も禁止されているんだ。あちこちに看板が出ていただろう。いかんよ、ルールは守ってもらわなくては」

「すみません……気がつかなかったものだから」と男が首を竦《すく》めた。

「まあいい。じゃ、現場へ行ってみよう」といって丹羽は歩き出したが、つと女の方を振り返った。「お嬢さん、行方不明になった友達が戻ってこないとも限らないから、あんたはここを動かないでもらいたい。車の運転はできるかい？」

「ええ……」

「じゃあ、一台はここに残しておこう。もし友達が怪我でも負って戻ってきたら、ここにその旨の書き置きを残し、林道をくだって〈須砂渡《すさど》ロッジ〉というところに行きなさい。そこの主人は山岳ガイドの経験がある男だから、万事うまく手配をしてくれる。いいね？」

女の反応が鈍かった。

「どうした？」

「ちょっと怖いんです。これ以上、こんなところにひとりでいるのが」

「そうか。じゃあ、彼氏に一緒に残ってもらおうか」

「でも、案内が……」と男。

「いや、場所はわかるからいい。いなくなった女性と最後まで一緒だったのは、上で待っている人かね？」

「そうです」

「だったら、詳しい事情はその人に訊《き》こう。あんたはここに残ってあげなさい。上に車はあるのかな？」

「はい。濃紺のハイラックスがそいつの車です。品川ナンバーです」

「わかった」

丹羽と周平はジムニーに乗り込み、林道に戻ってさらに上を目指した。

「半日ですよ」と運転席の丹羽が唐突にいった。「半日も無駄にしてしまいました。女の子がいなくなったのは早朝だということです。ずっと三人で探していたらしくて、結局、埒《らち》が明かずにこちらに連絡してきました。もっと早く報《しら》せてくれれば、明るいうちに捜索に取りかかれたのに……」

たしかに山は早くも翳《かげ》りはじめている。

「簡単なルールも守れない。機転もきかない。ああいう若い連中に、山に入る資格なんかあるんですかねえ」

誰にでも気安く、時にはぞんざいな口のきき方さえする丹羽が、周平にだけは敬語を使う。周平を余所者《よそもの》扱いしているわけではなく、また年上だからということでもなく、ある種の敬意から発せられている言葉のようだった。周平自身は知る由もなかったが、丹羽は、生駒あたりには「三井さんのところの夫婦には教えられることが多い」と常々話していた。

「おれにはなんとなくわかりますよ、彼らの気持ちが」と助手席の周平がいった。「誰でも、自分だけは事件やトラブルとは無縁だと思って暮らしている。いろいろな不幸が巷《ちまた》にあふれているけれど、まさか自分が当事者になることはないだろうと考えている。いざ事件やトラブルに巻き込まれても、最初のうちは頭のどこかでそれを否定してしまう。まさかそんなはずがないだろうってね。まさか、まさか、まさか……その連続ですよ。それからようやく事態の深刻さを自覚する。それでもなお、一般の人間にとっては警察の敷居はやはり高いと思いますね。ことを大袈裟《おおげさ》にしたくないという考えが働くし、彼らみたいなケースでは自責の念もあるでしょう。できることなら、自力でなんとかしようと考え、なんとかなるのではないかと信じてしまう。だからではないですか、ついつい連絡が遅れてしまうのは」

杏子を失った周平の、それが実感だった。

「なるほど。そういうものかもしれませんね」

「それが一変するのは夜なんですよ。昼間の楽観の反作用のように、夜になると、不安の針が目一杯に振り切れる。最悪の事態しか頭に浮かばなくなる。去年の九月三十日の夜が、おれにとってはまさにそんな夜でした。ある意味では、妻の死を報された時よりも、おれはうろたえていました」

「生駒社長も心配しているようですが、奥さんの件、まだ腑《ふ》に落ちませんか」

「腑に落ちませんね」

「ですが、犯罪の形跡のようなものは見つからなかった……」

「丹羽さんをはじめ警察を非難しているわけではないので、そのへんのところは誤解しないでください。皆が見落としているものがあるんじゃないかと思っているだけです」

十分ほど走り、丹羽は林道沿いの〈中部電力〉の看板の脇にジムニーを停めた。すぐ先の避難帯にハイラックスが駐車してあった。ふたりは車を降り、すでに廃道となっている登山道を歩きはじめた。深い渓底《たにぞこ》に向かって蛇行しながら降りて行く道を二百メートルほど進むと、本沢にかかる橋があり、その袂《たもと》に二十代半ばの痩身《そうしん》の若者が佇《たたず》んでいた。やはりフィッシングベストを着ており、釣り用のチェストウェーダーを穿《は》いている。

「まだ見つからないんだね」と丹羽がいきなり訊《たず》ねた。

男は「はい」と小さく答えた。

「心配だろうが、まず詳しい事情を聞かせてもらいたい。あっ、その前にきみたちの名前と年齢を教えてくれ」

「僕は村越陽一《むらこしよういち》といいます。年は二十六です」

「〈砂防ダム公園〉にいるふたりは？」

「君塚卓也《きみづかたくや》と今井早智子《いまいさちこ》。ふたりとも同じ年です」

「いなくなった女性は？」

「木谷茜《きたにあかね》といって、二十二歳です。茜だけがまだ学生なんです」

「彼女はあんたの恋人なんだね？」

「えっ……はい、まあ」

「なんだよ、はっきりしろよ。恋人なんだろう？」

「そうです」

「だったら、うろたえずに気をしっかり持ちたまえ。親御さんが近くにいない以上、当面、我々は捜索に関することはすべてあんたに相談し、報告し、その時々に判断を仰ぐこともあるだろう。あんたがおろおろしていては、はじまらんぞ」

「はい」

「最初に確認しておく。あんたもすでに体験済みだろうが、五月といっても、この山の夜はまだ冬と変わらない。木谷茜さんの服装や装備は、ひと晩を耐え得るものだったかね？」

「かなり厳しいと思います。朝が冷え込んだので、防寒着替わりに僕の雨合羽《ガッパ》を着ていましたが……。でも、その下はTシャツとワークシャツだけです。ズボンは厚手のコットンパンツで、靴は沢登り用のウェーディングシューズでした」

「食糧、懐中電灯、ライターやマッチなどは携帯していたか」

「いいえ、なにも……」

「わかった。それじゃあ、彼女がいなくなるまでの経緯を話してもらおうか」

話の順序を整理するためか、青年はしばらく思案顔で黙り込み、やがてぽつりぽつりと喋《しゃべ》りはじめた。

「今日は最初から二手に分かれて釣行する計画でした。それで、君塚たちは砂防ダム近くの入渓点から、僕と茜はこの橋から川に入ることにしたんです。もっとも、茜は釣りをしないので、カメラを持って渓流の写真を撮るつもりでいました。泊まり場を出発したのは午前五時前だったと思います。その時はまだ薄暗かったんですが、車をこの上の林道に置いて釣り仕度を整える頃には明るくなっていたので、すぐにこの橋まで降りてきました。それから僕は川に降りてあの滝の釜《かま》で釣りをはじめたんです」

青年は橋の上流側の小さな滝を指差した。

「茜は、なかなか風情のある滝だから橋の上から写真を撮りたいといって、川には降りてきませんでした。僕は僕で、明らかに魚がいる気配がしたので、すっかり夢中になってあの釜でしばらく粘りました。ふと我に返って橋を見ると、もう茜はいませんでした。それっきりです……」

「あんたの眼が橋から離れていたのはどれくらいの時間だったんだ？」

「よく覚えていません。ほんとに夢中だったんで……。三分だったか、五分だったか。いずれにしても、そんなに長い時間ではありませんでした」

「それからどうした？」

「妙だなとは思ったけど、用を足しに繁みにでも入ったんだろうくらいに考えて、そのまま釣糸を垂れながら待ちました。だけど、五分経ち十分経ち……それでも茜がちっとも戻ってこないので、これはおかしいと感じて僕も橋にあがったんです。茜がいた場所にはカメラが落ちていました」

青年はそういって〈キヤノン〉の一眼レフカメラを丹羽に差し出した。指紋をつけないように丹羽は軍手をはめ、なおかつストラップを摘まんでカメラを眺めた。

「それから……」青年はさらにモスグリーンの〈モンベル〉の帽子を差し出した。「茜がかぶっていたこの帽子が、橋のあっち側の袂に落ちていたんです」

橋の先には草深い山道が支流の崩沢方面に延びている。

「なにか異変には気づかなかったのか」と丹羽が質問をつづけた。「物音を聞いたとか？」

青年は首を横に振った。

「瀬音が激しくて、なにも聞こえませんでした」

「この道の奥は探したのかね？」

「はい。崩沢の取水施設あたりまで行ってみましたが、なにも見つかりませんでした」

丹羽が低く唸《うな》った。「川に落ちたか……」と苦し紛れにいったが、もちろんそんなはずはなかった。雪代が入り、たしかに川は増水ぎみだったが、橋の下に限っていえば、人ひとりを瞬時に押し流してしまうほどの水量も水勢もなかった。

「昼すぎに君塚たちと合流してから、手分けして本沢の周辺も探したんですが……」と青年が顔を曇らせた。

「ほんとに消えちまったというわけか」

丹羽が呟《つぶや》き、困惑した視線を周平の方へ向けた。

「風はどうだった？」と周平が訊ねた。「沢風というのは大概、川筋と並行に吹くものだが、きみたちがここにきた時、風が巻いたりしていなかったか」

「いえ、風はほとんどありませんでした」

「じゃあ、帽子が飛ばされたということはないな。それがあそこに落ちていたということは、やはり茜さんは崩沢の方角へ移動したんだ。そういうことにならないか」

「そうですね」

「しかも、おそらく彼女が望んでそうしたわけじゃない。これほどの高級カメラを放り出さざるを得ないような状況に置かれたんじゃないかな」

「……誰かに拉致《らち》されたってことでしょうか」

青年はすっかり怖《お》じ気《け》づいた表情になっている。

「これは崩沢方面に捜索隊を出した方がいいようですね」と周平は丹羽をうながした。

「そうしましょう」と丹羽は答えた。「道はあるから、慣れた連中なら暗くなっても歩けるでしょう。早速、下に行って人を掻《か》き集めてきます。三井さんはどうします？」

「彼と一緒にここに残ります。お手伝いしますよ」

「わかりました。小一時間で戻ります」

そういうなり、丹羽は小走りに山道を戻って行った。

急速にあたりが暗くなった。森のどこかでサルが吠《ほ》えていた。

4　五月十七日　烏川林道〈捜索基地〉Ⅰ

豊科《とよしな》警察署をはじめ、地元青年団、消防団、猟友会などのメンバーで構成された捜索隊による活動は結局、不首尾に終わった。前日の深夜にまでおよぶ崩沢近辺の捜索でも、人員や活動範囲の拡大を図って夜明けとともに再開された捜索でも、木谷茜の消息は杳《よう》としてわからず、遺留品も発見されなかった。天候にも祟《たた》られた。寒冷前線の南下によって雷雲が発生し、昼頃から土砂降りの雨が山を襲った。沢が危険水位にまで増水し、視界がまったく利かなくなった時点で捜索は一時中断された。それ以降は、仕事などの都合でやむなく下山する隊員の姿も目立ちはじめた。

捜索隊の基地として林道脇の緑地帯に張られた豊科署のテント生地を雨が激しく叩《たた》き、その下では濡《ぬ》れ鼠《ねずみ》の男たちが言葉少なに着替えたり、一斗缶の炭火で暖を取ったり、飲み物を口にしたりしていた。テントに入れない者たちはてんでに自分の車に戻って休憩していた。気象情報によると、雨はどうやら一時的なものではなく、長引きそうな気配だった。風も出てきて、冬に逆戻りしたような寒さが男たちを凍えさせていた。

昨夜も今日も捜索活動に加わった周平は、テントの片隅で震えながら地べたに座りこけていた。誰かが手渡してくれたコップ酒を呷《あお》っても、一向に暖かくならなかった。彼は昨夜から一睡もしておらず、さすがに疲労が色濃く顔に滲《にじ》んでいる。そんな周平の肩を丹羽がとんとんと叩き、「ちょっとよろしいですか」と誘った。

導かれるままに、周平はテントから少し離れた場所に停まっているランドクルーザーの助手席に乗り込んだ。丹羽は運転席に収まった。リアシートには捜索隊の指揮を執っている豊科署の高村《たかむら》という男がいた。昨年、杳子が山中で行方不明になった際も高村が捜索隊の陣頭指揮に当たったから、周平は彼と面識があった。ふたりはシートの前後で曖昧《あいまい》に会釈し合った。ヒーターを効かした車内は暖かかったが、濡れた男たちが発する湿気と臭気が籠《こも》って不快でもあった。

「その節はどうも。こんな天気の中、ご苦労さんですなあ」と高村は周平をねぎらった。

「なにかご用ですか」と周平は訊《たず》ねた。

「ええ」高村はひとつ咳払《せきばら》いをし、身を乗り出していった。「三井さん、ひとつお訊ねしたい。ぶっちゃけた話、あの村越陽一という青年のことをどう思います？」

「どうって……」

「彼のいっていることは信頼できると思いますか」

「まさか、彼が嘘をついていると？」

高村は腕を組み、シートに深く背を凭《もた》せかけた。

「なんだか妙な話じゃありませんか。彼のいってることが事実なら、それこそ神隠しに遭ったとしか思えない。これだけ探しても、女の子の行方はおろか手がかりひとつ摑《つか》めないし……。今さらなんだとお思いかもしれませんけど、彼の話そのものを疑ってみる必要があるんじゃないかと考えたわけですよ」

「ちょっと待ってください」

「まあまあ、聞いてください」と高村が制した。「彼の話が仮にほんとうだとしても、木谷茜は自分の意志で姿をくらましたのかもしれない」

「いや、それはないと思う」

「なぜそういい切れます？　カメラや帽子が残されていたからですか。それだけでは根拠薄弱といわざるを得ませんなあ」高村は雨滴が流れ落ちる窓にちらと眼を遣《や》った。「では、村越陽一がまるっきりでたらめをいっているとは考えられませんか」

「なんのために？」

「あの男が自分の恋人をなんとかしちまったという可能性もあるんじゃないかと……」

「なんとかとはなんです？　殺したという意味ですか」

「あくまで可能性のひとつですよ。絶対に見つからないような場所に死体を隠し、同行してきたふたりの友人の眼を欺くために捜索を要請したのかもしれない」

実は、なかなか成果があがらず、天候にも祟られた捜索活動そのものへの徒労感からか、捜索隊員の中にもそんなことを冗談半分に話す口さがない連中がいたのだった。

「さすがに警察というところはいろいろなことを考える。もちろん、その友人たちが共謀しているという〝可能性〟も検討中でしょうね？」と周平は皮肉を隠さずにいった。疲れもあって、ついつい語気が刺々《とげとげ》しくなった。「そんなことをいいはじめたら、最初から疑わなくてはならない。そもそも木谷茜なんて女性は実在せず、頭のいかれた連中が世間を騒がせようとしてでっちあげた話かもしれない」

「いや、まあ、さすがにそこまで疑うのは……」

「もちろん木谷茜は実在していますし、この山にきていました」と丹羽がとりなすように口を挟んだ。「君塚さんや今井さんの証言だけではない。第三者に目撃されているんです。しかも、村越さんと一緒にいるところをね」

「ほう？」

「昨日の明け方、登山口の三股《みつまた》駐車場に客を送り届けたタクシー運転手が、林道沿いに車を停めて釣り仕度をしている彼らの姿を帰り道に見ています。その男は猟友会のメンバーでして、午前中の捜索にも参加していました」

「なるほど、警察はとっくに疑惑の眼を向けていて、証言を集めていたというわけですか」

「いや、そんなことは……」

「丹羽さんも村越くんを疑っているんですか」

「私は……彼が嘘をついているようには見えなかったですよ」

「おれもですね」

昨日、丹羽が橋を離れたあと、周平と村越陽一は捜索隊を待ちながら一時間ほど話し込んだ。その間に陽一がふとこう洩《も》らした。――「茜を探してあちこち走りまわっていたら、何度も妙な感覚に襲われたんです。浮遊感というか……僕自身が今にも霧のように消えて失くなって森と同化してしまいそうな、そんな感覚です。人ひとりが忽然《こつぜん》と消えてしまっても不思議じゃない――山や森って、人をそんな気分にさせるところがあるんですね。あいつも……茜もほんとうに消えてしまったのかもしれない……」

聞きようによっては、すでに木谷茜の死を悟っているかのような言葉だった。諦念《ていねん》とも達観とも受け取れそうな凪《な》いだ表情も、恋人の失踪《しっそう》という異常事態に直面した者に似つかわしいものではなかった。だが、大袈裟《おおげさ》に心配したり、うろたえたりする様を見せつけられるよりもはるかに切実に、陽一の戸惑い、喪失感、無力感が周平の胸に伝わってきた。

この青年は大切な人間を、ひどく理不尽な形で喪《うしな》ったのだ。自分と同じように——周平はそう思った。

「村越くんは信頼できる青年だと思います」と周平はいった。「たしかに不思議な話だが、逆にいえば、彼になにか後ろめたいところがあるとしたら、もっと真実味のある嘘をつくんじゃないですか。それに……丹羽さん、彼がおれたちと逢《あ》った時の格好を覚えていますか。釣り用のウェーダーを穿《は》いていましたね。それも、こういってはなんだが、通気性のいい高級品にはとても見えなかった。おれも釣りをするからわかりますが、あれはひどく蒸れて暑くなる。動きづらいし、水場以外では無用の長物ですよ。あんな格好で彼は一日中、山を駆けずりまわっていたんですよ。そのことに嘘偽りのない彼の動転ぶりが表われていると思いませんか」

「そりゃ、ずいぶん好意的な解釈だ」と高村が皮肉った。

そこで周平はあることに思い至り、苦笑を洩らした。その苦笑を丹羽が訝《いぶか》った。

「どうしました?」

「もしかしたら、おれもこうして疑われたんですか」

「えっ?」

「杳子の件で、おれも疑われたんでしょう?」

「そんなことはない!」と丹羽が怒ったように否定した。

「高村さんはどうです? 疑ったんじゃありませんか」

周平が睨《ね》めつけると、高村は気圧《けお》されたように口ごもった。

「村越くんよりおれの方が容疑は真っ黒ですよね。なにしろ杏子は白骨死体で発見されていて、死因もよくわかっていない。それに、おれはめでたく彼女の保険金も手にする運びとなった……」

「つまらないことをいうもんじゃない！」丹羽は色をなし、怒声を発した。「どこの誰が、あなたが奥さんを殺したなんて考えるものですか」

「高村さんは、まったく考えなかったというわけでもなさそうですよ」

まず間違いなく疑われていた。密《ひそ》かに警察に調べられていた。周平はそう確信し、衝撃を受けるというより、そのことを滑稽《こっけい》だと思った。そして、迂闊《うかつ》だと思った。自分たち夫婦を受け入れ、なにやかやと世話を焼いてくれたり、心配してくれる村人たちの善意に甘え、すっかり緊張感を欠いていた。まったく呑気《のんき》なものだった。警察にとって、いや、村の一部の人間にとっても、おそらく自分は唯一無二の容疑者だったのだ。

車内に気づまりな沈黙が膨らんだ。その時、青い雨合羽《ガッパ》の男が近づいてきて助手席の窓を叩《たた》いた。生駒だった。

周平が窓を開けていった。

「どうしたんです、社長？」

「着替えを持ってきた」と生駒はいい、ビニール袋を掲げた。「ずぶ濡《ぬ》れだと思ってさ」

「申し訳ありません」と周平は恐縮した。「仕事も休んでしまって」

「なあに、こんな天気で仕事になるもんか。朝のうちに早々と切りあげたよ」と生駒は笑った。「それに、昨日はあれからすぐに飲みはじめたし、今日は今日で二日酔いだったから、丹羽さんの再三の協力要請も無視しちまった。こっちとしては周さんを人身御供に差し出したようなもんさ」

「濡れるから中に入りなよ」

丹羽がいうと、生駒はリアシートに乗り込んできた。居心地悪そうにしていた高村が入れ替わりに出て行こうとし、「私はこれで。いや、ずいぶん参考になりましたよ」といってドアを開けた。

「高村さん」と周平がその背中に声をかけた。「村越くんのいっていることが真実だという根拠がもうひとつありましたよ」

「はあ?」

「おれは妻を殺していない。村越くんもきっと同じです」

高村は困ったように眉宇《びう》を曇らせ、曖昧《あいまい》に頷《うなず》いてテントの方へ去って行った。その後ろ姿を見送った丹羽が「すみません。三井さんを不愉快にさせてしまったようで」と頭をさげた。

「高村も決して悪気はないんです。それに、ああいう男も警察というところには必要なんですよ」

「わかりますよ」

「それから……」丹羽の真摯《しんし》な眼がまっすぐ周平に向けられていた。「私はあなたのことを疑ったことなど一度もない。これだけは信じてください」

周平は黙って頷いた。

「おい、聞き捨てならねえ話だな」と生駒が気色ばんだ。「あの野郎、杳子さんのことで周さんになにか因縁つけてやがるのか」

「いや、そういうことではありません」と周平は穏やかに笑って否定した。

「もしなんだったら、高村の金玉なんか握り潰《つぶ》してやろうか。あいつのことは高校時代から知っている。今でこそ偉そうにしてやがるが、叩けばいくらだって埃《ほこり》は出るんだぜ」

周平と丹羽は目配せし合い、吹き出した。高村がそそくさと出て行ったのは、生駒を煙たがっているということもありそうだ。そして、周平は気づいた。ともすれば自分に向きかけていた疑惑の眼を、生駒が立ちはだかって遮蔽《しゃへい》してくれていたに違いない、と。

「ご心配なく。ちょっとした行き違いですから」と周平はいった。

「そうかい。それならいいが……」生駒はそこでなにかを思い出したように丹羽の肩を叩いた。「そうだ、丹羽さんに訊《き》きたいことがあったんだ。あんたたちが探しているのは子連れの主婦じゃねえよな？」

「違うよ。女子大生だっていったじゃないか。やっぱり昨夜は人の話なんか聞いていなかったな。この飲んだくれが」

「だったら、別の失踪事件が起きたってことだぞ」

「なんだって？」

「娘と孫娘が山でいなくなったって、どっかの爺《じい》さんが騒いでいる。タイミングがタイミングだから、おれはてっきり……」

「その人はどこにいるんだ？」

「おれの車に乗ってるよ。途中で拾ってきた。この雨ん中、ずっと探しまわっていたんだろうな、くたくたに疲れ果てて道端に座りこけていたんだ。半泣き状態で詳しい事情は聞けていないが、とにかく爺さんの身内がいなくなったことは間違いなさそうだ」

「あんたの車に行こう」

丹羽の言葉を合図に、三人はランドクルーザーを飛び出した。

5　五月十七日　烏川林道〈捜索基地〉II

老人は豊科町成相《とよしなまちなりあい》に住んでいる牧村隆二《まきむらりゅうじ》という名前の嘱託の森林作業員だった。ずぶ濡れで、いささか興奮ぎみでもあった牧村を落ち着かせるため、丹羽たちはまず彼を着替えさせ、テントの炭火で十分に暖を取らせ、適量の酒を与えた。湯飲み茶碗《ちゃわん》に注がれた酒をちびちびと嘗《な》めている間に牧村も次第に冷静さを取り戻し、丹羽の質問に答えはじめた。

行方不明になったのは牧村の次女で、東京都在住の主婦、新井深雪《あらいみゆき》とその娘の千尋《ちひろ》。深雪は三十三歳、千尋は就学前の六歳とのことだった。牧村は今日の午前九時頃からスギ林の下草刈り作業のために山に入ったが、ちょうど帰省中だった深雪と千尋が「一緒に山へ行きたい」とせがんだため、やむなく連れてきていた。もとより深雪たちは牧村の山仕事を手伝おうとしたわけではなく、それにかこつけてピクニック気分で同行してきたのだという。帰りには須砂渡渓谷にある温泉施設に立ち寄るつもりで、どちらかというと、そちらの方を愉《たの》しみにしているようだった。

深雪と千尋は、牧村が仕事をしている間、近くの草叢《くさむら》にレジャーシートを広げて弁当を食べたり、母子で山道を散歩したりしていた。二時間ばかりがすぎた頃、急に雲行きが怪しくなりはじめた。天気も天気だし、小さい子供のことだから山にもすぐ飽きるだろうと考え、牧村はさっさと仕事を切りあげることにし、スギ林の奥から林道に戻って自分の軽トラックに作業道具を積み込んだ。その時、初めて深雪たちの姿が近くにないことに気づいた。レジャーシートを広げた場所でしばらく待つことにした。だが、三十分経っても、ふたりは戻ってこなかった。苛立《いらだ》ちながらもう少し待った。そのうち腹が立ってきた。やはり女子供を山へなんぞ連れてくるんじゃなかったと後悔した。

腹立ちが心配に傾いたのは、空から雨粒が落ちてきたせいだった。遠雷が不気味に鳴り響くと、さすがに心配だけが膨らんで、牧村はふたりを探しはじめた。田舎育ちにしては深雪は昔から野遊びが好きではなかった。虫や蛇なども極端に嫌悪していた。「山へ行きたい」などといったのも、千尋がそう希望したことと温泉に行けると思ったからで、彼女が積極的に遠くへ行ったり、草深い場所に立ち入ったりするとは思えなかった。だから、牧村は最初のうちは林道を中心に探した。次第に雨が激しくなり、雨具の持ち合わせがなかった牧村はすぐにびしょ濡れになったが、そんなことに構ってはいられなかった。都会生活者の甘いところで、深雪も千尋もひどく薄着の格好だった。雨が急激にもたらした山の冷気に大人の深雪は耐えられるかもしれないが、幼い千尋にとっては命取りになりかねない。牧村は焦った。林道だけではなく、工事用作業道、杣道《そまみち》、ただの踏み跡、獣道に至るまで、人が行き交うことが可能なありとあらゆる場所を探し、ふたりの名前を叫びつづけた。しかし、一向に見つからなかった。一時間が経ち、二時間が瞬く間にすぎた。

牧村も自分自身を過信しすぎていた。そして、雨を見くびっていた。食事も満足に摂《と》っておらず、水分補給も怠ったため、体力の消耗がかなり激しかった。脚にも痙攣《けいれん》がきた。やがて精も根も尽き果てた牧村は斜面を転げ落ちるように林道に出て、その場に蹲《うずくま》った。自分の車に戻ることすらできそうになかった。どうしようかと途方に暮れているところに〈生駒建設〉のワゴンが通りかかったのだった……。

ノックアウトされてリングサイドに退いたボクサーのように頭からタオルをかぶり、パイプ椅子に座ってうなだれる牧村は、「孫のことが心配だ」とうわ言のように何遍も繰り返した。それは時々、涙声になって震えた。

そんな老人を取り囲んで話を聞いている周平、生駒、丹羽、高村らの顔には、まったく腑《ふ》に落ちないという表情が一様に浮かんでいた。牧村が下草刈り作業をしていたスギ林はここから距離にして一キロほどくだったあたり、杏子の消息がわからなくなった二の沢に向から隘路《あいろ》にほど近い場所にある。杳子という前例があるにはあったが、むしろそれは例外中の例外で、普通に考えれば、大の大人が道に迷ったり、不測の事態を招くような危険地帯ではなかった。周辺の森はそれほど深くない。たとえそこに入り込んでも、どこかしらに道があり、よほどの方向音痴でない限り造作もなく舗装された林道に出てこられる。まして新井深雪の場合、杳子と違って草深い場所を嫌っていたというから、自ら望んで森の奥深くに分け行ったとも思えない。これが小さな子供だけなら様々な危険が付き纏《まと》うであろうし、事実、近くに〈まゆみ池〉という水深の浅い貯水池があるので、そこに誤って落ちたということも考えられるが、母親も一緒に溺《おぼ》れたというのは想像しにくかった。

木谷茜に引きつづき、またも山慣れした男たちにはかえって理解しがたい事態の発生だった。千尋がまず行方不明になり、深雪が今もなお探しまわっているのではないかという推察を高村が述べると、牧村は「いや、そういうことであれば、娘は絶対にわしに声をかける」と言下に否定した。

「牧村さん」丹羽が老人の肩に手を置いていった。「だいたいの事情はわかりました。娘さんとお孫さんは我々の方で探しますから、あなたは下の温泉にでも行って、躰《からだ》を温めたらどうです？」

「そんなことはできやせんよ！」と牧村が怒ったようにいい返した。「あんな小さな子がこの山のどこかで泣いているかもしれんのに、わしだけがそんな……」

「しかし、あなたもだいぶお疲れのようだ。躰を休めた方がいいですよ」

「そうしなよ、爺さん」と生駒が声をかけた。「下でゆっくり休んで、飯でも喰《く》って、それからまた登ってくりゃいいさ。あんたがくたばっちまったらどうするんだよ？」

「わしのことは構わんでくれ。大丈夫だ。娘と孫が見つかるまでわしは山を降りんぞ」牧村は雨とも涙ともつかぬ滴で濡《ぬ》れた顔をタオルで拭《ぬぐ》い、それから自分を取り囲んでいる男たちを睨《ね》めまわした。

「お願いだから、娘と孫を見つけてくれ」ふいに立ちあがり、腰を折って深々と頭を垂れた。「この通りだ。よろしく頼みます」

「頭をあげてください」丹羽が老人を強引に椅子に座らせた。「できるだけのことはしますから」

それから高村を中心に話し合いが持たれ、即座に日没までの捜索活動続行が決定された。木谷茜捜索のために投入していた人員を振り分け、従来の本沢・崩沢方面に加え、二の沢方面にも別班を差し向けることになった。というより、二の沢班の方により多くの人員が割かれた。それは高村の判断で、理由は「子供がいるから」ということだった。誰もがその判断を当然だと受け止めた。

雨による一時中断で緊張感を欠いてしまった隊を引き締めるため、高村はテントの周辺にあらためて男たちを集め、拡声器を使って短い訓示を垂れた。行方不明者がさらにふたり出たこと、ひとりは六歳の女の子であることを告げ、捜索範囲やルートについて説明し、悪天候の中でくれぐれも怪我や二次遭難などがないように留意してもらいたいと話を結んだ。

　高村の話が終わり、テントの周囲の人垣が崩れはじめたまさにその時だった。牧村隆二が突然、パイプ椅子を蹴《け》り倒すような勢いで立ちあがった。老人は驚きの表情をその顔に張りつけ、人垣の背後の一点を見据えた。つられるように男たちの視線も一斉にそちらの方に向いた。

　そこには全身泥だらけの女が立っていた。キッと眼を見開いた阿修羅《あしゅら》のようなその形相に、男たちは圧倒された。彼女は赤いトレーナー姿の小さな女の子を背負っている。

「……ち、千尋」と牧村が呻《うめ》くようにいった。顎《あご》がガクガクと震え、口腔《こうこう》で義歯が鳴った。

「爺さん、あんたの孫か」と生駒が訊《たず》ねた。

　老人は何度も頷《うなず》き、よろよろと女の方へ歩み寄った。男たちの集団が我に返り、ざわめきはじめた。安堵《あんど》というより、拍子抜けしたという雰囲気が支配的だった。はっきり「なんだよ、人騒がせな話だな」と呟《つぶや》く者もいた。そんな雰囲気にはお構いなしに、牧村は女の背からひったくるように女の子を抱き寄せ、頬擦りをした。

「いやぁ、ひとまずよかった」と吐息をつき、笑みを漂わせたのは丹羽だった。

「馬鹿な母親だぜ。あんなちっちゃい子供に怖い思いをさせてよ」と生駒も辛口の感想を述べながら、それでも眼は笑っていた。

　周平だけが笑っていなかった。笑わずに、女を凝視していた。そして、おそらく皆が思っているような筋書きにはなっていないことを予感していた。そのことは、丹羽の行動で証明された。丹羽は女をテント下に招じ入れ、タオルを手渡しながら「新井深雪さんですね」と訊ねた。

「いいえ、違います」と女はきっぱりと答え、汚れた顔をタオルでひと拭《ふ》きした。

女の答えに男たちのざわめきが瞬時に凍った。

「新井さんではないんですか」

「山口凜子《りんこ》といいます」

「山口さん？　しかし、そっちの女の子は……」

「その子が誰かは知りません。保安林の中で保護しました。でも、どうやらそちらのお爺《じい》さんのお身内のようですね」

「保護って……あの、今ひとつ事情がよく飲み込めないんですが」

「その人は女の子の母親じゃありませんよ」と周平がいった。「この山でニホンザルの観察をしている信大の学者さんです」

「学者じゃないって先日もいったはずですよ」と女がいった。

「なんだい、あんたたち知り合いなのか」生駒が忙しくふたりを見比べた。「こりゃどういうことだい？」

「この前、山で偶然、逢《あ》ったんですよ」と周平は答えた。

「隅に置けないな、周さんも」

「そういう話はあとでいいでしょう」山口凜子は厳しい口調でいい放った。「それより、その子を早く着替えさせて、病院へ連れて行ってください」

「どこか怪我でも？」と丹羽が顔をしかめた。

「それがわからないんです。その子は私と逢ってから一言も口をきいていません。ひょっとして、聾唖《ろうあ》児童ですか」

丹羽がたしかめるように牧村を見た。

牧村は不安そうな面持ちで「いや、そんなことはないが」と答えた。牧村の腕の中にいる少女の様子はたしかにおかしかった。泣くでもなく笑うでもない。完全に喜怒哀楽を喪失し、虚《うつ》ろな視線をさ迷わせているだけだ。

「では、一時的に喋《しゃべ》れなくなっているのだと思います」と凜子はいった。「よっぽど怖い目に遭ったんでしょう。私が見た限りでは外見上の異状は認められませんが、一刻も早く病院へ運ぶべきです。肺炎を引き起こす恐れがあります。かなり長時間、雨に打たれていたようで、躰が冷え切っていますから。暖かくして、マッサージもしてあげてください」

「女の子の母親を見なかったかね？」と高村が訊ねた。

「いいえ、私が見かけたのはその子だけです。そんなことより早く病院へ！」

高村が「大至急、女の子を〈日赤病院〉へ搬送！」と誰にともなく叫び、牧村に向き合って告げた。「あなたも念のために病院で診察を受けてください」

数名の隊員が牧村に駆け寄り、その腕を引いて千尋ともども大型バンに乗り込ませた。バンは水飛沫《しぶき》と泥を撥《は》ねあげて林道を駆けくだって行った。少女が生還した安堵感も束の間、捜索隊の基地にあらたな緊張が張りつめた。

山口凜子は生駒のワゴンの中で男物の作業服に素早く着替えると、テントに戻って事情を説明しはじめた。

「今日は本沢と二の沢の合流点付近に車を置き、午前七時頃から〈KC群〉という群れの観察をはじめました。サルを追って二の沢奥の滝まで登りつめたんですが、そこで雨が降りはじめたので、やむなく引き返してきました。沢からあがって林道へ戻ってくる途中、たまたま別の群れに出くわしたので、〈まゆみ池〉近くの保安林に立ち入りました。どうせ濡れてしまっていたし、せっかくだから雨宿りしているサルたちをしばらく観察することにしたんです。一時間ほど経って雨が本降りになってくると、サルたちは姿を消したので、私も退散して斜面を降りてきたんですが、途中であの子の赤い服が眼につきました。視界は相当悪くなっていたし、赤じゃなかったら気づかなかったと思います。あの子は林道からそんなに離れていない二股《ふたまた》の木の根元に隠れるように蹲《うずくま》っていました。泣いたり喚《わめ》いたりしていたわけではありません。それどころか、さっきお話しした通り、いくらこっちから話しかけても答えは返ってきませんでした。ただ、あの子が大変な恐怖を味わったらしいということだけはわかりました。お母さんの姿は見かけていません。少なくとも近くに人の気配はありませんでした。もっとも、お母さんと一緒だったということを私は知りませんでしたから、探す努力もしていませんし、あの子ももちろんなにもいいませんでした。あの子をおぶって自分の車まで歩いて戻るつもりでしたが、昨日から捜索隊の本部がこのあたりに設営されていると聞いていたので、こっちにきてみたんです」

凜子の話によると、新井千尋は林道からほんの眼と鼻の先の距離にいたことになる。雨がまだ小降りの段階では、牧村隆二が呼び叫ぶ声も雨音に掻《か》き消されることなくその耳に届いていたはずだ。いや、それどころか千尋の位置からは牧村の姿を視認できたかもしれない。なぜ千尋は牧村の声に反応しなかったのか。なぜ数時間もの間、森にじっとひそんで冷たい雨に打たれつづけたのか。声も出せず、身動きも取れない状態だったとすれば、彼女をそんな窮地に陥れたものの正体はなにか。そして、母親の深雪はいったいどこへ行ってしまったのか……。

わからないことだらけだった。千尋本人の言葉を待つよりほかないが、さっきの少女の表情が最も深刻な疑念を皆に植えつけていた。

――あの子は果たして正気を保っているのか。

テントの周辺がまた慌ただしくなった。凜子と千尋の登場で少し出遅れてしまったが、二の沢方面に向かう捜索隊が出発しようとしていた。

「あの人たちは、千尋ちゃんのお母さんを探しに行くんですか」と凜子が訊ねた。

「そうです」と丹羽が答えた。

「私も行きます」

「いやいや、結構ですよ。あなたは疲れている。ここで休んでいてください」

「千尋ちゃんがいた場所を知っているのは私だけです。そこにご案内します。合羽《カッパ》だけ貸してください」

凜子はすでに腰をあげていた。

「いや、しかし……」

「一緒に行ってもらいましょう」と周平が口を挟んだ。「今のところ、子供のいた場所だけが正確にわかっている。そこが捜索の端緒になることは間違いない。疲れているのに気の毒だとは思うが、山口さんに同行してもらった方がいい」

「そういえば、この前はおたがい名乗りもしなかったですね。こっちの名前はバレちゃったわ。そちらは？」と凜子が訊ねた。

「三井周平」

丹羽が判断を仰ぐように高村の顔を見ていた。高村は束の間、思案し、「よろしくお願いします」と凜子に頭をさげた。

「その場所に案内していただくだけで結構ですから、あとは休んでください」

「いえ、お手伝いさせてください。山歩きは慣れていますから」

生駒はつくづく感心したように凜子の顔に眺め入っていた。

「あんた、二の沢の滝までエテ公どもを追いかけて、その上、子供を背負って一キロ以上も歩いてきたんだろう。相当タフな女だな」

「肉体労働者ですから」

「じゃ、おれと一緒だ。気に入った。仲良くしようぜ」と生駒がにたっと笑った。「おれは生駒渓一郎」

「〈生駒建設〉の？」

「おう、こう見えても社長なんだ。そこの周さんの後見人を自任している。今後の交際は温かく見守らせてもらうよ」

周平も凜子も照れ笑いを浮かべた。その一瞬だけ、場が和んだ。

第二部　魔の山

6　五月十九日　豊科〈日赤病院〉

日曜日の病院のロビーは閑散としていた。薬臭い空気が冷ややかに澱《よど》み、午後一時十分を指し示している壁掛け時計の秒針の音まで聞こえそうなほど静まり返っている。見舞い客用の通用口をくぐった時から、いや、家を出てバイクでここに向かった時からすでに周平は後ろめたさのようなものを感じていた。エゴを自覚していた。それでも足を運ばずにはいられなかった。しかし、入院病棟に向かう廊下で山口凜子に出くわした時、恥じ入る気持ちが蘇《よみがえ》り、立ち竦《すく》んだ。手に提げているメロンの包みが急に醜悪なものに成り果てたような気がした。

「偶然が三度も重なると、運命を感じちゃうな」と凜子は微笑んだ。「おたくの社長さんの邪推が、邪推じゃなくなっちゃいそうだわ」

〝三度目の偶然〟は周平に対する凜子の口調をずいぶん砕けたものにしていた。しかし、その表情には彼女らしい覇気が感じられなかった。

「あの子のお見舞いかい？」と周平は訊《たず》ねた。

「うん」

凜子の表情が翳《かげ》った。

「具合がよくないのか」

「やっぱり軽い肺炎をおこして、昨日は高熱を出したわ。一時は呼吸も苦しそうで、口唇にチアノーゼまで表われたから、びっくりしちゃったけど、躰《からだ》の方はなんとか持ち直してきたみたい」

「昨日もここへきたのか」

「ええ。あんな出逢《であ》い方をしたら、気にするなっていう方が無理でしょう。あの子には、三井さん以上に運命を感じるもの」

「躰の方は、といったね。問題は心の方か」

凜子は頷《うなず》き、「あれから全然口をきいていないのよ」と嘆息した。

「きっと喋《しゃべ》りたくても喋れないのね。あの年齢ではとても処理し切れないストレスを抱えているのよ。頭を打ったような形跡はないし、ドクターも心因性の反応だと思うっておっしゃっていたわ」

「よほどの衝撃を受けたということだな、あの子は」

「悪天候の山の中に置き去りにされたというだけでも大変な恐怖だったと思うけど……」

「それ以外にも理由はあるような気がするね。あの子はなにか恐ろしいものを目撃した。そう思わないかい？」

「私もそんな気がするけど……いったいなんだと思う？」

「さあ、それはわからないが……」

新井深雪は依然として行方不明だった。一昨日《おととい》、周平と凜子も加わった捜索隊は、千尋が保護された保安林を中心に鳥川林道と二の沢に挟まれた地域を徹底的に探しまわったが、結局、空振りに終わっていた。木谷茜ともども今も捜索はつづけられているが、隊の規模はかなり縮小され、ボランティア頼みの捜索活動は早くも打ち切りの気配が濃厚だった。

「どんな恐怖を味わったにせよ、それを言葉にできて他人にぶつけられれば、少しは和らぐと思うの。でも、あの子にはそれができない。今の千尋ちゃんは限界まで膨らんだ風船みたいよ。溜《た》め込むだけ溜め込んで、発散することを知らない。いつ弾《はじ》けてしまっても不思議じゃないわ。暗闇を怖がって、寝ていても時々うなされているけど、あれが唯一の発散なのかもしれない。そのうなされ方っていったら……辛《つら》くてとても見ていられないわ」

今まさに千尋がうなされている様を目の当たりにしたように凜子は顔を歪《ゆが》めた。

「あの子のお爺《じい》ちゃんは？」

「お爺ちゃんは元気よ」と凜子はいいかけて、首を横に振った。

「ううん、ちっとも元気じゃないか。千尋ちゃんのそばでずっとうなだれているわ。東京から急遽《きゅうきょ》、千尋ちゃんのお父さんが駆けつけてきたけど、お父さんも途方に暮れているって感じ。こういう時って、男の人の方が脆《もろ》いみたい」そこで凜子がはたと気づいたようにいった。「三井さんもあの子のお見舞いでしょ？」

「うん、まあ……」と周平は口ごもった。

「どうしたの？」

「そのつもりだったが、おれにはその資格はなさそうだ」周平はそういって踵《きびす》を返した。

「もしよかったら、そのへんの店で一緒にお茶でも飲まないか」

「なによ、せっかくきたのに病室に寄らないで帰るつもり？」

周平はすでに玄関ホールに向かって歩きはじめていた。

「ちょっと！」

凜子が小走りに周平を追いかけた。

小雨がぱらつきはじめていたので、周平のバイクは病院の自転車置場に残し、凜子の車のエスクードでふたりは近くのファミリーレストランに移動した。病院とは打って変わって、こちらは人いきれで噎《む》せ返るほどの混雑ぶりだ。禁煙のカウンター席が空いていたので、周平と凜子はそこに並んで腰かけた。周平はコーヒーを、凜子は紅茶を注文した。

「変な人ね」凜子がつくづく周平の横顔を見ていった。「さっき持っていたあの包み、メロンでしょ？　千尋ちゃんに買ってきたんじゃないの？」

「きみに進呈する。持って帰ってくれ」

「今度はメロンで気を惹《ひ》くつもり？」

「今度は？」

「この前はおにぎりだったでしょ」

「ああ、そういうことか」と周平は苦笑した。

「メロンまで買ってきて、どうして病室に顔を出さないのよ？」

「あんなものはでまかせだ。とても病床で苦しんでいる子供に渡せる代物じゃない。きみに逢って、余計にそう思った」

「いったいどういうこと？」

「おれは見舞いを装ったんだ」

「装った？」

「あの子が苦しんでいることはわかっていた。心身ともに極限状態にあって、とても他人と話ができる状態じゃないことも駐在所の丹羽さんに聞いて知っていた。それなのに、おれはあの子から多少なりとも話を聞き出せるんじゃないかと期待して病院へ行った。あの子の病状を気にするより先に、自分自身を満足させようとした。まったく身勝手な男だ」

「……」

「それでも、昨日はなんとか踏みとどまる理性が働いた。しかし、今日になったら居ても立ってもいられなくなったんだ。あの子がなにを見たのか、どうしてあんなに怯《おび》えていたのか……それを一刻も早く知りたくて、言葉の断片だけでも聞き取りたいと思った」

そういって周平は自嘲《じちょう》の笑みを漂わせた。注文したコーヒーと紅茶が運ばれてきた。凜子はカップにミルクを注ぎ、スプーンでゆっくりと掻《か》きまわした。

ミルクの渦を眺めながら凜子がふと洩《も》らした。

「奥さんのことが気になっているのね」

周平は驚いた。

「知っていたのか」

「役場の榊さんが教えてくれたの。実は、一昨日、初めてあなたの名前を知ったような素振りをしたけど、ほんとはずっと前に榊さんに聞いていたのよ。二の沢の近くで〈生駒建設〉のこんな感じの人に逢ったって話したら、彼が、それはたぶん三井さんだろうって。どうして仲間と離れて、ひとりぼっちであんなところでお弁当を食べていたんだろうって訊ねると、あなたの奥さんの話になって……」

「そうだったのか」

「詮索《せんさく》好きの女だと思っている？」

「いや」

「気になったのよ。ひとりで黄昏《たそが》れていたし、言葉遣いも雰囲気も土建屋さんっていう感じじゃなくて、なんか異質だったから」

「そいつは心外だな。こっちはようやく土建屋らしくなってきたと思っていたのに、まだまだ修行が足りないか」

「足りないようね。普通、山で逢う土建屋さんたちは、私の仕事にあんなに興味を示さないわ。〈ネエちゃん、サルを追っかけてんのか。いいなあ、気楽な商売で〉ってなもんよ。

私のことを〝ネエちゃん〟って呼ぶくらいじゃないと、まだまだ本物じゃないわね。三井さんって、肉体労働者っていうより頭脳労働者って感じがするもの」

周平は笑った。

「そいつは偏見ってもんじゃないのか」

「偏見じゃないわ。私はああいうおじさんたちが好きよ。生駒さんみたいに飾らなくて、ちょっと粗野な感じがして、男っぽい人が。三井さんみたいな調子で、あの人たちとうまくやっていけるの？」

「お陰様でね。汗をかいて食《く》い扶持《ぶち》を稼ぐ――単純にして明快、かつ強靭《きょうじん》な論理で皆が生きている。そういう世界で生きるのは、なかなか壮快だ。おれも生駒社長のことは好きだしな」

「そういういぐさが、すでに異邦人的なんだよなあ」と凛子は笑った。「もともと東京なんですって？」

「ああ、三年前にこっちに越してきた」

「東京ではなにをしていたの？」

「なにって……いろいろさ。たくさんの職業を経験した」

「どうしてこっちへ移ってきたの？」

「おいおい、これは身上調査かい？　きみの印象が、詮索好きの女かもしれないという方に傾きつつあるんだがね」

「ごめんなさい」

「これは想像だが、きみはとっくに榊くんあたりからおれが引っ越してきた理由を聞いている。違うかい？」

凜子が沈黙した。そして、微《かす》かに頷いた。

「きみにはわかっていることを確認する癖があるのか」

「ごめんなさい」と凜子はまた謝った。「別に変な意味はないの。ただ、人づてに聞いた話と本人の口から語られる話とは違うでしょ？　言葉の選び方とか、言葉が含んでいる温度とか、そういうものを感じないと、相手のことを見極められないから……」

「さすがに学者……を志しただけのことはある」

「結構、皮肉屋でもあるのね」

周平は微笑んでコーヒーを啜《すす》った。つられるように凜子も紅茶に手を出した。

「奥さんのこと、お気の毒だと思うわ」カップの温みを両の掌《てのひら》でまさぐりながら凜子がいった。「とっても大事にしていたんですってね」

「榊くんがそういったのか」

「ええ……まあ」

「どうもそれがおれに関する枕詞《まくらことば》みたいになっているようだ。おそらくほかに取り柄がないということだろう。ただし、榊くんという青年は都会への憧《あこが》れが強いらしくて、東京から流れてきたおれを妙に買いかぶっているところがある。話半分で聞いておいてくれ」

「いろいろ詮索するのはやめるけど、これだけは訊かせて。三井さんは、奥さんが千尋ちゃんのお母さんと同じ目に遭ったと考えているのね？」

周平は頷《うなず》いた。

「木谷茜という女子大生も、だ」

「じゃあ、ふたりはもう亡くなっていると？」

「残念だが、そんな気がする。あの山はおかしい。なにか異変が起きている。きみにも忠告しようと思っていたんだ。しばらくサルの観察は控えた方がいい」

と、その時、凜子のハンドバッグの中で携帯電話が鳴った。電話を取り出した凜子は着信表示を見て、「噂をすればばってやつだわ」と破顔した。

「榊さんよ」

電話口に出て一言、二言、相手と言葉を交わした凜子は難しい顔つきになった。やり取りの最後の方で「今、豊科にいるから、今日の方がいいわ」といった。そして、「すぐに行きます」と電話を切った。

「どうした？」と周平が訊《たず》ねた。

「一の沢で妙なものを見つけたんですって」

「妙なもの？」

「それを私に見てもらいたいそうよ」凜子が椅子から腰をあげた。「一緒に行く？」

「行こう」

周平はレシートを手に取り、急いでレジへ向かった。

7　五月十九日　一の沢

一の沢は烏川の支流でもっとも大きく、流程も渓《たに》の深さも本流筋の本沢に匹敵するか、もしくはそれを凌《しの》ぐといってもよい川だった。左岸（下流から見て右側）の頭上はるか高くに常念岳の登山道へ繋《つな》がる一の沢林道が通っているが、あまりの渓深さのために入渓できる地点はごくごく限られた場所にしか存在していない。エスクードのハンドルを握っている凜子はその一の沢林道ではなく、本沢沿いの烏川林道へ車首を向けた。彼女は、本沢との出合《であい》上部にある取水口付近から一の沢に入るのだと周平に説明した。さすがに山道の運転は達者なもので、助手席の周平がそう指摘すると、「街中の運転はトロいって、よくいわれるのよ」と凜子は笑った。

相変わらず霧雨がしとしと降っており、凜子は時折フロントガラスのワイパーを動かした。葛折《つづらお》りの道を登って本沢橋を渡ると、ほどなく左の急カーブのところに立っている埃《ほこり》まみれのカーブミラーが見えてきた。その脇のちょっとしたスペースにパジェロが駐車していた。榊の車だ。

エスクードが横づけすると、パジェロの運転席から榊が飛び出してきた。彼は、周平と凜子が一緒にいることに怪訝《けげん》そうな表情を浮かべたが、凜子が「偶然、〈日赤病院〉で逢《あ》ったの」というと、なるほどという顔になり、どちらにともなく「ご苦労様です」といった。

「どのあたり？」と凜子が訊ねた。

「最初の堰堤《えんてい》を越えて、もう少し登ったところです」と榊は答えた。「凜子さんの足なら、ここから一時間はかからないと思います」

凜子はリアハッチを開け、衣装箱に使用するような半透明のプラスチックケースの中から軽登山靴やスパッツ、迷彩色のシャツ、トレールパンツ、帽子などを取り出し、身支度をはじめた。本人はまるで頓着《とんちゃく》していないようだが、ブラウスのボタンをはずしたり、スカートの下にさっとパンツを引きあげる動作には、男たちの方がどぎまぎさせられた。

榊が、凜子から視線を逸《そ》らして周平に訊ねた。

「三井さんも一緒に行かれるんですか」

「そのつもりできたんだ」

「渓に降りたら道らしい道はありませんし、ところどころ川を渡らなくちゃいけませんけど、濡《ぬ》れても平気ですか」

「覚悟している。おれはこの通り代わり映えしない作業ズボンと安全靴だから大丈夫だよ」

周平自身はいまだに一の沢には足を踏み入れたことがない。杳子にもそこへ行くことは禁じていた。地元の人間の話や地形図などから想像する限り、それほど悪渓というわけではなさそうだが、なにしろ渓が深くて登り降りに難渋することは明白なので、夫婦の散策コースとしては除外していたのだ。

「山口さんに聞いたんだが、カモシカの死体があるんだって？」と周平が訊ねた。

「ええ、山菜採りにきたうちの親父が見つけたんです。様子が変だから、おまえも見てこいっていわれて、午前中にちょっと行ってきたんですよ」

「どう変なんだい？」

「喰《く》われたような形跡があるんです」

「喰われた？」

「内臓が喰い散らかされたとしか見えないんです。でも、カモシカを捕って食べる動物なんてこの山にはいないはずですからね、野犬の群れでもいるんじゃないかって、ちょっと心配になったんです」

身支度を整えた凜子が「行きましょう」と出発を促し、三人は急勾配《こうばい》の道をくだりはじめた。榊が先導し、凜子、周平とつづいた。しんがりの周平は雨を吸った腐葉土に足を滑らせないよう慎重に歩を進めた。五分ほどで渓底に達し、取水施設の梯子《はしご》を利用して河原に降りた。渓流を渡り、左岸側を上流方向に向かって登りはじめる。

暗い渓だった。そしてひどく寒々しい趣の渓でもあった。切り立った崖《がけ》や鬱蒼《うっそう》とした森が両岸に迫り、陽射しを遮っている。川の水は刺すほどに冷たく、渓流周辺の残雪もかなり多い。ゴールデンウイークがすぎてから季節が加速度的に進行し、麓《ふもと》では初夏といっても差し支えない陽気になりつつあるが、ここにはまだ冬の残り香が立ち込めていた。その一方で、ヤマブキの黄色い花弁がほころび、樹木の新芽が芽吹き、瀬音に混じってミソサザイの甲高い鳴き声が聞こえたりもする。遅々としていても、山の春は確実に胎動しているのだった。

三十分ほど歩いてコンクリートの堰堤を高巻くと、眺望が急に開けて明るくなった。それまで典型的な山岳渓流の様相を呈していた川は、広い河原を持つ穏やかな平瀬に変わった。雨も熄《や》んでいた。雲が厚く垂れこめて陽射しこそ期待できなかったが、周平は久しぶりに遮蔽《しゃへい》物のない空を仰ぎ見、開放的な気分を味わった。

「あそこです」

榊が前方を指し示した。再び川を渡って右岸側の河原に移動した。川から少し離れた砂地に一部白骨化したカモシカの死体が横たわっていた。大きな成獣だ。近づくと、腐臭が立ち昇っており、周平は思わず鼻を塞《ふさ》いだ。

凜子はその場に腰を落とし、臆《おく》することなく死体を調べはじめた。榊が自分の軍手を差し出すと、凜子は必要ないとばかりに首を横に振り、素手で死体のあちこちをまさぐった。カモシカの腹部を覗《のぞ》き込んでいた凜子がいった。

「たしかに食べられたみたいね。第一胃以外の内臓は食べ尽くされているわ」

「しかし、いったいなにがカモシカなんか食べるんです？」と榊が顔をしかめた。「やっぱり野犬ですか」

「ツキノワグマだと思うわ」

「クマ？」

「そう、胸壁や骨盤壁に噛《か》み砕かれた形跡がある。私の専門外だけど、この歯《は》痕《あと》からいって、まず間違いなくツキノワグマでしょうね」

「クマがカモシカを食べるんですか」いかにも解せないという表情で榊が訊ねた。「アリやハチみたいな昆虫を食べるとは聞いていたけど」

「それほど頻繁ではないけれど、実例がないってわけじゃないのよ。カモシカだけじゃなくて、ノウサギなんかも食べることがあるみたい。まあ、実質的には限りなく草食に近い雑食動物なんだけど、なんてったって分類学上は立派な肉食獣ですからね」

周平も初耳だった。

「ツキノワグマが動物を襲って食べるのかい？」

凜子は笑った。

「もちろん彼らは捕食者じゃないわ。ほとんどの場合、屍《し》肉《にく》を漁《あさ》っているんだと思う。秋《あき》山郷《やまごう》あたりのクマ撃ちの人の中には、襲って食べると主張する人もいるけれど、私は想像や伝聞の域を出ていないような気がするな。仮にそういうことがあるとしても、弱って死にかかっているような個体にたまたま出くわした時くらいじゃないかしら。積極的に襲うことはないはずよ」

「じゃあ、このカモシカも？」

「おそらくこの近辺ですでに死んでいたのよ」と凜子はいい、つっと背後の斜面を振り仰いだ。

「見て。あそこだけ残雪がなくて、土が不自然に露出しているでしょ？　このあたりは渓が開けていて陽当たりがいいし、強風にも晒《さら》されるだろうから、きっと雪崩が起きたのね。カモシカはそれに巻き込まれて圧死したか……」凜子はカモシカの左後肢《うしろあし》を撫《な》でた。「ここを骨折して動けなくなり、そのまま息絶えたんじゃないかしら。しばらく雪に埋まっていた死体を、冬ごもりから目醒《めざ》めてこのあたりをうろついていたツキノワグマが掘り出して食べた──きっとそういうことだと思うわ」

「なるほど」

凜子と出逢って以来、周平は感心してばかりいる。凜子がいささか自嘲《じちょう》的に語る彼女の仕事は、その実、体力だけではなく知力、観察力、そして豊かな想像力を要求される種類のものだった。カモシカの死体ひとつから、あるいは道端に落ちている小枝一本から、凜子は山で人知れず繰り広げられている生命のドラマを描出してみせる。その言葉には説得力があった。周平は今まさに自分の眼前で、飢餓感に苛《さいな》まれている痩《や》せこけたクマが土砂の入り交じった薄汚い雪の中に哀れなカモシカの死骸《しがい》を発見し、やむにやまれず掘り返している様を見ているような気がした。

「野犬の心配はひとまずなくなりましたけど」榊の表情はまだ冴《さ》えなかった。「今の秋山郷の猟師の人の話が気になりますね。凜子さんは想像や伝聞だっていいますけど、クマが動物を襲って食べるということは否定しきれないわけでしょう？」

凜子は、榊のいわんとしている意味を察したようだった。

「つまり、あなたは例の二件の行方不明事件がクマの仕業じゃないかと考えているわけ？」

「そういう可能性もあるんじゃないかと……」

「冗談じゃないわ」と凜子は一笑に付した。

「でも、現実に人が襲われることもあるわけですし……」

「北海道のヒグマじゃないのよ。ツキノワグマが人畜に危害を加えるのは食欲のためじゃない。それは自分や子供を守るための排除行為で、〈恐れ〉や〈苛立《いらだ》ち〉が原因なの。私は〈戯れ〉というケースもあるんじゃないかと思うけど、いずれにしても彼らが〈食欲〉に駆られて人間を襲い、ましてや死体を持ち去ったなんて考えるのはナンセンスだわ」

「じゃあ、木谷さんと新井さんはどうして消えてしまったんですかね。動物ではないとすると、やはり人間が犯人なのかな？」

「この山に変質者か人さらいがひそんでいるかもしれないってこと？」

「それはなんともいえませんけど……。しかし、不思議な話ですよね」

「役場の方ではなにか対策を考えているのかい？」と周平が訊《たず》ねた。「一時的に入山禁止にするとか、巡回警備を行うとか」

「いや、そこまで大袈裟《おおげさ》に考えている人間は誰もいません。役場のほとんどの連中が、まだ狐につままれたような気持ちでいるんじゃないでしょうか。中には、事故や事件ではなく、女性たちが勝手に失踪《しっそう》しただけじゃないかと想像している人間もいるくらいで」

「警察関係者にもそんなことをいう人がいたが、それはあり得ないことだと思うね」

「はい。三井さんや凜子さんの話を聞いて、僕自身はそうは考えていないんですけど、なにしろ奇怪な出来事ですから……。いずれ警察ともきちんと話し合わなくちゃいけないんでしょうが、役場の内部はそういう雰囲気にはなっていないというのが実情です」

「少なくとも本沢橋付近に入山管理所を設置すべきだと思うね。誰がなんの目的でどこへ行くのか、それをきちんと把握しておいた方がいい」

「関係部署に提案はしてみますけど……」

榊の歯切れは悪かった。管理所を設ければ専任者を置かなくてはいけないし、費用もかかる。自分が考えるほど容易なことではないのだろうと周平は思った。

「じゃあ、そろそろ引き返しますか」と榊がいった。「騒ぎ立てて申し訳ありませんでした、凜子さん」

「いいのよ」と凜子は微笑した。「でも、せっかくここまできたんだから、もう少し待ってくれる？　ちょっとひとまわりしてくるから」

凜子はそういってふたりから離れ、腰を折って地面を注視しながらうろうろしはじめた。動物のフィールドサインでも探しているらしかった。

「面白い女性でしょう」と榊がいった。「最初は正直ちょっと苦手だったんですよ、あの人のことが」

「なぜ？」と周平は訊ねた。

「年は僕と同じくらいなんですが、こっちが三流の私立大学出だからでしょうか、信大の研究室なんてところにいる女性には妙な気後れも感じたし……」

「きみは少し自己卑下がすぎるんじゃないかな」

「そうですね。僕の悪い癖です。ただ、凛子さんの場合は、最初からこちらに対する敵愾《てきがい》心《しん》があったみたいで、なにかというと突っかかってきたし、僕の上司にも平気でタメ口をきいたりするから、ずいぶん高慢ちきな女だと思ったんですよ」

「今はそう思っていない？」

「はい。じっくり話してみると、優しい女性だということがわかりました。それに、凛子さんは動物や自然がほんとうに好きなんですよ。まるで子供みたいに。でも、あの旺盛《おうせい》な好奇心と行動力は、少女というより腕白少年のようですけどね」

ふたりは笑い合った。

「以前もお話ししましたが、僕は堀金村の生まれですから、小さい頃はこのあたりの山でずいぶん遊んだんです」と榊はつづけた。「親父が山歩きが好きで、やれ山菜採りだ、やれ茸《きのこ》狩りだって、ひとり息子の僕を連れ出したがりましてね。だけど、その反動でしょうか、年を重ねるごとに自然のありがたさなんてすっかり忘れてしまって、しばらく山からは足が遠のいていました。街へ繰り出す方が断然、愉《たの》しかった。去年、今の部署に移って、ほとんど同時に凜子さんと知り合ったんですけど、それからですよ、山で遊ばない手はないと思うようになったのは。視察などで凜子さんに同行する機会が何度かありましてね、あの人と一緒にいると、ほんとうに山や森が豊かなものに感じられるんです。科学とか文学とか……まあ、自分がそれなりに蓄えてきた知識のフィルターを通して自然を見ることを凜子さんは教えてくれて、子供の頃とはまた違った愉しさを感じるようになりました。今さらながら、僕はすごく贅沢《ぜいたく》な場所に暮らしていたんだなあって気づいて……」

「同感だね。ここは贅沢なところだよ。だが、山口さんだけではなく、お父さんにも感謝したまえ。そういうきみの感受性の下地を作ってくれたのは、きっとお父さんだ」

「ええ、そうですね。最近、親父と一緒によく渓流釣りにも行くんです。口にはしませんが、親父もそれを喜んでいるみたいで」

「そいつはよかった」

「でも、山に行くたびに思うんですが、日本の自然は確実に末期症状を呈していますね。この先、そんなに長くはつづかないという気がします。これも凜子さんの受け売りですが、人間はもっと山や森に出かけて、それをうまく活用することを考えるべきかもしれない。凜子さんは手厳しいこともいうけれど、決して狂信的な自然保護主義者というわけじゃありません。自然対人間という対立の構図を改めて、人間はもっとずかずかと山や森に入るべきだっていうんですよ」

「ほう？」

「手つかずの自然をむやみに礼賛していてもはじまらない。日本の自然なんてそもそも底が浅いんだから、むしろ人間があれこれ世話を焼いてあげなくてはダメになってしまう。世話を焼くために山や森をもっと知れ――それが凜子さんの持論のようです」

凜子のことを語る榊の口ぶりや視線からは好意以上のものが感じられた。この青年はどうやら恋をしているらしいと周平は察した。そして、自分がとんだ邪魔者を演じていたことに気づいた。

「そういえば、山口さんはサルの駆除のことをとても気に病んでいるようだよ」と周平はいった。

「わかっています。被害農家や農協の人たちに呼びかけて、なんとかサルと共存できる道を模索しようと思っているんですが……」

これまたそうたやすいことではないのだろうな、と周平は思った。

その時、凜子がなにかを見つけたらしく、大声でふたりを呼んだ。駆けつけた周平と榊に、凜子は地面を指差していった。

「これ、動物の足跡に見えない？」

たしかに河原と林の境界線に当たる砂地に楕円《だえん》状の凹みが認められたが、久しく風雨に晒《さら》されていたらしく輪郭は不鮮明で、周平には風紋かなにかのようにしか見えなかった。

「クマの左前肢の跡みたいに見えるんだけどなあ」と凜子は呟《つぶや》いた。

「クマなら、爪跡とかが残るんじゃないのかい？」と周平が訊ねた。

「爪とか前肢の手根球《しゅこんきゅう》と呼ばれる部分が痕跡《こんせき》として残ることは稀《まれ》なの。もっとも、積雪期以外のクマの足跡自体、とても発見されにくいもので、私も実物はほとんど見たことがないんだけどね。図体《ずうたい》は大きいくせに、忍者みたいに自分の気配を消してしまえるのよ、クマって」

凜子はしばらく思案顔で凹みを眺めていたが、やがて納得したように立ちあがった。

「私の錯覚みたいね。これがクマの足跡だとしたら、えらいことだわ」

「どうして？」

「グリズリーも真っ青の巨大グマがこの山にいるってことになっちゃう」

凜子は邪気なく笑いこけた。

8　五月二十一日　堀金村岩原

その騒動は黎明《れいめい》の静寂を打ち破る一発の銃声からはじまった。

堀金村岩原に住む金井修《かないおさむ》の妻、三千代《みちよ》は戸外がまだ薄暗い時間から起き出して朝食の準備をしていたが、隣家の北岡肇《きたおかはじめ》が所有する林の方角で鳴り響いたその音に度肝を抜かし、まだ寝室の布団の中で眠っていた夫を揺り起こした。寝起きの悪い修がぐずっている間にもう一発、銃声が轟《とどろ》いた。

さすがの修も飛び起きて、「なんの音だ？」と妻の顔を睨《にら》んだ。

「鉄砲じゃない？　北岡さんちの林の方から聞こえたよ」

「鉄砲？　冗談だろう」

戸惑い顔の修が立ちあがって窓辺に近づき、北岡邸を覗《のぞ》き込もうとレースのカーテンに手をかけた時、三発目の銃声がまた鳴った。

「隣の家には猟銃があったな？」修は妻に訊ねるというより、自分自身に問いかけるように呟き、顔をしかめた。「おい、丹羽さんに電話だ！」

三千代が電話に走り、駐在所の番号を押した。

金井三千代の通報を受けた丹羽がすぐさま車を走らせて北岡の家に赴くと、母屋《おもや》には誰もいなかった。広い裏庭にまわってみたが、やはり人影はなかった。裏庭と隣接するスギ林の中に踏み込んだ。林の奥には樹を伐採して拓《ひら》いた養蜂《ようほう》施設があり、そこに猟銃を脇に携えた北岡肇、その妻の秀子《ひでこ》、ひとり息子の毅《つよし》、その妻の佳奈《かな》という家族全員が立ち尽くしていた。父子は揃って作業服を着ていたが、秀子と佳奈は寝間着姿のままだった。歩み寄った丹羽に、息子の毅が最初に気づき、怯《おび》えたような顔を向けた。

「なにがあったんだい？」と丹羽が訊《たず》ねた。

「クマが出たんです」と毅が答えた。

「クマ？」

「ええ」

「おいおい、クマを撃っちまったのか」

「当たっちゃいねえよ」と父親の肇が怒ったように答えた。「おれの腕も鈍ったもんだ。あんなでかい的をはずすなんてな」

「そういうことじゃない。あんたが猟銃をぶっぱなしたこと自体が問題なんだ」

「ぶっぱなして悪いかよ？　蜂洞《はちどう》を狙いにきたんだぞ、あいつは」

肇の態度は最初から好戦的だった。

「悪いに決まっているだろう。今は猟期じゃない。それに、クマは保護動物だぞ」

「そんなの知ったことか」

「冷静になれよ、北岡さん」丹羽は、いささか頭に血が上っている相手を宥《なだ》めた。「それにしても、こいつはちょっと問題だぞ。あんたは猟期でもないのに鉄砲を撃った。有害鳥獣駆除の許可を得たわけじゃあるまい？」

「そんな面倒なことをするもんか」

「だったら……」

「ワッパをかけるならかけてみろや、丹羽さん」と肇は居直った。「お上の手順に従っていたら、こっちが干あがっちまうんだよ。あいつが現われたら、おれはまた撃つぞ。今度こそ仕留めてやる」

おろおろとふたりを見遣《みや》っていた家族だが、息子の毅が悲痛な表情で訴えた。

「駐在さん、うちは春先にリンゴの花芽をサルに齧《かじ》られて、ほとんど全滅状態です。今年は収穫が望めそうにありません。そしたら、今度はクマですよ。蜂までやられてしまったら、うちはどうすればいいんですか。親父がしたことがちょっと行きすぎだということは認めますが、こちらの身にもなってください」

北岡家はもともとリンゴ農家だが、東京の大学を卒業して帰郷した毅が養蜂事業に手を広げていた。毅が選択したのはセイヨウミツバチではなくニホンミツバチだった。

洋蜂に比べて和蜂は生産性の上では効率が悪い。和蜂の場合、シイ、モミ、スギなどの大木を刳《く》り貫《ぬ》いて作った蜂洞と呼ばれるものを巣箱として使用し、一洞当たりの蜂の数は数千から二万といったところで、これは洋蜂の半分程度にすぎなかった。採蜜《さいみつ》は年に一回限り、一洞当たりの採蜜量はせいぜい二～三合、良い年で四～五合程度といわれている。

だが、生産性が低い代わりにメリットもあった。もともと日本の風土に適しているニホンミツバチは病気やダニに強く、小柄なために様々な花に潜り込んで蜜を集めてくる。結果、和蜂蜜はいろいろな蜜が混ざることになり、栄養価が高く、水分も少ないため美味で、長野県では「百花蜜《ひゃっかみつ》」といわれて高級品として取り引きされる。洋蜂蜜の最高級品とされるトチ蜜の三倍以上の値がつくこともあるほどだ。

毅の養蜂事業は一家を支えるほどの規模にはなっていないが、副業としてはそこそこの収益をあげている。ただし、今年のリンゴの収穫が絶望視されているとあっては、その副業が北岡家の唯一の現金収入の道になる。丹羽も、北岡肇の怒りや家族の苦渋がわからないわけではないが、そうかといって見すごせることではなかった。

「悪いが、猟銃は押収だ」と丹羽は告げた。「あとで豊科署にも出頭してもらうことになるよ」

「ああ、わかった」と北岡肇はふて腐れたようにいった。

「クマのことも、ちゃんと調べた方がいいな。被害は？」

「一昨日《おととい》、蜂洞がふたつ荒らされました」と毅が答えた。「今日は注意していたんで、未然に防げたんですが」

「二日前からクマが出没していたのか。どうして警察や役場に報せ《しら》なかったんだ？」

「ふん。役人風情になにができる」と肇が吐き捨てた。「悪さばっかりするサルの駆除だって躊躇《ちゅうちょ》するようなところだぞ。百姓なんかより動物様が大事なんだろう」

「まあ、そういうなって。とにかく榊さんには報せておこう。クマがまた現われないとも限らないんだから、対策を立てんといかんだろう」

時間が早かったので丹羽は少しためらったが、結局、北岡の自宅の電話を借りて榊に連絡を取った。

四十分ほどして榊が北岡の自宅を訪れた。山口凜子も一緒だった。ことがことだけに凜子が興味を示すだろうと考えた榊が松本市の彼女の自宅アパートに電話を入れると、案の定、凜子の方から同行を申し出たのだった。ふたりが北岡宅の裏庭にまわると、縁側に丹羽が座っていて、嫁の佳奈が入れた茶を啜《すす》っていた。北岡家の面々は居間で一様に仏頂面を晒《さら》している。

「北岡さん、クマのこと、どうしてもっと早く報せてくれなかったんですか」と榊が咎《とが》めるような口調でいった。

「役場に報せたって、いったいなにをやってくれるんだよ？」北岡肇は憎しみの双眸《そうぼう》で榊を睨みつけた。「おめえ、このあたりの百姓がサルに泣かされているってのに、農家も自衛手段を工夫しろとかなんとか偉そうなことをほざいていたな」

「偉そうだなんて……」

「これも立派な自衛手段だぞ。お陰でこっちは後ろに手がまわりそうだけどよ」

「でも、いきなり猟銃を発砲するなんて乱暴すぎますよ。そういう必要があれば、駆除申請をしてもらえれば……」

「そんな悠長なことはいってられねえんだよ！　おめえらはどうせ動物保護だとかなんとか小難しい屁理屈《へりくつ》を並べて、問題を先延ばしにしやがるんだ。なにが駆除申請だ。書類を出せだの、証拠写真を出せだの、細かいことばっかりいいやがるくせに。サルやクマがそんなしち面倒臭い手つづきを待ってくれるのか。人間様の事情を汲《く》んでくれるのか。えっ、どうなんだよ！」

「……」

「いいか、うちはリンゴがほぼ全滅だ。隣の金井さんところも同じだぞ。春を乗り切った農家だって、秋になりゃ今度はサルどもが実を喰《く》い荒らしにきて、みんな泣くことになる。そんなことはわかりきっているのに、おめえらはエテ公の味方ばかりして対策を立てようともしねえ。おれたちはいったいなんのために税金を払ってるんだよ？」

「我々だってなにもしないというわけでは……」

「ふざけんな！」と北岡肇は青筋を立てて怒鳴った。「電柵《でんさく》を建てろだの、犬を飼えだの、こっちに負担を押しつけることばかりいいやがって。おめえな、犬だってタダじゃねえんだぞ。餌代もかかれば、予防注射やらなにやらの費用も嵩《かさ》むんだ。しかも、リンゴ園全体を護《まも》ろうとすりゃ、一匹ってわけにはいかねえ。それでなくてもこっちはピイピイしてるのに、そんな余裕がいったいどこにある？　そこらへんのところ、わかってるんだろうな」

「わかっていますよ」

「わかってねえよ、おめえらは。宮仕えの連中にはわかりっこねえ」

「落ち着いてください、北岡さん」

「うるせえ！　駆除しちまえばいいんだよ、サルだろうがクマだろうが。声をかけりゃ、ハンターはいくらだって集まるぞ」

「間違いなくクマだったんですね？」と凜子が訊ねた。

「なんだと？　あんた、いったい誰だよ？」

「信大の山口といいます」

「あんたか、エテ公どもの最大の味方は。はっきりいっておくがな、おれはあんたみたいな自然保護主義者ってやつが大嫌いなんだ。自然と闘ったこともねえくせに、理想論ばっかり吐くやつがな」

「嫌われても結構です」と凜子は冷たくいい放った。「それより質問に答えてください。家のどなたかがほんとうにクマを目撃なさったんですか」

「当たり前だろう。女房以外は全員が見た」

「クマに間違いありませんでした？」

「どういう意味だよ、それは？」

「クマの異常出没というのはほとんどの場合、大量の食物を採取する秋に見られるんです。彼らはもともと定着性の強い動物で、ほかのスリーシーズンはあまり動きまわらないのが普通です。カモシカを見誤ったとか、そういうことはありませんか」

「あんた、馬鹿か。カモシカが蜂を狙うかよ。クソ重い重石《おもし》が取っ払われて、蜂洞の蓋《ふた》が開けられているんだぞ」

「間違いなくクマでした」と毅もいった。「一昨日はたまたま見つけて車のクラクションで追い払ったんですが、昨日、今日は僕がここでずっと見張っていたんです。この眼ではっきり見ました。見誤りようがありませんよ」

「一昨日は私も見ました」と佳奈がいい、「すごく大きなクマでした。ね？」と夫に同意を求めた。

毅が頷《うなず》いた。

「大きかったです。昔、一度だけ沢筋でクマを見たことがありますけど、その時のやつに比べたら倍くらいもあるように見えました」

「養蜂施設が荒らされたのは初めてですか」

「初めてです。一応、蜂洞の四方にクマ避《よ》けのための針金を張り巡らしていましたが、今までクマが近づいたことはありません。こんな人里にまで降りてくるなんて、考えもしなかったです」

「猟銃で撃ったそうだけど、手負いにはしなかったでしょうね？」

「手負い？」

「弾が当たって、クマは怪我を負わなかった？」

「当たっちゃいねえ」と肇が答えた。「すばしっこく逃げて行ったよ」

「そうですか。あなたの鉄砲の腕がヘボだったのは、人間にとってもクマにとっても幸運でした」

「なんだと、このアマ！」と肇が色をなした。

凜子は相手にせず、「現場を見せてもらえますか」といった。

毅が立ちあがりかけたのを、肇が制した。

「見せることぁねえぞ、こんな女に。とっとと失《う》せやがれ！」

「そういきり立ちなさんな、北岡さん」と丹羽がとりなした。「この人は動物の専門家だ。ちゃんと現場を見てもらっておいた方がいい。それに、あんたは法律で禁じられていることをしたんだぞ。そのことを忘れてもらっちゃ困るよ」

肇は面白くなさそうに煙草をふかしはじめた。毅が縁側に出てきてサンダルを突っかけ、

「ご案内します」といった。凜子、榊、丹羽の三人は彼のあとに従ってスギ林に入った。

蜂洞の周辺やクマが逃走したという繁みのあたりをしばらく調べていた凜子が男たちに告げた。

「ツキノワグマに間違いなさそうね。嚙《か》み跡や足跡がはっきり残っています。そちらの方のおっしゃる通り、かなり大きいわ。たぶん牡《おす》の成獣でしょう」

それを聞いた榊が「サルの次はクマか……」と嘆息交じりにいった。「こんなところまで降りてくるなんて前代未聞ですね。よっぽど山に食べ物がないのかなあ」

「今頃はブナの若葉をはじめ新鮮で柔らかい植物が山にたくさんあるはずなんだけど」と凜子は首を傾げた。「大きさから考えて、人里を恐れないおっちょこちょいの若グマということでもなさそうだし……」

「さて、どうしたものかな？」と丹羽が呟《つぶや》いた。「人家近くに出没して、ここに蜂蜜《はちみつ》があるってことも覚えちまった。こりゃ駆除もやむを得ないかもしれないね」

「猟銃で追い払ったのに、またきますかね？」と毅が訊《たず》ねた。

男たち三人の視線が凜子に向けられた。

「なんともいえないですね。かなり怯《おび》えているでしょうから、しばらくは近づかないと思うけど」と凜子は答えた。

「また現われる可能性も否定できない？」と榊が訊ねた。

「否定はできません。でも、私は駆除には反対よ」

「捕獲しましょう。うちの大学にドラム缶で作った捕獲用の罠《わな》があります。それを使って」

「ということは、クマをまた山に放すわけですか」

「そうです」

「元の木阿弥《もくあみ》になりませんか。クマが舞い戻ってきたりして」と毅が不安と不満をあらわにした。

「〈奥山放獣〉という方法があります。捕獲したクマを山奥に連れて行ってクマ撃退用の辛子スプレーを吹きつけてから放獣するんです。一度、そういう目に遭うと、怖がって人里に降りてくるようなことはありません。今はこのやり方が一般的で、成果のほども立証されています。私の仲間にツキノワグマを研究している人がいますから、相談してみますよ」

丹羽が頷き、「ひとまずその方向でどうだね？」と皆の顔を見まわした。

「なるべく早く手配してもらえますか」と毅がいった。

「わかりました」と凜子は答えた。「榊さん、役所の方の手続きをお願いね」

「はい」

四人が北岡家の母屋《おもや》の方へ戻りかけた時、榊がそっと凜子の脇に近寄って耳元に囁《ささや》いた。

「凜子さん、またクマですね。大丈夫でしょうか」

「しかし……」

凛子が険しい目線を擡《もた》げた。

「あなた、なにを心配しているの？　まだあの犯人がクマだと思っているわけ？」

「……やけに妙なことがつづくから」

「山歩きも仕事のうちでしょ？　だったら、動物のことももっと勉強しなさい。せいぜい蜂の巣箱を狙うくらいよ、ツキノワグマがする悪さなんて」

凛子はそそくさと歩き出し、榊は取り残された。

9　五月二十一日　本沢斜面

村越陽一は自分の背丈ほどもあるササに覆われた急斜面を一時間以上かけて這《は》い登り、ようやく道らしき平坦《へいたん》な場所に辿《たど》り着くと、思わず呻《うめ》き声を発してその場に突っ伏した。心臓が躍っている。いや、躰《からだ》のあらゆる器官が酸素を求めて悲鳴をあげていた。意識が少し遠くなり、視界が緑色に翳《かげ》った。粘っこい唾液《だえき》を吐き散らした途端に呼吸が乱れて噎《む》せ返り、一分ほどのたうちまわった。なんとか息が鎮まると切実な喉《のど》の渇きを覚えたが、ペットボトルのミネラルウォーターはとうに飲み干していた。陽一は舌打ちし、今度は地べたに大の字になって仰臥《ぎょうが》した。

これほど苦しい藪漕《やぶこ》ぎを体験したことはない。たしかに渓《たに》は深く、斜度もきつかった。しかし、ただ登攀《とうはん》するだけならばこれほど体力を搾り取られることはなかっただろう。厄介なのは鬱蒼《うっそう》としたササ藪だった。行けども行けども藪は尽きず、ササとの格闘に疲れ切ってしまった。それにしても、二十六歳にしてはいささか情けない体力といわざるを得ない——陽一は自分の運動不足を呪った。

そんな若者をそばで見おろしている獣がいた。金栗色の美しい長毛に枯れ枝や葉を絡ませ、やはりササ藪との悪戦苦闘に疲労の色を隠せないアイリッシュ・セッターの牡犬《おす》、リキだった。都会しか知らないこの犬も、狩猟犬本来の闘争心やスタミナをどこかに置き忘れてきたようで、息を弾ませて口から舌を出し、だらしなく涎《よだれ》を垂れ流していたが、さすがに陽一の醜態を見る眼には哀れみが込められているようだった。

「そんな眼で見るなよ」リキの視線に気づいた陽一が喘《あえ》ぎながらいった。「おまえだってセッターのくせにデブじゃないか」

リキはくるりと陽一に尻《しり》を向け、近くのササ藪に歩いて行って小便をした。

陽が翳りはじめている。正直いって、自分がどのあたりにいるのか陽一はよくわかっていなかった。渓谷の下流側に車を停めたことはたしかだから、この道をくだればいいのだろうが、距離感がまったく摑《つか》めていない。すぐ夜になってしまうから、一刻も早く歩き出すべきだったが、陽一はなかなか立ちあがれなかった。腿《もも》の筋肉が張り、右のふくらはぎは痙攣《けいれん》を起こしかけている。休んだことがかえって災いしたようで、躰がひどく重く、体重が倍にもなってしまったように感じられる。もう少し休息したかった。あと一分——そう決めて、眼を瞑《つぶ》った。

リキのけたたましい吠《ほ》え声とエンジン音を聞いたのがほぼ同時だった。陽一は眼を開け、音がした方角を見た。50ccのバイクが草深い道を登ってくる。運転者は工事現場の作業員のような白いヘルメットをかぶっていた。リキが威嚇の声を出し、男の足許《あしもと》にまとわりついている。噛むことはないだろうが、運転者を恐れさせているのではないかと危惧《きぐ》し、陽一は「リキ、戻れ！」と大声を出した。だが、男が犬を恐れている様子はなく、それどころか笑ってリキとじゃれ合っているように見えた。そして、バイクが傍らに停まり、運転者の笑顔を間近に見て陽一は初めて気づいた。その男が知り合いであることに。

「やあ」男の方から声をかけてきた。「やはりきみだったか」

陽一は上半身を起こし、「こんにちは」と挨拶《あいさつ》した。

「三井さん……でしたよね。先日はどうも。いろいろお世話になりました」

「下の林道に見覚えのある車があったから、そうじゃないかと思ったんだ。よかったよ、遭難したわけじゃなかったんだな。それとも、その様子からすると、遭難の一歩手前くらいまでは行ったのかな？」

「二歩手前くらいですかね」と陽一は引きつったように笑った。「渓の深さと藪のすごさを少し見くびっていました」

「ここを登ってきたのか」と周平は斜面を見おろした。「そいつは無茶だ」

「陽がだいぶ傾いてきたので、慌てて登ってきたものですから。迂闊《うかつ》でした。ちゃんと地図を頭に叩《たた》き込んでおくべきでした」と陽一は殊勝な顔を見せた。「三井さん、ひょっとして僕のことを心配してきてくださったんですか」

「ああ。もうすぐ暗くなるからな」

「それは申し訳ありませんでした。それにしても、三井さんの方こそ、こんな時間にどうして山にいらっしゃるんです？」

「この山は仕事場なんだ。林道の工事をしていてね」

「ああ、そうか。そうおっしゃっていましたね。でも、現場はもっと下の方でしょう？」

「仕事が終わったら山をうろつく——それがここ最近のおれの習慣になっているんだよ。それより、きみはあれからずっとこっちにいたのかい？」

「いいえ、一度、東京に戻りました。今日あらためて出直してきたんです」

「彼女の手がかりを探しにきたのか」

「はい。捜索は打ち切られてしまったけれど、どうしても納得できなくて」

陽一はそういってうなだれた。

「水、飲むかい？」周平がバイクの籠《かご》から水筒を取り出していった。「ちょっと生温《なまぬる》くなってしまったと思うが」

陽一が泣きべそともつかぬ顔で周平を見た。

「僕が今、この世で一番欲しかったものですよ。有り金を差し出せっていわれたら、躊躇《ちゅうちょ》なく出します」

周平は笑って水筒を放った。

「まだ半分くらいは残っている。きみの相棒にも飲ませてやれよ」

水筒を受け取った陽一は「遠慮なくいただきます」といい、キャップに水を注いでまずリキに与えた。陽一自身は水筒から直接水を喉に流し込んで一気に飲み干し、「生き返りました」と声を弾ませた。

「いい犬だな」と周平がいった。

「リキっていいます。一応、純血のアイリッシュ・セッターですけど、どうしようもないぐうたら犬です。もっとも、こいつに十分な運動をさせてやれない人間の側に非があるんですが」

「セッターというのはもともと狩猟犬だろう？」

「ええ。でも、すっかり愛玩《あいがん》犬に成りさがっていますよ。こんなやつでも山では頼りになるだろうと思って連れてきたんですが、ちっともいうことを聞かないし、山歩きはヘタだし、すぐに息があがってしまうし……とんだ足手まといでした」

「いや、生き物がそばにいるだけで励みになるさ。ひとりで山に入る時は心強い存在だよ」

陽一は相棒の首筋を撫《な》でながら、「たしかにそうですね」と微笑した。「リキがいたから、なんとかこの斜面を登ってこられたのかもしれない」

「ところで、きみは会社員だったたな。平日にこんなところにいるってことは……」

「リストラ覚悟で一週間の休暇を取ってきました。絶対に茜の手がかりを摑んで帰るつもりです」

「この広い山を、どうやって探すつもりなんだ?」

「山を区画ごとに分けて、毎日地道に歩くつもりです。それから、目撃情報を募るビラを作ってきたので、近くの駅や観光施設などに置いてもらうか、場合によっては僕自身が配付します」

「その作業を、きみひとりで?」

それがいかに途方もない労力を要するか今さらのように自覚したようで、陽一の目線は弱々しく泳いだ。気弱になりかけた自分を鼓舞するように「やるしかありません」と宣言した。

「今回できなかったら、日をあらためてまたきます」

「今夜はどこに泊まるんだ?」

「車です」

「車?」

「一応、テントも持ってきました。ホテルや旅館に長逗留《とうりゅう》できるほど金持ちじゃありませんからね。それに、犬も一緒となると、泊めてくれるところがないと思って。幸い、近くの温泉で風呂《ふろ》には入れるし、一週間くらいだったら、野宿でもなんとかなるでしょう」

「あまり賢い選択とは思えないな。ただでさえきみは大変な仕事をしようとしているのに、それでは体力を消耗するだけだ」

「ですが……」

「おれの家に泊まりたまえ」

「えっ？」

「男やもめだからなんのお構いもできないが、きみに提供できそうな部屋だけはある。犬が一緒でも一向に構わないよ」

「そういうわけには……」

「寝る時くらいは畳の上の方がいいだろう。それに、昼も夜も山の中にいたのでは、なにかがあった時に困るじゃないか。ここでは携帯も通じない。親御さんだって心配するぞ」

「……ほんとうにいいんですか」

周平は頷《うなず》いた。

「この前も思ったんですが、どうして三井さんはそんなに僕に親切にしてくださるんですか」

「きみと同じ探し物をしているからさ」

「探し物？　それはどういう意味です？」

「こっちの事情を話す前に、きみに確認しておきたいことがある」

「なんでしょう？」

周平は空を見あげ、「だいぶ暗くなってきたな。歩きながら話そうか」といった。

周平はバイクを押し、陽一と肩を並べて歩き出した。しばらく沈黙がつづいた。それに焦《じ》れた陽一が訊《たず》ねた。

「確認しておきたいことって、いったいなんですか」

「きみはビラまで作ってきたらしいが、それはつまり今でも茜さんの生存を信じているということかな？」

「当然じゃないですか」と陽一は勢い込んで答えた。

「ほんとうに？」

「ええ」

「彼女がいなくなってからもう五日も経つのに、か」

周平に問いつめられ、陽一は口ごもった。

「実際のところはどうなんだ？　正直なきみの気持ちは」

「なにをおっしゃりたいんですか」

「はっきりいおう。おれには、きみが彼女の生存を信じているようには見えないんだ。きみはとっくに最悪の事態を覚悟している。違うかい？」

「それは……」陽一は抗弁しようとしたが、結局はその言葉を飲み込み、正直な胸の裡《うち》を吐露することになった。「三井さんのおっしゃる通りです。明確な理由はありませんが、僕には茜がどこかで生きているとはとても思えない。ビラを作ってきたのは、そう思っている自分が許せないとでもいうか……いわば自分自身に対する言い訳です。詭弁《きべん》です」

「自分を責めることはない。きみの気持ちは痛いほどわかる」と周平はいった。「実は、おれの妻もこの山で消息を絶ったんだ」

「なんですって⁉」

「ひとりでこの山にきて、そのまま消えてしまった」

「もしかしたら、茜と同じ頃に行方不明になったという人が……」

「いや、それはまた別の人の話だ。妻が行方不明になったのは去年の九月だよ」

「去年の九月というと……もう半年以上が経っているじゃないですか」

「ところが、きみの場合とは少し事情が違っていてね。実は……」

周平はそこでふいにいい澱《よど》んだ。

「なんですか。ちゃんとおっしゃってください」と陽一が急《せ》かした。

「きみの覚悟を聞いた以上、おれも遠慮なくいわせてもらうが、雪解けの頃、妻は白骨死体で見つかったんだ。いや、これは正確ないい方じゃないな。見つかったのは骨の一部だ」

周平はことの経緯を陽一に詳しく話して聞かせた。陽一は黙って耳を傾けていた。ふたりが歩いていた草深い登山道の痕跡《こんせき》はやがて林道と合流し、歩きやすくなった。その間に太陽は山陰に沈んで紫色の薄暮があたりに立ち込め、林道の両脇の森はすでに漆黒の闇に塗り潰《つぶ》されていた。

「きみの希望を奪うような話をして申し訳ない」杏子の一件を話し終えた周平は、陽一に詫《わ》びた。

「だがね、これだけはいえると思う。親しい者ゆえの直感というものがある。それは胸騒ぎというやつかもしれないし、虫の知らせというやつかもしれない。妻がいなくなった時、おれはほどなく彼女の死を覚悟した。周囲の人が〈きっと無事だ〉〈絶対、生きている〉と励ましてくれても、おれ自身がちっともそんなことを信じられなかった。いささか神がかった話になるが、実際に彼女が生きていたとしたら、もっと違う心境になっていたんじゃないかと思うんだ。必死に妻を探してくれている人たちの手前、おれも彼女の無事を信じているフリをしていたが、実はとっくに諦《あきら》めていたような気がする……。いや、やっぱりこれは今のおれだからいえることで、思い込みにすぎないな。きみみたいな立場の人にいうべきことではなかった。すまない。許してくれ」

「いいえ。わかりますよ、なんとなく」と陽一は力のない声でいった。「つまり三井さんは、奥さんと茜、それにもうひとりの女性も同じ理由で姿を消したと思っているんですね」

「そう思う。それこそ明確な理由はないんだが」

「探し物をしているとおっしゃいましたね。それは奥さんが亡くなった理由を探しているという意味ですか」

「その通りだ。おれも当てのない手がかりを求めて山歩きばかりしている。しかし、見つけたものはなにもない。ヒントはゼロだ。だいぶ日にちが経ってしまったことだし、これからなにかを発見することは難しいだろう」

「……」

「だが、これだけはおれも諦め切れない。納得できない。それはきみと同じだ。だから、きみの仕事を手伝わせて欲しい」

「えっ？」

「希望というものは厄介でね。時に人の眼を狂わせてしまう。きみが一縷《いちる》の希望に縋《すが》って茜さん生存に賭《か》けていたとしたら、おれもこんな申し出はしなかった。いや、もちろん希望を持つことを否定するわけじゃないが、最悪の事態を覚悟したきみには冷徹な眼が備わっているはずだ。真相究明のために、最短距離のアプローチを辞さない勇気があるはずだ。だからおれは妻のことを話したし、きみを手伝おうと思った。ぜひそうさせてくれないか」

「こちらこそ、お願いします」

「ありがとう。じゃあ、どこかで腹ごしらえでもしながらこれからの作戦を立てようか」

ふたりはそこから小一時間ほどかけて陽一のハイラックスに辿《たど》り着いた。すっかり夜の帳《とばり》が降りていた。近くにいるとばかり思っていたリキの姿がないことに陽一が気づいたのは、彼がドアのロックをはずそうとした時だった。

「あの馬鹿！」陽一は舌打ちし、グローブボックスから懐中電灯を取り出した。「ちょっと探してきます」といい、きた道を走り出した。周平もすぐにバイクのエンジンをかけて陽一を追った。ところが、バイクが発車して十秒としないうちに、少し肥《ふと》りぎみのアイリッシュ・セッターは身を躍らせるように林道の上から駆けてきて、陽一の懐に飛び込んだ。

「なにやってるんだよ！　道草ばっかりしやがって」陽一はリキを叱りつけた。「おい、なにを銜《くわ》えているんだ、おまえ？」

リキが口許《くちもと》から地面に落としたものは右足用のスニーカーだった。暗がりでよくわからないが、サイズから見て女物のようで、汚れも痛みもかなり激しく、微《かす》かに〈ＦＩＬＡ〉というロゴが見て取れた。

「まさか茜さんのものではないよな？」

周平が覗《のぞ》き込んで訊ねた。

「違います。あいつはウェーディングシューズを履いていましたから」

「そうだったな。おい、ちょっと待てよ。靴をライトの前に翳《かざ》してくれるか」

陽一がいわれた通りにした。

「ハレーションでよくわからないが、その靴の汚れは血じゃないか」

陽一も眼を凝らし、「あっ！」と声をあげた。「そういえば、もうひとりの女性の靴のことは聞いていますか」

「いや、聞いていない」

「おい、リキ、これをどこで拾ってきたんだ？」

リキは若い主人のいうことなど上の空で、道端のササ薮《やぶ》を嗅《か》ぎまわっている。

「リキ！」

「この暗さではどのみち細かいことはわからない。とにかく、この靴を駐在所に持って行こう。バイクの籠《かご》に入れてくれ。駐在所の場所はわかるな？」

「はい」

「よし、現地集合だ。先に行っているぞ」

周平はいい残し、バイクのスロットルを目一杯に吹かした。原動機付自転車らしからぬ爆音を響かせてバイクは林道を駆け降りて行った。

10　五月二十二日　豊科警察署

豊科警察署の玄関を入ると正面に交通課などのカウンターがあり、向かってその左側に地域課の部屋がある。まるで病院の受付か薬局のように一面ガラス張りで、廊下を行き交う人々の眼に晒《さら》される。高村は「おれたちはパンダじゃねえんだぞ」とこの場所を嫌っていて、今も地域課のすぐ前のパーティションで仕切られた喫煙スペースにいた。丹羽も一緒だった。

人が出払っている昼すぎの署内は閑散としていた。ふたりは長机を挟んで向かい合って座り、それぞれのやり方で時間を潰していた。丹羽は人待ち顔で缶コーヒーをちびちびと嘗《な》め、高村は煙草を喫いながらスポーツ新聞に眼を落としていた。彼らは深雪の夫、新井琢司の到着を待っているのだ。正午という約束だが、すでに二十分ほどすぎていた。

周平と陽一が持ち込んだスニーカーは昨夜のうちに牧村隆二に見せていた。しかし、それが深雪のものであるという確証は得られなかった。「こんなようなものを履いていたと思う」と老人は答えるにとどまった。娘といえども同居していたわけではなく、その履き物にまで注意を向けてはいなかったようだ。仕事の都合でやむを得ず帰京していた新井のもとにすぐさま連絡が取られ、靴のサイズは深雪と一致していることがわかったものの、「色も覚えていないし、メーカーが〈FILA〉だったかどうかも定かではない」とのことだった。夫ですら妻の足元には無関心ということらしかった。今日、新井は再び〈日赤病院〉を訪れるというので、病院の斜向《はす》かいにある豊科署で現物を確認してもらうことになっている。長机の上にはそのスニーカーを入れた透明ビニール袋が置かれてあった。

「丹羽さん、ちょっとこれを見てみろよ」高村が広げたままのスポーツ新聞を丹羽の方に押しやった。「どうしてこう面白おかしく書くかね、マスコミってやつは」

社会面に《現代の神隠し？　美女が次々消える魔の山》と題する読み物的な囲み記事があった。当然、件《くだん》の行方不明事件に触れたものだった。夕陽に照り映える常念岳の遠景写真が掲載されていて、〈ほんとうに魔の山なのか……〉というキャプションが打たれていた。記事そのものは〝いかにも〟という内容だった。

本格的な行楽シーズンを目前にしている信州で、なんとも奇怪な事件が発生した。山を訪れた女性二人が、まるで霧のように忽然《こつぜん》と姿を消してしまったのだ。問題の場所は長野県南安曇郡堀金村の山中。北アルプスの蝶ヶ岳《ちょうがたけ》や常念岳の登山口に当たる風光明媚《ふうこうめいび》な場所である。

最初の事件が発生したのは五月十六日の早朝。友人三人と当地でキャンプをしていた東京都世田谷《せたがや》区在住の女子大生、Aさん（22）が渓谷の吊《つ》り橋で姿を消した。友人の目が離れたほんの数分の間にである。さらに翌日、豊科町の実家に帰省していてたまたま同じ山を訪れた東京都墨田《すみだ》区の主婦、Bさん（33）が6歳の娘ともども消息を絶った。その後、娘は森の中で放心状態でいるところを保護されたが、Bさんの行方は依然不明のままだ。

この母子の場合も、すぐ近くでBさんの父親（63）が山仕事をしていたが、父親は異変にはまったく気づかなかった。警察や地元消防団などによる必死の捜索にもかかわらず、今に至るも二人の女性は発見されておらず、その安否が気遣われている。捜索に当たった警察関係者によると、二人には失踪《しっそう》するような理由はなく、犯罪や事故に巻き込まれた形跡も発見できなかったという。なお、保護されたBさんの娘は極度の情緒不安定に陥っており、警察も詳しい事情を聞くことができないでいる。

この山では昨年秋にも茸狩《きのこが》りに出かけた堀金村の41歳の主婦が行方不明になっており、相次ぐ怪事件に地元の人々の間には「神隠しではないか」との噂も広がっている。観光立県である長野県。これから書き入れ時を迎えるだけに、「事件が影響して登山客や観光客の足が鈍ってしまうのでは」（地元観光業者）と心配するむきもある。

「なるほど、〝魔の山〟ですか」と丹羽が苦笑交じりに呟《つぶや》いた。「こりゃまたえらい称号をいただいたもんですな」

「地方面じゃない。全国版だぜ」高村は憤然としていった。「スポーツ紙とはいえ、こんなネタでいいのかね。ほかに報道することがありそうなもんだけどな。これはある種のでっちあげじゃないか。〝四十一歳の主婦〟はとっくに死亡が確認されているってのに、いかにも関係ありそうに書きやがって」

「高村さんはほんとうに無関係だと思いますか、今回の件と三井さんの奥さんの件」

「なんだよ、丹羽さんまでそんなことを考えているのか」

丹羽は新聞から顔を離し、パイプ椅子に深々と背を凭《もた》せかけた。

「私だけじゃなくて、どこかの誰かもそう考えているから、こういう記事になったんでしょう。マスコミの嗅覚《きゅうかく》は馬鹿になりませんよ」

「そんなことを考えているのは、三井周平くらいだろう。丹羽さんも、あの人に感化されちまったんじゃないのか」

「少なくとも〈関係ない〉といい切れるだけの材料を我々は持っていないでしょう。仮にこの靴が新井深雪さんのものだとしたら――私はとっくにそう確信していますがね――むしろ〈大いに関係あり〉ということになりませんか。行方不明になった場所も近い。所持品も現場からかなり離れた場所で発見されている。このふたつの共通点だけでも無視できませんよ」

「ところで、この記事の中の〝警察関係者〟というのは、高村さんですか」

「……」

「知るかよ」

「まあ、あくまで〝関係者〟だから、警察官とは限らないわけだ」と丹羽は苦笑を洩《も》らした。「それにしても、ちょっと面倒なことになりゃしませんかね。これ、全国版でしょう。ほかのメディアが興味本位であと追いするようだと、ひと騒動起こるかもしれませんよ」

「こんなヨタ記事のあとなんか追いかけるかね、どっかが？」

「テレビのワイドショーとかが好みそうなネタじゃないですか。それに、世間は——特に若い連中はこのての話に興味を持ちますよ、きっと。今時の子供たちは、どういうわけか不思議なものや怖いものが大好きですからね。私の姪《めい》っ子なんて、どこかの心霊スポットへ行ったとか行かないとか、しょっちゅう話しています。私は、新聞にコメントを寄せている〝観光業者〟とは正反対の意見ですね。このままあのふたりの行方がうやむやになってしまったら、かえって人が集まるような気がする」

「茶髪のニイちゃんやネエちゃんたちが、あそこで肝だめしでもおっぱじめるっていうのかい？」

「大いにあり得ることですよ。暴走族や走り屋たちも集まってくるかもしれない。そうなると、今度は違う種類のゴタゴタが起きる可能性があります」

「なんだい、警邏《けいら》の人員でも出せっていうの？　うちにはそんな人手も暇もないよ」

「そうなる前に、ふたりの行方をなんとか突き止めましょう」

交通課の若い女性警官がパーティションの傍らに立ち、「高村さん、新井さんという男性がご面会ですよ」と声をかけた。

「おう、こっちにお通しして」

高村はフィルターぎりぎりまで喫った煙草をアルミ灰皿に押しつけて消した。女性警官に案内されて新井琢司が入ってきた。

「お待たせして申し訳ありません。松本駅からタクシーを飛ばしてきたんですが、工事渋滞に引っかかってしまって」と新井は詫《わ》びた。

「遠路はるばる、ご苦労様です」と高村は愛想笑いを返し、新井に椅子を勧めた。「こんな場所で申し訳ありませんね」

大手の外資系証券会社に勤務しているという新井は、田舎ではちょっとお目にかかれないような高級スーツを嫌味なく着こなしていた。手に提げているバッグは〈ルイ・ヴィトン〉だ。役者にでもなれそうな好男子で身なりも優雅だが、さすがに心労は隠しきれず、眼つきには陰鬱《いんうつ》な険があった。

「早速ですが」と高村はビニール袋に入ったスニーカーを新井の方に押しやった。「この靴なんですがね」

新井はぎょっとしたように眼を剝《む》いた。

「これは……ひょっとして血ですか」

「えぇ……。それにしても、尋常な出血量じゃないですよね、これは」

「靴には見覚えがありませんかね。血液らしきものに土などが付着してかなり汚れて見えますが、内側を見ると結構新しい感じがするんですが」

新井は恐る恐るビニール袋を手に取ってためつすがめつし、「おそらく妻のものだと思います」といった。「一ヶ月ほど前に神田のスポーツ店でスニーカーを買ったといっていましたから、たぶんこれではないかと……。妻の靴なんてよく見たことはなかったんですが、このデザインにはなんとなく見覚えがあるような気がします」

「そうですか」

束の間、場が沈黙した。

「いったいなにがあったんでしょう、妻の身に？」

「まだなんとも申しあげられません。いずれにしても、鑑定結果が間もなく手許《てもと》に届きますから、それを確認し次第、我々はこの靴が発見されたあたりをもう一度、捜索してみるつもりです」

「このスニーカーは誰が見つけたんです？」

その質問には丹羽が答えた。

「奥さんがいなくなった前日に、やはり行方がわからなくなった東京の女子大生がいましたね。彼女のボーイフレンドが見つけたんですよ。正確にいうと、見つけたのはその男性の飼い犬なんですが」

「犬、ですか」

「その人はどうやら自力で彼女を探そうとしているようで、犬を連れてこっちへ出直してきたんです。昨夜、山の中を歩いている時に、犬がどこかの藪《やぶ》から拾ってきたらしい」

「どこかの藪って……正確な場所はわからないんですか」

「いや、だいたいの見当はついています。千尋ちゃんが保護された場所からは直線距離で七百メートル以上も離れているんですがね」

「どうしてそんな場所に？」

「それが我々にもよくわからないところなんです」と高村がいった。「とにかく、念入りに近辺を探ってみますよ」

「……お願いします」

蚊の鳴くような声でいって、新井は肩を落とした。丹羽も高村も「希望を捨てないで」とはいえなかった。

「ところで、お嬢さんのお加減はいかがです？」と丹羽が訊《たず》ねた。

新井はゆっくりと首を横に振った。

「相変わらずです」

「まだ一言も？」

「喋《しゃべ》っていません。症状が症状なので、近いうちに転院させるつもりです」

「転院？」

「ええ。仕事関係の知り合いから精神科が充実している病院を紹介されまして」

「ということは、東京へ？」

「そうです。幸い、体力の方はだいぶ恢復《かいふく》してきたので、なるべく早くそうしたいと考えています。今日はそのことで〈日赤〉の担当医とも相談したくて、こっちへきたんです」

「そうでしたか」

「警察の方でも千尋の話を聞きたいでしょうが、そういう事情なのでご理解ください」

「もちろんですとも。千尋ちゃんの恢復を考えることが第一です。そりゃ、お父さんの近くにいた方がいいに決まっている」

「もっとも、どのみちあの子は喋れないんだから、なにも聞けないんですがね」と新井はいささか冷笑的な口調でいった。

「きっと喋れるようになりますよ」と高村が励ました。

「だが、それが果たしていいことかどうか」新井は沈痛な面持ちになった。「そうなった時は、あの子が体験したことを僕も聞かなくてはいけない。それが怖いような気もします」

「聞いてあげなくちゃいけない」と丹羽がいった。「あなたは父親なんだから、とことん聞いてあげなくちゃいけませんよ。そして、千尋ちゃんがすべてを吐き出したら、優しく抱き締めてあげることです」

「……そうですね」

新井はしばらく虚空に視線を漂わせていたが、ふと思い出したように腕時計に眼を遣《や》った。

「そろそろよろしいですかね。先生との約束もあるので」

「結構です。ご足労をおかけしました」と高村が頭をさげた。「捜索については随時ご報告しますから」

「お世話になります」と新井はいって席を立った。

「じゃ、私も駐在所に戻りますわ。高村さん、準備が整ったらご連絡ください」と丹羽。

「わかった」

新井と肩を並べて豊科署を出た丹羽は、うちひしがれている父親に声をかけた。

「もうお顔を拝見することもできなくなりそうですから、お嬢さんのお見舞いをさせてもらえませんか」

「はあ……」

「ご心配なく。事情聴取なんてヤボな真似はしません。あくまでも私人としてのお見舞いです。千尋ちゃんとは多少なりとも縁があったわけですから、その後の経過がずっと気になっていたんです」

新井は「ご心配いただいてありがとうございます。どうぞ顔を見てやってください」と頭をさげた。

〈日赤病院〉は警察署から百メートルと離れていないところにあった。ふたりは病院の玄関に入り、外来患者で混み合うロビーを抜けて入院病棟に向かった。多くの人間がそうであるように、丹羽もまた病院という場所が苦手だった。丹羽は、両親と姉の最期を病院で看取《みと》っている。病院の臭いは、すなわち死の臭いだった。廊下を奥へ進むごとに死の臭いに蝕《むしば》まれてゆくような気がした。

千尋が入っている二階の個室の前にきた時だった。女の子のすさまじい悲鳴が丹羽の耳朶《じだ》を打った。ほどなく病室のドアが乱暴に開けられ、中から牧村隆二が飛び出してきた。老人は、丹羽と新井の姿を見て立ち竦《すく》み、泣き出しかねないような顔で訴えた。

「早く先生を呼んでくれ」

新井の顔が青ざめた。

「どうしたんです、お義父《とう》さん？」

「早く……早く先生を……」

牧村隆二はナースコールを使うことさえ思いつかないほど混乱の極みにある。

丹羽はそっと病室に近づき、中を覗《のぞ》き込んだ。

11　五月二十二日　堀金村役場

凜子は耳を疑った。そして、眼の前の男たちを睨《にら》み据え、「なんていったの？」と低い声で訊《き》き返した。

場所は堀金村役場内の会議室。電灯も点《つ》いていない薄暗い部屋には、ほかに榊と農林課長の小穴《おあな》という人物がいる。クマの捕獲について大学の研究者と協議した凜子は、その段取りを説明するために農林課を訪れたのだが、到着するなり榊に腕を引っ張られ、この部屋に押し込められた。少し遅れて入室してきた小穴がそのことを凜子に告げたのだった。

「ですから、クマは駆除されたと申しあげたんです」と小穴は答えた。

「いったいどういうこと⁉」と凜子は喰《く》ってかかった。

「捕獲という線で合意できたはずでしょ？」凜子の怒気を含んだ視線が榊に向けられた。

「榊さん、私を騙《だま》したの？」

「とんでもない」と榊は当惑顔を凜子に向けた。

「誤解してもらっちゃ困りますな、女先生」小穴はいつものように揶揄《やゆ》した感じの呼称で凜子を呼んだ。「駆除を決めたのは、お隣りの穂高町ですよ」

「穂高町がどうして？」

「離山《はなれやま》にある養豚場に例のクマが現われたんです」と榊が答えた。

離山というのは、北岡肇の家がある岩原地区と烏川を挟んで対面《トイメン》に当たる地域だが、穂高町に属している。

「さっき向こうの役場から電話があって、豚舎にいたクマを射殺したと報告を受けました」

「養豚場って、もしかして〈市原《いちはら》牧場〉？」

「そうです」

凛子は思わず顔を歪《ゆが》めた。

「まさか……ブタが襲われたとでも？」

「いいえ、飼料がやられたようです」

「それって、いつのこと？」

「今朝ですよ」と小穴が答えた。「最初にクマを見つけた〈市原牧場〉の奥さんというのが女先生も顔負けの気丈な女性でしてな、一斗缶を打ち鳴らして一度はクマを追っ払ったそうです。しかし、クマはすぐに舞い戻ってきて、それから射殺されるまでなんと三時間近くも豚舎に居座って飼料を貪《むさぼ》り喰ったらしいですよ。連絡を受けた穂高町役場の担当者が駆除を即決し、地方事務所の人間も立ち会って射殺したということです。聞くところによると、これが最近ではめったにお目にかかれないような大物で、テレビ局まで取材にきたそうですよ」

小穴は釣った魚の大きさでも自慢するように嬉《うれ》しげだった。

「そんなに簡単に駆除してしまうなんて……」

「やむを得んのじゃないですか」と小穴は赤ら顔に薄笑いすら浮かべていた。

「いきなり殺さなくても、ほかに手段は……」

「冗談いっちゃいけませんよ、女先生！」小穴は笑顔から一転、眼を吊《つ》りあげ、恫喝《どうかつ》じみた声を発した。「あなた、ブタの飼料がいったいいくらするかご存じか。眼の前でガバガバ喰われちまったら、そりゃ農家だってたまらんですよ」

「……」

「北岡さんのところにクマが現われたことは榊の方から近隣の役場には連絡済みでしたから、先方も躊躇《ちゅうちょ》しなかったんでしょう。なにしろ二度目ですからな、里に出てきて人家を襲ったのが」

「人家を襲ったわけじゃないわ」

「同じことですよ。農作物が荒らされたということは、農家にとっては家を荒らされたも同然だ」小穴は、鼻っ柱の強い凜子とのやり取りに早くも嫌気が差してきたようで、苛立《いらだ》たしげに煙草をふかしはじめた。そして、煙と一緒に言葉を吐き出した。「だいたい、私は奥山放獣なんてものには反対ですな。無責任すぎる」

「無責任？」

「だってそうでしょう。奥山放獣されたクマは人を恐れて里には降りないとあなたはいうが、そんなことは誰にも保証できない。なにか理由があってクマは人里に現われたんでしょうが。だったら、同じ理由でまた現われないとも限らない。それに、なんですか、昨今は人をまったく恐れない〝新世代ベア〟なんてものまでいるそうじゃないですか。自分のところで捕まえたクマを山に放したら、今度は余所《よそ》の市町村に出没して迷惑をかけるかもしれない。これはある意味、責任の放棄じゃありませんか」

「それが役人の論理ですか。もともとクマは住民票を持って村や町に暮らしているわけじゃないのよ。考え方が偏狭すぎるわ。いいですか、ツキノワグマという動物はレッドデータブックにも絶滅危惧種《きぐしゅ》として登録……」

「そんなことは知らんよ！」小穴が怒声で凜子の言葉を遮った。「人間の生活が脅かされているんだ。あなたがいっていることは理想論にすぎない」

「凜子さん」榊がおずおずとふたりの間に割って入った。「お言葉ですが、どのみち今回は放獣はできなかったと思いますよ」

「なぜ？」

「殺されたクマは右の前肢《まえあし》が欠けていたそうです。最初から手負いだったんですよ」

「えっ？」

「この時期の異常出没もその怪我の影響じゃありませんかね」

「もしそれがほんとうなら大いに考えられることだわ。それにしても……くくり罠《わな》にでもかかったのかしら？」と凜子が顔を曇らせた。「クマの死骸《しがい》は、今はどこにあるの？」

「問い合わせてみましょうか」

「お願いします。処理する前に、せめてこちらで検分させてもらいたいわ」

榊が席を立ち、会議室から出て行った。

凜子と小穴の間には気づまりな沈黙が澱《よど》んだ。このふたりは最初からソリが合わなかった。凜子が嫌がっていることを承知で、小穴は「女先生」という呼び方をあらためなかった。凜子も凜子で、生来の気の強さからややもすると小穴を挑発したり軽視したりする言動を取ることがあった。結果、間に挟まれている榊が右往左往することになる。

「あなた、昨日、北岡さんを怒らせるようなことをいったらしいですな」

小穴が凜子の眼を見ずにいった。

「あの人は最初から喧嘩《けんか》腰でした。私が怒らせたわけじゃないわ」

「昨夜、北岡さんから私の家に直接電話がかかってきて、かなりきついことをいわれましたよ」と小穴は唇を歪めて笑い、すぐ真顔に戻った。「こういっちゃあなんですが、言葉や態度には少し注意を払っていただきたいですな。そうでなくとも岩原の住民は猿害で苛立っている。相手の神経を逆撫《さかな》でするような真似は慎んでくださいよ」

「私のせいみたいにいわないで。そちらこそ、住民とちゃんと膝《ひざ》を交えて話し合ったらどうですか。その場しのぎみたいなことばかりいっているから、相手を苛立たせるのよ」

「増長してもらっては困る！　あなたにそこまでいわれる筋合いではない。第一、あなたがやるべきことはサルの調査でしょう。クマの食害は関係ない。あれこれ首を突っ込まないでいただきたい」

小穴の恫喝に怯《ひる》むような凜子ではなかった。

「小穴課長は、そのサルの調査のこともお気に召さないんじゃありません？」

「まあ、自然保護が声高に叫ばれるこういうご時世ですし、村長の肝煎《きもい》りですから、調査そのものについてとやかくいうつもりはないですよ。だが、正直いって時間をかけすぎだという気はしていますな。果樹関係はこれから収穫本番を迎えます。果樹園は大概、山裾《やますそ》の斜面にあって一番被害を蒙《こうむ》りやすい。早く手立てを講じなきゃならんでしょう。うちの実家もモモを作っている。決して他人事《ひとごと》じゃありませんよ」

「手立てというけど、そちらは駆除以外の方法を検討されたことがあったかしら？」

「なにをおっしゃる。もちろんありますよ。しかし、なにをやるにしたって先立つものが必要だ。しかし、予算は無尽蔵ではない。そんなことはおわかりでしょう、子供じゃないんだから。村の行政を批判するのも結構だが、あなたはやるべきことを早くやってください。クマの死骸を見に行っている暇なんてないはずですよ」

「山のすべての生態系の中にニホンザルも組み込まれています。ほかの動物を観察し、理解することは無意味じゃないわ。小穴課長も職務に忠実であるなら、当然、見に行くべきでしょう。人間と動物が同じ場所に暮らしている以上、どのみち共存共栄の道を探らなきゃならないんです。いろいろなことを知っておいた方がいいと思いますけどね」

「そういう物言いが、要らぬ軋轢《あつれき》を生むんだと思いますな。あなた方研究者とかマスコミは、自然保護や動物愛護を一方的に押しつけてくる。金科玉条みたいにそれを唱えている。しかしね、地域住民との意識の温度差を無視しすぎじゃありませんか。そりゃ、街中に暮らしている人が〈自然を大切にしろ〉とか〈動物を護《まも》れ〉と主張するのは簡単だ。格好もいい。たしかに正論だと思いますよ。しかし、正論というのはどこかうさん臭いものでもある。その証拠に、そういう耳障りのない言葉を吐く人たちが、現実的な解決策を示したことがありますか。建前論ばっかりじゃないですか」

「建前論は、役人の専売特許でもあるでしょう」

「私は役人だが、百姓の家の生まれでもある。少なくともあなたよりは連中の気持ちがわかる」と小穴は憤然としていった。「あなた方の考えはむしろ不遜《ふそん》だという気がしますな。これまで勝手放題してきた人間が、今さら自然を自分たちの手で護れるなんて本気で考えているとしたら、驕《おご》りもいいところじゃないですか」

「じゃあ、なにもしないで手をこまねいていろっていうんですか」

「仮にそういうことを考えたとしても、それならそれで、もっと控え目な言動を取るべきじゃありませんか。私はそう思いますな。旗を振れば人が集まると思ったら大間違いですよ。旗を遠くから冷ややかに眺めている人だっている。私らにすれば、そういう人も大切な納税者なんです。それに、誰も反対できないような理想論や正論ばかりが幅を利かす世の中というのは、はっきりいって気味が悪い」

凜子がなにかをいいかけたところで会議室のドアが開き、榊が入ってきた。敏感に部屋の空気を察したのか、眉根《まゆね》を寄せた。

「先方はなんだって？」と小穴が訊《たず》ねた。

「……クマの死骸はまだ〈市原牧場〉に置いてあるそうです。こちらから人が行くので、そのままにしておいてもらえるよう頼んでおきました」

「じゃ、早速、行ってくるわ」と凜子が腰を浮かした。

「あっ、凛子さん、ちょっと待ってください」と榊が制し、ドアの外を振り返った。「丹羽さん、どうぞお入りください」

いつになく厳しい面持ちの丹羽が入室してきた。

「おや、駐在さん、どうしたね？」と小穴がいった。

「あのクマが駆除されたんだって？」

「なんだい、おっかない顔をして。あんたまで苦情じゃないだろうね。うちがやったわけじゃないし、あれは正式に許可された有害鳥獣駆除だよ」

「いや、別に文句をいいにきたわけじゃない。それどころか、私の方から駆除を勧めにきたんだよ」

「ほう？」

凛子が眼を吊《つ》りあげた。

「丹羽さんまでどうしてそんなことをいうの？」

丹羽は凛子と向き合い、告げた。

「山口さん、犯人はやはりクマじゃないかな」

「犯人？」

「例の二件の失踪《しっそう》事件だよ」

「まさか！　そんなはずないでしょう」

「駐在さん、穏やかじゃないね、その話は」と小穴が身を乗り出した。「なにかわかったのかい？」

「さっき〈日赤病院〉で新井千尋ちゃんに会ってきたんだが……」

「あの子がなにかを喋《しゃべ》ったの？」と凜子。

「いや、症状は相変わらずだ。言葉を話したわけじゃない。しかしね……」丹羽は三人の顔を睨《ね》めまわした。「反応したんだよ、クマの映像に」

「クマの映像？」

「千尋ちゃんの様子があんなふうだから、少し外界の刺激を与えた方がいいんじゃないかって、お爺《じい》ちゃんが病院の許可を得た上でポータブルテレビを病室に持ち込んでいたんだよ。今日の昼の情報番組でたまたまサーカスのことを紹介していた。千尋ちゃんはベッドの上でしばらくテレビを見ていたが、曲芸を披露するクマが画面に映った途端、パニックに陥った。あれほどおとなしく黙り込んでいた子が、ものすごい悲鳴をあげて錯乱状態に陥ってしまったんだ。私も、子供のあんな姿を見たのは初めてだよ。失禁までして……ちょっと正視しかねる有様だった。あの怖がり方は尋常じゃない。きっとあの子は山でクマを目撃している」

「あの子の母親をクマがさらっちまったってことかい？」小穴がいい、その先の事態を想像したらしく、顔をしかめた。「ということはだよ、もしかしたらクマが人間を食べ……」

「そんなことあり得ないわ！」と凜子が叫ぶようにいった。

榊は別のことを心配していた。

「それで千尋ちゃんは？」

「鎮静剤を注射されて落ち着いたが、なんだか以前にも増して魂が抜けたような表情になっちまった気がするね」丹羽は沈痛な表情で首を横に振った。「あんなに小さな子供が、ああいう過酷な状態に果たして耐えられるのかな。心も躰《からだ》も壊れちまわないか心配だよ」

四人とも暗澹《あんたん》たる気持ちに囚《とら》われ、眼を伏せた。

「しかし……」小穴が静かに口を開いた。「いくらなんでもツキノワグマがそんなことをしでかすかね。もちろん潜在的には人間を殺傷するくらいの力はあるんだろうが、まさかそこまでは……」

「駆除されたクマは怪我をしていました」と榊がいった。「その怪我が原因で思うように餌が採れなくなり、里に降りてきた——それは考えられることですよね、凜子さん？」

「ええ」

「つまり、クマは大変なストレスを抱えていたと思われる……」

「おそらく」

「そのストレスが高じて、普段は避けている人間に襲いかかったということも考えられるんじゃないですか」

「否定はできないけど、ふたりが消えてしまったことの説明がつかないわ。これがヒグマなら、餌への執着心のあまりどこかへ持ち去ったということも考えられるけど……」

自分が行方不明者を心ならずも〝餌〟扱いしていることに気づき、凜子はゾッとした。

「いずれにしても、駆除されたクマを見ておいた方がいいね」と小穴がいった。「駐在さん、あんたも同行してくれよ」

「いわれなくてもそうするつもりだよ」

男たち三人は一斉にドアに向かった。凜子ひとりがまだなにかに心を奪われたように椅子に座りこけていた。

「凜子さん」戸口のところで榊が振り返って声をかけた。「行かないんですか」

凜子は我に返り、「行くわ」と立ちあがった。

〈市原牧場〉の豚舎脇の広場に敷かれた筵《むしろ》に横たわるツキノワグマはたしかに稀《まれ》に見る巨《きょ》軀《く》で、頭胴長は百五十センチ、体重は優に百キログラムを超えていそうだった。〈市原牧場〉や役場の関係者、クマを射殺したという年老いたハンター、マスコミ関係者と思《おぼ》しき男たちに混じって、なぜか北岡父子までもが駆けつけており、皆がほくそ笑んで仕留めた獲物を眺めおろしていた。小穴と榊が愛想よく男たちに挨拶《あいさつ》をしている一方で、凜子と丹羽はなにもいわずに強張《こわば》った面持ちですぐさま中腰になり、クマを調べはじめた。クマは胸のあたりを二発撃たれ、流れ出した血が筵を赤黒く汚している。命の価値が躰の大小に関係しているとは思いたくないが、凜子はクマのその大きさゆえに哀れを誘われ、涙を流しそうになった。彼女は、黒い肉塊と成り果てたかつての森の王者の大きな頭を優しく撫《な》でて冥福《めいふく》を祈った。

「こいつはでかいね。何歳くらいなんだろう？」と丹羽が訊ねた。

「正確な年齢は歯のセメント質を調べなければわかりませんが、かなりの老グマに見えますね」

「牡《おす》かね？」

「牡です」

答えながら凜子の視線はふたつの異変を捉《とら》えていた。ひとつは右前肢の欠損。もうひとつは、クマが隻眼であることだった。左眼球が白濁しており、完全に視力を喪失していたと思われる。そして、こめかみから眼許《めもと》にかけての被毛や皮膚がなぜか削《そ》げ落ちていた。皮膚病とかではなく、怪我を負ったようだ。眼が不自由になったのも、その怪我が原因かもしれないと凜子は推察した。

「どうして右手がこんなふうになっちまったんだ」と丹羽がいった。「先天的な異常なのかい？」

「おそらく壊死《えし》して腐り落ちたんだと思います」と凜子は答えた。「禁止されているワイヤー式のくくり罠《わな》にでもはまったか、あるいは骨折などのほかの怪我が原因で」

「くくり罠なんて、今時、仕掛けるやつがいるかね。ここらへんの山にはイノシシもシカもいないんだよ」

「カモシカがいます。最初からクマを狙ったのかもしれないし……」

凜子はそういいながら顔面の怪我との関連も考えていた。このクマはほかの個体に襲われたのかもしれない。横殴りに殴られ、鋭い爪に抉《えぐ》られたとすれば、ちょうど顔面の傷痕《きずあと》のようになるのではないか。しかし、そんな壮絶な闘争が同じクマの間で繰り広げられるものだろうか。しかも、これほどの巨グマと闘うということは、相手もかなりの大物ということになる……。

「あなたのところでこのクマを解剖してもらえないかね」と丹羽がいった。「胃の中身とかを確認してもらいたい」

それを耳聡《みみざと》く聞きつけた北岡肇が馬鹿にするような口調でいった。

「調べるまでもねえさ。胃の中なんかブタの飼料で一杯に決まってるじゃねえか、丹羽さん」

丹羽は北岡を無視し、凜子の耳元に囁《ささや》いた。

「調べてください。胃や腸を開けば、なにかわかるかもしれない」

〝なにか〟とはつまり、このクマが人間を喰《く》ったかどうかということだ。凜子は丹羽の言葉の意味を察し、怖気《おぞけ》をふるった。ツキノワグマが犯人なんてことはあり得ないとは思いつつ、彼女自身いささか混乱しはじめていた。

第三部　異常事態

12　五月二十三日　堀金村〈村営住宅〉

三井周平宅の居間の卓袱台《ちゃぶだい》に簡素な献立が並べられ、男ふたりのささやかな朝餉《あさげ》がはじまっていた。イワナの塩焼き、納豆、焼き海苔《のり》、蕗味噌《ふきみそ》、豆腐とワカメの味噌汁《みそしる》、そして炊きたてのご飯というメニューだ。村越陽一は「こんなにおいしい朝飯は食べたことがない」と喜び、その言葉がまんざらお世辞ではない証拠に、三杯もご飯をおかわりした。料理をあまり褒められるので、「いつもと違う環境で食べているからだろう」と周平は照れた。

「どうってことのない旅館の朝食を旨《うま》いと感じる時があるじゃないか。あれと同じさ」

「そんなことありませんよ。ほんとにおいしいです」

「もしそうなら、米と水がいいんだと思う。米については、この村にきてからおれもすっかり口が肥えてしまった。この米は、勤務先の社長が自分のところで作っているものを分けてくれるんだが、新米なんかもっとおいしいよ。水も綺麗《きれい》だから、たしかにご飯だけは自慢できるかもしれない」

「米と水か……。基本ですよね。要するに、僕たち都会の人間は紛《まが》い物を食べさせられているってことですかね」

その米は仏壇にも供えられている。杏子を弔って以来、周平は供物を絶やしたことがなかった。米以外にも清楚《せいそ》な紫の花弁のスターチスが仏壇を彩っている。生前の彼女はなぜかこの花が好きだった。杏子の遺影にちらと眼を遣《や》り、周平はいった。

「家内も同じようなことをいっていたな。あいつはこっちに越してきて、舌が生まれ変わったみたいだと感激していた。素材がいいから、あまり手を加えなくてもおいしいものが作れたそうだ」

「うらやましいですよ。こういうところに暮らしている三井さんが。このイワナは三井さんが釣ったんですか」

「ああ。時々、早起きして烏川に出かけるんだ。おれなんか下手の横好きの典型だし、ほんの一、二時間、釣糸を垂れる程度だが、そこそこ釣れるんだよ」

「そんな話を聞くと、考えさせられちゃいますよ。そういうゆったりとした、さりげなく生活に根ざした釣りもあるんですね。都会から車でどやどや押しかけて、仰々しい格好で川に入って、せっかちな釣りをしてゆく僕らなんか、三井さんには滑稽《こっけい》に見えるんじゃないですか」

「そんなことはないよ。いろいろな釣りがあっていいと思う」と周平はいった。「もう一杯、どうかね？」

「えっ、四杯目ですよ」

「若いんだ、たくさん喰えよ」

陽一は少し迷い、結局は「いただきます」といった。そして、呆《あき》れたように「どうかしちゃったな、僕の胃袋は」と笑った。「この朝飯にありつけただけでも大正解でしたね。つくづく車なんかに寝泊まりしなくてよかったと思いますよ」

食事が終わると、陽一は片付けのために立ちあがった。周平の家に厄介になるに当たって、片付けや掃除は自分がすると陽一が申し出たのだった。陽一が食器洗いをしている間、周平は朝刊にざっと眼を通した。そして、穂高町で駆除された大グマのことを知った。筵の上に寝かされているクマの写真が掲載されているが、驚いたことにクマの脇にはなんと凜子が写っていた。お世辞にも写真映りがいいとはいえなかった。不機嫌そうな顔でカメラを睨《にら》みつけている。

(神出鬼没だな、あの女性《ひと》は)と周平は微笑した。

片付けを終えた陽一は、山歩き用のリュックサックの中身の点検に取りかかった。周平のアドバイスを受け入れた結果、彼の装備は二倍に膨れあがっていた。そもそも周平は、陽一が単独で山に入ることには反対したのだが、陽一は頑としてそれだけは聞き入れなかった。「なんのためにこっちへきたのかわからない」というのだ。仕事がある以上、周平もそうそう付き合うわけにはいかない。やむなく陽一のいいぶんを認めたものの、装備だけは不測の事態に備えるよう進言した。自分の所持品も惜しみなく貸し与えた。地形図、渓流の遡行《そこう》図、コンパス、ハンディ無線機、二十メートルのロープ、スリング、ヘルメット、カラビナ、ツェルト替わりのビニールシート、剣鉈《けんなた》、そして杏子の形見のホイッスルなど、だ。その上で周平は、あらかじめ自分に申告したその日の行動予定地域以外のところには絶対に足を踏み入れないことや、日没前には必ず下山することなど、いくつかの約束事を陽一に了承させた。「まるで三千メートル級の山へ行くみたいですね」と陽一は苦笑したが、結局は周平の言葉に従った。

「起点はあの橋なんだ。それだけははっきりしている」周平は、リュックサックに荷物を入れ終えた陽一にいった。「闇雲に歩きまわっても無駄骨に終わるだけだろう。あの橋でなにがあったのか、茜さんがあそこでなにを見、どういう行動を取ったのか——常にそのことを想像して行動するんだ。人間が煙のように消えてしまうわけがない。あの橋は必ず茜さんの行方と繋《つな》がっている。進退窮まったら、あの橋に戻って考え直してみるといい」

陽一や自分に必要なのは、動物をトラッキングする凜子のあの想像力だと周平は思った。

「わかりました」と陽一は答えたが、少し気弱な眼を擡《もた》げ、意気込みとは裏腹のことを口にした。「しかし、捜索のプロが見つけられなかったものを、僕が発見できるでしょうか」

「捜索隊は半信半疑で動いていた。それはきみもうすうす勘づいていただろう？」

「はい。僕自身が茜をどうにかしたんじゃないかって疑われている気もしました。実際、それを仄《ほの》めかすようなことを誰かにいわれましたし……」

「どうやらおれも、妻の件できみと同じような微妙な立場にあったらしい。だが、あの人たちを恨んだり責めたりするのはお門違いだろう。彼女たちの身に降りかかったことは、そもそも理不尽なことなんだから。真実はきみの中にある。捜索隊の面々が本気で信じられなかったことを、きみは実際に体験している。確固としたスタートを切れること――それがおそらくきみの最大の強みだ」

「そうですね」

「もうひとつ。茜さんのことを一番よく知っているのも、彼女の身を一番案じているのもきみだ。そんなきみにしか感じられないことがあるはずだ」

「例の霊感みたいなものですか」

「言葉にするといかがわしくなってしまうが、おれはそういうものを否定できないと思っている。雪崩の跡から奇跡的に妻の骨が発見された時、誰かが〈仏さんが家に帰りたがっていたんだ〉〈見つけて欲しがっていたんだ〉といっていた。いささか情緒的にすぎる見方かもしれないが、そういうことは実際にあるんじゃないかな。きみのことも、茜さんが導いてくれるかもしれない」

「……」

「それに、きみにはパートナーがいる。リキと一緒なら、おれも少しは安心できる」

「役に立ってくれるといいんですが……」と陽一は苦笑した。

「正直いって、おれは今でもきみが単独で山に入ることには不安を抱いているが、この期におよんで四の五のいってもはじまらない。今をもって、おれも庇護者《ひご》ぶるのはやめにし、きみと対等な立場になろうと思う。おたがい大切な人間を失った者同士、おれたちには真実を究明する義務がある。そうだろう？」

「ええ」

「きみができなければおれがやる。おれができなければきみがやる。一緒にできる時にはそうすればいい。一蓮托生《いちれんたくしょう》と行こうじゃないか。ふたりの間にあるのは協力関係だけだ。批判や愚痴は一切なしだ」

「僕は最初からそのつもりですよ」

「じゃあ、行っておいで。くれぐれも気をつけてな。あっ、それから……」

周平は立ちあがって台所に走った。小さな包みを持って取って返し、陽一に渡した。

「肝心なものを忘れていた。弁当だ」

「すみません」

陽一はぺこりと頭をさげてリュックサックに弁当を押し込んだ。

その時、居間のサッシ越しに丹羽の姿が見えた。周平と陽一は縁側に出て丹羽を迎えた。

「おはようございます」と丹羽はいった。冴《さ》えない顔つきだった。

「どうしたんです？　こんなに朝早くから」と周平が訊《たず》ねた。

「ちょっとご報告がありまして」といって丹羽は縁側に腰を下ろした。

陽一がすかさず番茶の入った茶碗《ちゃわん》を運んできて丹羽の前に置いた。

「まずはお手柄でした」と丹羽はいった。「あの靴ですが、付着していた血液が新井深雪さんの血液型と一致したそうです」

「やはりそうでしたか」

「お手柄はお手柄なんですが」と丹羽は嘆息し、茶を少し口に含んだ。「いよいよ不可解ですな。どうしてあんなところで靴が見つかったのか」

「杏子のケースと似ていますね。本人が行方を絶ったのは二の沢近く。遺留品が見つかったのは本沢近く」

「そうなんです。もう一度、距離感をたしかめようと思って、昨日の夕方、バイクでちょっと見てきましたが、林道と旧登山道をまともに歩けば何キロも距離がある。直線距離なら近いことは近いんですが、道があるわけじゃないし、ひどいササ藪《やぶ》や森に行く手を遮られるし、アップダウンも激しいし……いやあ、とても人が入り込めるようなところじゃありません。道を行くにしても突っ切るにしても、どちらも大変な重労働になります。山歩きが苦手だったという新井さんがなぜあんなところへ移動したのか……」

「丹羽さん、そろそろ認識をあらためるべきじゃありませんか」

「はあ?」

「杏子が行方不明になった時、捜索隊は〝道迷い遭難〟という常識的な見解に囚《とら》われ、その想像の範囲内だけで動いていた。結果、まるで見当違いの場所で妻は発見された。もちろんこれは捜索隊に対する非難ではありませんよ。あの時点では誰だってそう考えるのが自然でしたからね。おれもそうでした。しかし、明らかにおれたちの想像とは違う事態が杏子を襲ったんだと思います。木谷さんや新井さんのケースもきっと同じですよ。幼い我が子をあんな場所に置き去りにして姿をくらます母親がどこにいます？　まるで理屈に合わない。神隠しなどという戯《ざ》れ言《ごと》は問題外ですが、犯罪に巻き込まれた可能性も含めて、なにかとてつもない異常事態が発生したに違いありません」

「ええ、わかっています」丹羽は何度も頷《うなず》いた。「そのことなんですが、ちょっと気になることがありまして」

丹羽はここ数日の出来事を話した。この時期にはめずらしいツキノワグマの異常出没。その駆除。新井千尋がクマを恐れたこと。

「クマですか……」

話を聞き終えた陽一が腑《ふ》に落ちない顔で呟《つぶや》き、周平を見た。

「クマが駆除されたことは、さっき新聞で読みました」と周平はいった。「かなりの大物だったようですね」

「はい。地元のハンターもめずらしがっていました」

「大きいといってもツキノワグマでしょう。無闇に人を襲うとは思えないが」

「出合い頭でもない限り、クマはめったなことでは人間を襲わない——私もずっとそう思ってきましたし、普通はそうなんでしょう。ただし、昨日駆除されたクマは怪我をしていたので、かなり気が立っていたとは考えられるんですよ」

「それにしたって……」

「それと千尋ちゃんの件があるから、どうしてもクマのことが気になりまして」

「で、山口さんのところでそのクマを解剖したわけですね？　なにかわかりましたか」

丹羽は首を横に振った。

「いいえ、なにも。村越くんには残酷な話になるが、私はクマが人間を食害したという可能性も考えたんです。しかし、胃や腸からはそれを思わせるようなものはなにも検出されなかったそうです。もっとも、日にちが経っていますから、完全にシロともいい切れないんですが」

三人は少しの間、黙り込んだ。意外な話に、周平も（まさか）と思う気持ちの方が強かった。たしかに北アルプスに棲息《せいそく》する動物の中で人間にとって脅威になり得る大型動物といえば、ツキノワグマくらいしかいない。役場の榊あたりは「犯人＝ツキノワグマ説」に拘泥しているような発言をしていたが、周平自身はそれが現実的なものとは思えなかった。

とはいえ、千尋が見せた反応というのは大いに気になる……。

「いずれにしても」と丹羽はいった。「三井さんじゃありませんが、私もこれは異常事態だと考えています。ですから、村越くんの気持ちはよくわかるが、ひとりで山に入ることは自重してもらった方がいいんじゃないかと」

「でも、クマは殺されたんでしょう」と陽一。

「あのクマが犯人とは限らない。山で実際になにが起きたかなんて、まだ誰にもわからないんだ。悪いことはいわない、しばらく静観していなさい」

「僕は行きますよ」

「危険だ。せめて我々がなにかを突き止めるまで待つんだ」

「突き止められるんですか。それを保証してくれるんですか」陽一の表情も口調も頑《かたく》なになっていた。「僕の休暇は限られているんです。時間を無駄にするわけにはいきません」

丹羽が縋《すが》るような眼つきで周平を見た。自分に同調してくれるものと考えたようだ。周平はそれを察したが、敢《あ》えていった。

「彼を行かせてやってください」

「三井さん……」

「時間が経てば、それだけ茜さんの痕跡《こんせき》は稀薄《きはく》になってゆく。すでに何日も経過しています。これでまた雨でも降れば、茜さんはますます遠ざかってしまうでしょう」

「せめて一日、待ってください。明日、高村たちが山に入ってスニーカーが発見されたあたりを重点的に捜索します。その結果がわかるまで……」

「それは新井さんの捜索でしょう。茜さんの行方を追うのは、村越くんの自由じゃありませんか。それは彼の義務でもあり、権利でもある」

「義務だとか権利だとか、そんな……」丹羽は困り果てたように吐息をついた。「三井さんらしくないと思いますな。私はてっきり、あなたが村越くんを引き止めるとばかり思っていました」

「なぜです？」

「なぜって……あなたは冷静な人ですから」

「それは誤解だ、丹羽さん。おれは冷静なんかじゃありませんよ。怒っているし、歯痒《はがゆ》い思いを味わっているし、怖がってもいる。そして、なにより真相を突き止めたいと考えている」

「そのために村越くんを巻き込むんですか」

「彼も大事な人を喪《うしな》った。どんな犠牲を払ってでも真相に迫る努力をすべきだとおれは思いますね。方法はいろいろあるのかもしれないが、彼は自分の足で恋人の行方を追う覚悟でここへきた。それが彼の選んだ方法なら、おれはそれを尊重しますよ」

「……」

「さっき彼と約束をしたんです。おれたちは一蓮托生《いちれんたくしょう》だ、と。おれには、彼を引き止めることはできません」

丹羽は見知らぬ人間を前にしたようなまなざしで周平を見た。そして訊ねた。

「もしこれが犯罪だったとしたら、三井さんは犯人に復讐《ふくしゅう》でもするつもりですか」

「復讐ですか……」と周平は薄く笑った。「そういう機会があったとしたら、躊躇《ちゅうちょ》しないかもしれませんね、おれは」

丹羽の眼に、今度は哀れみのような光が宿った。

13 五月二十三日 崩沢出合

陽一は、茜が消えた橋の半ばあたりに立っていた。自分が釣糸を垂れた滝の釜《かま》を眺めてじっと佇《たたず》み、あの日、背後でいったいなにが起きたのか想像しようとしていた。リキはめずらしく動きまわりもせず、陽一の傍らでおとなしくお座りをしている。

それにしても、渓流という場所は様々な感覚を人間から奪ってしまうものなんだなと陽一は思った。たとえば視覚。渓谷の幽玄な眺めは美しいが、それ自体にカムフラージュ効果があり、本来そこにあるべきもの以外の異物をも吸い込んでしまう。樹木の葉の明るい緑、苔《こけ》むした岩の隠微な緑、森そのものが湛《たた》える闇にも等しいような深い緑……同じ緑でも多種多様で、その濃淡に眼が惑わされる。気楽に釣りや森林浴を愉《たの》しもうとするなら色彩の眩惑《げんわく》は魅力のひとつにもなろうが、なにかを探し当てようとしている者にとっては厄介な場所といわざるを得なかった。新井千尋は赤い服装だったから発見されたという。たしかに赤という色は今の季節の山にはほとんど見当たらない。あればさぞかし目立つに違いない。茜の服装はどうだっただろうと陽一は考えた。ベージュのコットンパンツ、チャコールグレーのワークシャツ、薄いグリーンのウェーディングシューズ、よりによって迷彩色の雨合羽《ガッパ》……どれもこれも風景に埋没してしまいそうな色合いだった。

だが、渓流が人間から奪う最たるものは聴覚だ。瀬音がすべてを掻《か》き消してしまう。しかも、ここにはすぐ間近に滝がある。落差は小さいのに、ほとんど轟音《ごうおん》といってもよい大音響が陽一の耳を聾《ろう》している。こうして橋から眺めてみてあらためて陽一は驚いたのだが、ふたりを隔てていた距離はほんの十数メートルにすぎない。背を向けていたとはいえ、陽一がなにも察知できなかったのはひとえに瀬音のせいだった。彼が好む水音が、たかだか十メートルの距離を永遠ともいうべき距離に変貌《へんぼう》させてしまったのだ。

ここであった出来事を想像しようとして、その実、陽一の胸中を駆けめぐっていたのは悔恨ばかりだった。自分が釣りなんぞにうつつを抜かしていなければ。一時たりとも茜から離れなければ。そもそもこんな場所に彼女を連れてこなければ……。何度も同じ思いを反芻《はんすう》した。やがて悔恨が渦となり、颱風《たいふう》のように成長して制御しきれなくなった。ぶるぶると躰《からだ》が震えた。橋のワイヤーを力まかせに握り締めて揺らした。そして、きつく眼を閉じた陽一は知らず知らずのうちに下の歯で上唇を切れるほど嚙《か》んでいた。ついに感情が極まり、彼は吠《ほ》えた。それこそ獣のように、「グワーッ」というような大声をあげた。彼が二十六年の人生で初めて感情を爆発させた瞬間だった。だが、その大声すらも瀬音に撥《は》ね返され、また打ち消された。それでも少しは気持ちが落ち着き、躰の震えも熄《や》んだ。陽一は気を取り直し、もう一度、想像に還《かえ》って行った。

茜はこの橋にいた。滝か、もしくは釣糸を垂れる自分を被写体にしようとしてカメラを身構えたはずだ。しかし、残されていたフィルムは未使用だった。あの時、渓間はまだ薄暗かったから、光量が足りなくてシャッターを押せなかったのだろう。構図を凝ろうとして彼女は橋の上を右に左に動いたに違いない。購入したばかりの一眼レフカメラを手に、いっぱしのカメラマンを気取り、本人はさぞかし有頂天になってファインダーを覗《のぞ》いたことだろう。そのカメラを、茜は手放した。よほどのことがあったのだ。おそらく身の危険を感じさせる誰かが、もしくはなにかが迫ってきた。

林道の方角からくだり降りてくる山道にそいつは出現した。そして、橋の袂《たもと》までやってきた。それが人であれば、彼女は挨拶《あいさつ》をしたかもしれない。妙に人懐っこいところがある、人を疑うということを知らない娘だった。警戒心など微塵《みじん》もなく、朗らかな声を発したはずだ。それに対して相手はどう応じたか。たぶん茜の期待したような反応は返ってこなかった。彼女に向けられたのは悪意だ。もしくは敵意だ。人が見せるあからさまな悪意とはどういう形を取るだろうか。茜を恫喝《どうかつ》した？　暴力を振るおうとした？　兇器《きょうき》をちらつかせた？　いきなりそんな行動に出たとすれば、相手は間違いなく異常者だ。もしかしたらそれは男で、茜の躰が目当てだったのかもしれない。三井さんも同じようなことを考えているようだった。謎の失踪《しっそう》を遂げた三人がすべて女性だということが、その可能性をうかがわせる。山にひそんで女性を毒牙《どくが》にかける異常者——まったくあり得ない話ではない。というか、今のところその線が一番臭いとすら思う。

ただし、今朝になって少し事情が変わってきた。丹羽巡査は犯人がクマである可能性を示唆した。この山にツキノワグマが棲息し、この場所を通り道にしていたとしてもまったく不思議はないし、たしかに明け方の渓流端は動物と遭遇する機会が多い場所ではある。

だが、クマがのこの人間に近づくだろうか。襲いかかったりするだろうか。釣りやアウトドア関係の書物で接したその動物は警戒心に富み、むしろ人との遭遇を忌避するはずではなかったか。

相手が異常者にせよクマにせよ、場は一気に緊迫したはずだ。茜はどういう行動を起こしただろう？　悲鳴をあげただろうか。あるいは自分を呼んだだろうか。当然そうしただろう。しかし、その声は自分の耳には届かなかった。瀬音に撥ね返された。背中を向けて呑気《のんき》に釣りに興じる恋人の姿に絶望した茜が次に起こした行動は？　その場に頽《くずお》れたか。逃げようとしたか。いや、待てよ。そうだ、あのカメラ……。彼女はカメラを落としたのではなく、相手に向かって投げつけたのかもしれない。二ヶ月分のバイト代と同じくらいのお金を注ぎ込んで手にしたカメラ本体と望遠レンズ。彼女が今のところもっとも大切にしていた財産。撮影時には落下防止を怠らず、必ずストラップを首にかけるようにしていた。まして足場の危ういこの付近では、常にも増して取り扱いには慎重になっていたはずだ。落としたのではない。茜は自分の意志でそれを投げたのだ。そうに違いない！　彼女にそんな真似をさせたということは、迫りくるものはよほどの脅威だったはずだ。果たして相手が人間だとしたら、そこまでするだろうか。もちろん否定はできない。相手が兇器を持っていれば、当然それくらいのことはするだろう。カメラを投げつけるという防御も功を奏さなかった。だとしたら、茜は次になにをしたか。当然、逃げただろう。どこへ？　ほんとうは自分のところへ駆け寄りたかっただろう。しかし、橋から河原へ降りるには、左右どちらかの袂に走って三メートルほどの段差を飛びおりるか、草木に取り縋《すが》って滑り降りなければならない。非力な茜には無理な選択だ。そもそも橋は人ひとりが通れるだけの幅員しかないから、相手のいる側に移動したとも思えない。やはり崩沢方面しか逃げ道はない。慌てていた彼女は帽子を落とした。生まれてこの方、体験したことのない恐怖を背中に感じ、茜は必死に駆け出した……。

そこまで考えて、陽一は「やはり崩沢だな」と独りごちた。もちろん茜の失踪当日、崩沢沿いの道は陽一も一度は歩いているし、捜索隊も真っ先に向かったところだ。しかし、陽一は気が動転していて闇雲に茜の名を叫びながら往復したにすぎない。今となっては、それがどんな道だったのか、その奥にどんな風景を見たのか皆目思い出せない。それほど混乱しており、十分な目配りはできなかった。捜索隊が出発したのは日没すぎで、肝心の初動段階ですでに照明器具に頼らなければならないような有様だった。翌日は天候にも祟《たた》られた。陽一に対する妙な憶測や風評が捜索隊員の間に浸透して、士気もあがっていなかった。望み得る最大最善の捜索体制とはいえなかった。

──もう一度、この道を探すべきだ。

陽一はそう思った。と同時に、緊張に苛《さいな》まれた。陽一は「今日がすべてだ」と考えている。休暇はまだはじまったばかりだが、時間を費やしたところでなにかが得られるとは思っていなかった。周平にもそう指摘された。「あの橋が起点なんだ」と周平は繰り返しい、「探す面積ではなく、捜索の質と密度を向上させろ。そのために想像力を働かせるんだ」と助言した。陽一もその通りだと思った。昨日は、茜が川づたいにキャンプ地の〈砂防ダム公園〉を目指したという推測のもと、本沢を遡行《そこう》してみた。ただただ茫漠《ぼうばく》とした気持ちに囚《とら》われただけだった。川はあまりにも長く、森はあまりにも深く、そして山はあまりにも高く、広かった。「勝ち目はない」と思った。きちんと推論を立て、ピンポイントを攻めるべきだった。そして今、崩沢方面に的を絞った。休暇中は徹頭徹尾、崩沢にこだわってやる。特に肝心なのは初日だ。今日は絶対に集中力を切らさずに歩くのだ。

「行くぞ」

陽一はリキに声をかけた。リキがすくっと立ちあがり、陽一の前を歩き出した。

崩沢沿いの道は、すでに廃道となっている登山道だった。登山者はもちろん利用せず、それこそ釣人か山菜採りの人間くらいしか行き交わない。平日ともなれば、人影を見ることは皆無といってもよかった。本沢をくだるような方角にしばらく進むと、道はほとんど〝橋〟の様相を呈してきた。切り立った崖《がけ》の際に鉄パイプの骨組が組まれ、簀子《すのこ》状の鉄板が渡されている。腰の高さあたりには骨組と同じ材質の手摺《てすり》がかけられていた。たしかに手摺でもなければ落下の恐怖を覚えそうな設置箇所だ。そういう造りの道が延々とつづいている。やがて左眼下に二段の滝が見えてきた。崩沢が滝となって本沢に合流しているのだ。原生の森は暗く、寒かった。何百年も前から澱《よど》んでいたのではないかと思われる湿った静寂があたりを満たしている。

ふいに陽一の中で恐怖心が頭を擡《もた》げた。茜を襲った脅威が我が身に降りかからないとも限らない。何者かに付け狙われているような気がして、何度も後ろを振り返った。陽一は、周平が貸してくれた剣鉈《けんなた》を鞘《さや》から引き抜き、右手に握り締めた。主人の動揺を知ってか知らずか、リキは時々振り返りながら先を軽快に歩いてゆく。リキが勇気を与えてくれていた。これもまた周平の指摘通りだ。この犬がいなければ、たったひとりでこの先まで足を延ばせるかどうかは甚だ疑問だった。

リキが鉄板に足を滑らせた。見ると、道は進行方向に向かってかなり急勾配《こうばい》でくだっている。ちょうど滑り台のようで、人間なら手摺に頼りたくなる角度だった。

そこで陽一はリキを呼び止め、自分も足を止めてふと考えた。

自分はのんびりここまで歩いてきたが、なにかから逃れようとしていた茜はこの道を走ったはずだ。簀子状の鉄板はただでさえ不安定で歩きにくい。走るとなったら、転倒の危険を伴うのではないか。特に明け方は夜露で滑りやすくなっていただろうし、板と板の継ぎ目部分で躓《つまず》くことだって考えられる。手摺以外の防護柵《さく》はない。勢いがついたまま転べば即転落ということもあり得る。そうした不可抗力で茜が道を逸《そ》れた可能性もあると陽一は考えた。彼は道の下を覗き込んだ。崖は崩沢に向かって落ち込んでいる。だが、斜面は意外になだらかで、しかも草深く、よほど不自然な体勢で落下しない限り、怪我はともかく、転落死することはなさそうだった。

と、陽一はまったく別のことにも思い至った。そもそも茜はほんとうにこんなところまで走ってこられたのだろうか。お世辞にも運動神経がいい娘とはいえなかった。「かけっこは昔からビリかブービーが指定席」ともいっていた。追跡者も当然、走っていただろう。そいつが何者であれ、茜に追いつくことなど容易だったはずだ。彼女がここまで逃げおおせたと考えることの方が、非現実的ではないか。虫がよすぎるのではないか。

──茜はここまできていない。

陽一はそう結論づけた。橋までほぼ二百メートル。その距離の間に、茜はきっと追跡者の手に陥《おち》た。そして、なんらかの暴力的な脅威に晒《さら》された。それが激しいものであればあるほど痕跡《こんせき》として残るはずだ。茜が橋から離れて以降の最初の手がかりは絶対にこの範囲内にある!

「ここまでだ、リキ」と陽一は愛犬に声をかけた。「まずここまでの区間であいつの手がかりを探す。徹底的に、だ。おまえも鼻をきかせろよ」

陽一は道を戻りはじめた。

14　五月二十三日　烏川林道上部Ⅰ

もちろん丹羽本人は知る由もなかったが、彼の予感が早くも的中していた。例の新聞記事を見て山を訪れようとしている者がいたのだ。ただし、それは茶髪の高校生でもなければ暴走族でもなかった。人一倍常識をわきまえた思慮分別のある大人、ひと昔もふた昔も前に流行した言葉でいえば、〝フルムーン旅行〟の最中にいる老夫婦だった。

夫は志村恭輔《しむらきょうすけ》、妻は菊路《きくじ》。ともに六十九歳。神奈川県横須賀《よこすか》市で息子夫婦と暮らしているふたりは、恭輔の定年退職後、初めての長期旅行を愉《たの》しんでいた。ふたりには以前から信州や安曇野への憧《あこが》れがあった。かつて文学青年だった恭輔は、たとえば信州で青春時代をすごした北杜夫《きたもりお》の文学作品などに触発され、憧れを育《はぐく》んできた。海辺に育った菊路はいささか天《あま》の邪鬼《じゃく》的に山国の自然をずっと夢想していた。若い頃からいつかふたりで行こうと話し合いながら今まで引き延ばしてきてしまったが、恭輔がリタイアして時間が空くようになったので、ようやくこの旅が実現したのだった。あまり細かいスケジュールを立てずに、のんびり乗用車で憧れの地を旅しようということになり、三日前に自宅を出発した。松本市内、美ヶ原《うつくしがはら》、上高地《かみこうち》、乗鞍《のりくら》などを観光し、明日以降は大町《おおまち》温泉郷のホテルに拠点を移して黒部《くろべ》ダムや白馬《はくば》に出かけるつもりでいた。そして、松本から大町へ向かう途中に立ち寄った穂高町の蕎麦《そば》屋で恭輔が偶然、一日前の新聞記事に眼を止めた。彼は「魔の山」とか「神隠し」という言葉を異様に喜んだ。

「へえ、神隠しか。まだあるんだな、こんな古風な話が」

「なんですか、子供みたいなことをいって」と菊路は笑った。

「〝魔の山〟だってさ。トーマス・マンの小説のタイトルだね」

菊路は夫に押しつけられた新聞を斜めに読んで、「嘘に決まってるでしょ、こんなの」といった。

「そういえば、神隠しみたいな現象を扱った映画で、どうしても題名を思い出せないやつがあるんだよ。全寮制学校の女子生徒が三人、山で忽然《こつぜん》と行方を絶って、それっきりになってしまうんだ。洋画なんだがね、なかなかいい雰囲気の作品だった。おまえ、覚えていないか」

「私、一緒に観ました？」

「一緒だよ。宏太が生まれる前だったかもしれない」

「ずいぶん昔のことね。忘れちゃったわ」

「ほんとうにいい雰囲気の映画だったんだ。映像がすごく綺麗《きれい》でね。一時期、また観たくなってビデオ屋で探したんだが、結局、見つからなかった」

「変な人ね、今日に限ってそんなことをいって。神隠しだとか、映画だとか……あなた、そんなことに興味を持つ人だったかしら？」

恭輔は構わず、蕎麦屋の主人に「この記事に紹介されている事件はほんとうにあったんですか」と質問した。決して愛想がいいとはいえない店主は「あったみたいですね」と短く答えた。恭輔はおおよその場所を店主に訊《たず》ね、さらにガイドブックで道順を確認すると、「ここから近いぞ。行ってみないか」と妻に笑顔を投げかけた。

「いやよ。怖いじゃない」と菊路も笑って拒絶した。

「なんだよ、おまえこそ本気にしているじゃないか」

「そうじゃないけど……」

「心配ない。神隠しに遭うのは美人だけだそうだ」

恭輔の軽口に、菊路は「どういう意味よ？」と少女のように頰を膨らませた。

「どうせ急ぐ旅じゃないんだ。道草して行こう。道草なんて久しく人生になかったことなんだから」

恭輔は子供じみた自分を愉しんでいたのかもしれない。この時この場所でこの記事を眼にした偶然を大袈裟《おおげさ》に喜んで、郷愁とか旅情を自分で煽《あお》っていたのかもしれない。あるいは忙しくすごしてきた過去に対するアイロニーのように、ことさら無意味なことをしたがっていたのかもしれない。

「須砂渡ってところには温泉もあるらしいぞ。帰りはそこに寄ってもいいじゃないか」

ガイドブックの情報を引き出してまで恭輔は妻の気を惹《ひ》こうとした。神隠しの山へ赴くという思いつきにすっかり囚われてしまっているようだった。

「温泉って……あなた、これから私たちが行くところも温泉なんですよ」ほんとうに子供みたいだわと思って菊路は苦笑したが、夫のわがままに付き合う気になっていた。「車で行けるならいいわよ。有名な観光地ばかり訪ね歩くというのも、この旅の主旨に反するような気がするし」

「そうさ。道草こそ旅、道草こそ人生だよ」

蕎麦屋を出た志村夫妻は、恭輔の定年後に買い替えたオデッセイに乗り込み、松本方面へ引き返した。走行距離は二千キロそこそこ、まだまだ新車の匂いが籠《こも》る車を駆って、田植えが済んだばかりの緑色の大地の直中《ただなか》を気持ちよく疾走した。

ふたりの旅はすべてが新鮮で、華やいでいた。季節もよかった。行く先々で清新な緑や色艶《あで》やかな花々に迎えられた。そして、山国ならではの風景に圧倒された。たとえば、昨日行った上高地。ふたりは河童橋《かっぱ》から眺めた山岳パノラマに思わず息を飲んだ。なにかというと雑誌やテレビなどで紹介されるいささか手垢《てあか》のついた定番の風景だが、写真で見るのと実際にその場所に立って見るのとでは大違いで、まるで天国を眺めるような美しさだった。死ぬまで記憶にとどめたい風景だと菊路はいった。恭輔も同感だった。

しばし感慨に耽《ふけ》ったふたりは、当初の予定にはなかった山歩きを敢行することにした。おたがい体力にはまったく自信がなかったが、山の澄んだ空気と美しい風景がふたりの背中を押した。梓川《あずさがわ》沿いの道を軽快に歩いた。そのうち自分たちの年齢や衰えた体力のことなどすっかり忘れ去っていた。昔に還《かえ》ったようにはしゃぎ、からかい合いながら歩きつづけ、ふと気がつくと、一時間ほどの道程を踏破して明神池《みょうじんいけ》に辿《たど》り着いていた。夫婦は、年寄りの冷や水になりかねない軽挙を大いに笑い合った。まだまだおれたちも捨てたもんじゃないなと少しばかり自信を取り戻し、〈嘉門次《かもんじ》小屋〉の露天のテーブルに座ってジュースで乾杯した。帰路もまた愉しかった。その間、恭輔はビデオムービーを、菊路は写真を撮りまくった。今回はいい旅になりそうだ——ふたりともそう思った。

オデッセイは烏川林道を登りはじめていた。ここまでくる途中、一度だけ田んぼの畔《あぜ》にいた農夫に道を訊ねた。恭輔が行方不明事件のことを口にしたので、農夫は怪訝《けげん》な表情を浮かべた。だが、事件については否定も肯定もしなかった。陽に灼《や》けた顔を歪《ゆが》め、眉間《みけん》に深々とした皺《しわ》を寄せて、ただ一言、「まあ、山にはいろんな不思議があるもんさ」と洩《も》らしただけだ。そんな農夫との一瞬の邂逅《かいこう》も今の志村夫妻にとっては旅の味わいのひとつだった。

林道を三十分ほどかけて登ったが、その間、林道脇の斜面で作業をする土木作業員を見かけた以外はまったく人と行き合わなかった。乗用車は何台か停まっていた。釣人の車か、はたまた山菜採りにきている人の車か……いずれにしても、どやどやと人が押しかける山ではなさそうで、深山の静謐《せいひつ》と涼やかさに満ちていた。葉陰のドームのような箇所をいくつも通過し、助手席の窓を開放している菊路はその度にひんやりとした風を頬に受け、気持ちよさげに眼を細めた。道は三股駐車場のゲートで行き止まりになった。そこから先は蝶ヶ岳新道という登山道になり、車輛《しゃりょう》進入禁止となっていた。駐車場には十数台の車があった。皆ここに自家用車を置いて蝶ヶ岳や常念岳に向かうのだ。同じ登山口でも上高地とは雲泥の差だった。地味で、狭隘《きょうあい》で、人気もない。もちろん売店などもなかった。あるのはトイレだけだ。

「なにもないところね」と菊路は拍子抜けしたようにいった。

「名所ばかり訪ね歩くのが旅じゃないって、おまえがいったんだろう。静かでいいところじゃないか」

恭輔は車を降り、運転で疲れた躰《からだ》をほぐそうと屈伸運動をはじめた。菊路も外に出た。

「旨《うま》い空気だなあ」

恭輔は伸びをして深々と山の空気を吸った。遠くでカッコウが鳴いている。この世ではないどこかから聞こえてくる鳴き声のようだった。

「ほんとうに静かねえ」

菊路は、カッコウの鳴き声って不思議だわと思った。静寂がより際立つ。そして、山の底知れぬ奥深さを感じさせる。

「これが山本来の静けさなんだろうね」と恭輔も感慨深げにいった。「上高地は素晴らしいところだが、人が多くて騒がしすぎるのが珠に疵《きず》だな。自分が登るとしたら、こういう静かで地味な山がいい」

「あら、今度は登山？」と菊路が揶揄《やゆ》するようにいった。「昨日は、渓流釣りをやってみたいっていいませんでした？　あなた、いったいいくつまで生きるつもりなんですか。これからそんなに趣味を作ったって、道具を揃えた途端にぽっくり逝っちゃうんじゃない？」

「いやなことをいうね、まったく。せいぜい長生きしてやるから、覚悟しとけよ」と恭輔は反撃した。「おまえもどうだ？　思い切って登山でもはじめてみないか。結構いるらしいぞ、年を取ってからハマる人が。この年にして夫婦共通の趣味を持つというのも一興だと思うがね」

「山登りなんて、いくらなんでも無茶ですよ。私は、昨日のピクニックみたいなコースが限界だわ」

ふと恭輔が思案顔になり、呟《つぶや》いた。

「ピクニック……」

「なに？」

恭輔の顔が輝き、「そうだ、ピクニックだよ」と膝《ひざ》を打った。「『ピクニック at ハンギングロック』だ」

「なんですか、それ？」

「映画さ。さっきいった映画のタイトルだよ。ようやく思い出した」

恭輔は「人生最大の謎がひとつ解けた」と大仰なことをいって喜んだ。

菊路が訊ねた。

「そういえば、神隠しとやらはどこで起きたんですか」

「さあね。しかし、これだけ山深いと、そういうことがあっても不思議ではないという気がしてこないかね？　あの映画もたしかそうだった。今となっては記憶も曖昧《あいまい》だが、少女たちがあたかも大自然に溶け込んでしまったというような描き方だったんじゃないかな。謎は謎として最後まで残し、合理的な解答を出さなかったはずだよ。少女たちは神に愛され、神に召された……そんな雰囲気だった」恭輔は眼を細めて遠くを見遣《みや》った。「この山で消えた人たちも、何者かに愛されたのかな？」

「ロマンチックなんですね、男の人は」と菊路が柔らかく笑った。「でも、現実はもっと単純で、もっと残酷ですよ、きっと。それで、いつかは誰かが解答も出すんです」

恭輔は頭を振り、嘆息した。

「夢がないね、女ってやつは」

菊路がそんな夫の手を引いた。

「せっかくここまできたんだから、記念撮影しましょうよ。あの案内図のところで」

わざわざ三脚を立てて、セルフタイマーでふたりのポートレートを撮った。恭輔は妻の肩に腕をまわして抱き寄せた。普段ならあり得ないことだった。旅先の夫は、饒舌《じょうぜつ》で優しいと菊路は思った。

あとはなにをするでもなく、ふたりは駐車場の片隅に座って雑談をした。旅のこと、息子夫婦のこと、自分たちの将来のこと……脈絡のないお喋《しゃべ》りで一時間あまりがすぎた。志村夫妻はようやく車に戻り、三股駐車場を出発した。夫の甘言を受け入れて、菊路は須砂渡の温泉施設に立ち寄ることを承諾した。

出発して間もなくのことだった。車の前方、数十メートルの距離で小さな影が林道を横切るのが見えた。

「今の、なに？」と菊路がいった。

「なんだろう？」

恭輔も眼を凝らし、車のスピードを落とした。同じ場所を次々と動物が横切ってゆく。

「まあ、サルだわ」と菊路が喜んだ。「見て、赤ちゃんが背中に乗ってる。可愛いわねえ」

仔《こ》ザルが、移動する母ザルの背や腹に必死に取り縋《すが》っている様に、志村夫妻は思わず微笑んだ。

「おい、写真を撮れよ」と恭輔がいい、車を停めた。

「サルをですか？　いいわよ、カメラは後ろのバッグに入れちゃったもの」

「観光客ずれした日光あたりのサルとは違うんだよ。本物の野生ザルだ。こんな機会はめったにないぞ」

恭輔の方は少し興奮ぎみで、セカンドシートに置いてあったビデオカメラを手に取って身構えた。

「それにしても、すごい数だな」

恭輔はビデオをまわしながらゆっくりと車を進め、サルの行列の間近にまで迫った。車には慣れているようで、サルたちはなかなか逃げようとしない。恭輔が悪戯《いたずら》心からクラクションを鳴らしてみると、さすがに怯《おび》えて、群れがさっと左右に散った。警戒の吠《ほ》え声が湧き起こり、騒々しいほどになった。サルたちは素早く道沿いの木に駆けあがり、高みから人間の様子をうかがった。しばらく大勢のサルとの睨《にら》めっこがつづいたが、そのうちサルの方が飽きてしまったようで、一斉に枝を渡って下にくだりはじめた。それを追うように恭輔も車を発進させた。撮影は菊路が引き継ぎ、助手席の窓を開けてサルの移動をビデオカメラに収めた。

右の急カーブを曲がろうとした時だった。やはり道を横切ろうとした〝それ〟が突然、車の前に出現した。まさに出合い頭だった。恭輔が「わっ！」と小さく叫んだ。撮影に気を取られていた菊路が少し遅れて前方を見た。〃それ〃を目の当たりにした菊路は（まさか）と思った。恭輔は衝突を回避するために慌ててハンドルを左に切った。そして、ブレーキを踏んだ……つもりだった。サルに注意が向いていたし、くだり坂ということもあって、かえってスピードは抑えていた。恭輔の咄嗟《とっさ》の対処で事故は避けられるはずだった。しかし、恭輔が踏んだのはブレーキではなく、実はアクセルペダルだった。単純な、しかし重大な操作ミスによりオデッセイは一気に加速し、路肩を乗り越えてオニグルミの幹に激突した。運転席、助手席双方のエアバッグが作動した。志村夫妻の不運はそれだけでは終わらなかった。路肩でバウンドした車体が衝突後に横転し、そのままササ藪《やぶ》の急斜面を惰性で落下した。二転三転した車は、斜面に生えている灌木《かんぼく》の群落に引っかかって停止した。腹を見せた車のタイヤが虚《むな》しく空を掻《か》いていた。

林道を挟んで反対側の斜面では、ササ藪が激しく揺れ動いていた。〃それ〃も大変な恐怖を味わい、一気に藪を掻き分けて遁走《とんそう》したのだ。さすがの巨体といえども、走りくる自動車に対抗することはできなかった。

15　五月二十三日　烏川林道上部Ⅱ

〈生駒建設〉の作業員が林道沿いの崖《がけ》に落石防護柵《さく》を設置する作業を終えた時、すでに日没がすぐそこまで迫っていた。三、四十分も経てば太陽が山陰に隠れ、あとは足早に夜が忍び寄ってくる。にもかかわらず、陽一がいまだに山から降りてきていなかった。下山の際には林道の作業現場に立ち寄って自分に一言声をかけて行くように——周平はそう念押ししてあった。陽一がその約束を忘れたり、声をかけそびれたということは考えにくい。それよりなにより、今日はまったく現場を離れずにほとんどの時間を崖に組まれた足場ですごしていたから、陽一が林道を通れば周平の方で気づいたはずだ。

周平はいやな予感に囚《とら》われた。陽一の身になにかよからぬことが起きたのではないか……。厳密にはまだ日没前だから、取り越し苦労ということもあり得るが、一度心の中に芽吹いた心配は野放図に膨らんだ。生駒にその旨を告げ、単身バイクで林道を駆け登った。

今日の陽一の捜索区域の起点である橋を目指して急いだ。

ササ藪の急斜面に異変を嗅《か》ぎつけたのは、バイクが左の急カーブに差しかかろうとする時だった。それは周平だからこそ引き寄せた僥倖《ぎょうこう》といえるかもしれない。杳子の死因に不審を抱いて以来、周平の山中でのバイク走行は脇見運転が常習化している。ちょっとした異変も見逃すまいと、周囲に眼を配ることが半ば習性のようになっている。東向きのその斜面がすでに薄闇に覆われていたことも幸いした。周平は鬱蒼《うっそう》としたササ藪の中に仄《ほの》かな光の明滅を見たのだ。あとでわかったことだが、それは車のウインカーの灯だった。

周平はバイクを停めて光の方角を眺めた。バイクのヘッドライトを向けてよくよく見ると、ササが薙《な》ぎ倒された形跡が一直線に延びていた。陽一の車が転落したのだと思って血の気が引いた。慌てて斜面を駆け降りようとしたが、頭の片隅にわずかに残されていた理性がそれを思いとどまらせた。

周平は「死ぬなよ」と呟き、後ろ髪を引かれる思いでバイクをUターンさせ、急いで工事現場に戻った。現場にはすでに誰もいなかった。全速力で林道を走った。三分後に〈生駒建設〉のワゴンを視界に捉《とら》え、クラクションを激しく鳴らして急を報《しら》せた。ブレーキを踏んだワゴンに追いつき、運転席の生駒に事故車のことを告げた。ワゴンには岡村《おかむら》という五十代の作業員が同乗していた。

生駒は「そりゃえらいことだ」と眉毛《まゆげ》を吊《つ》りあげた。「周さん家にいる坊やの車かい？」

「わかりません」と周平は答えたものの、状況から推してその公算が大であると覚悟していた。「とにかく、まだ中に人がいると思うんです」

「じゃあ、すぐ救けに行かなきゃ」

生駒はいい、車をUターンさせようとしてハンドルを切りかけた。

「ちょっと待ってください」と周平が制した。「ああいう落ち方だと、乗っていた人間は頭などを強打していることも考えられます。素人判断で動かすのはかえって危険かもしれません。申し訳ないですが、社長がこのバイクで走って、どこかで警察と消防に連絡してもらえませんか」

「ああ、それは構わんが……。で、周さんはどうするんだ？」

「岡さんと車であそこに戻って、事故車の様子をたしかめておきます。人がいて、おれたちで運び出せるようならそうしますし、危険と判断したら、救援を待ちますよ」

「よし、わかった」といって生駒は車を降りた。「警察や消防には〈須砂渡ロッジ〉で電話する。連絡がついたら、おれもすぐに引き返すわ」

「お願いします」

それぞれの運転手が交替し、ワゴンとバイクは上手と下手に分かれた。

周平の運転するワゴンが事故現場に辿《たど》り着く頃には薄暮が訪れていた。

「おいおい、ありゃ、ひっくり返ってるんじゃないのかい？」助手席から降り立った岡村が事故車を見て顔をしかめた。「えらいところに落ちたもんだな。周さん、あんた、よく見つけたね」

周平は「ひとまずおれが見てきます」といって、ワゴンのラゲッジスペースから四十メートルのロープを取り出し、その一端を近くの木の幹にもやい結びで結んだ。ロープなしでも降りられそうな傾斜だが、あとあと救出のことを考えると、あった方がいいと判断したのだ。

懐中電灯を手に、周平は滑るように斜面を駆け降りた。転落していたのは陽一のハイラックスではなく、オデッセイだった。正直、周平はほっと胸を撫《な》でおろしたが、事故の状況は深刻なものだった。車は横ざまに回転しながら落ちたと思われ、今は完全に腹を上に向けている。そのわりに天井部分が潰《つぶ》れずに原形を保っているのは、おそらくササ藪がクッションになったということだろう。灌木群が車体を受け止めてそれ以上の落下を防いでいるが、車は斜面の下方、運転席側にやや傾いている。ノーズ部分の潰れは衝突の痕跡《こんせき》だと思われた。

周平の眼がまず捉えた人影は、俯《うつぶ》せの格好で助手席の窓から上半身だけを晒《さら》している女だった。年の頃は六十代半ばくらいに見える。周平はしゃがみ込み、女の手を取った。たしかな温《ぬく》もりがあった。女の顔に自分の顔を近づけてみると、微《かす》かに息をしていた。だが、頭に怪我を負っているらしく、流れ出た血が左のこめかみから頬にかけてを染めている。その体勢からいって、おそらく彼女は転落後に自力でなんとかここまで這《は》い出てきたに違いないと周平は思った。

「もしもし、大丈夫ですか」と周平は女の耳元でいった。

返答はなかった。

「聞こえますか」

もう一度、声をかけたが、やはり反応は見られなかった。女は完全に意識を失っていた。陽が落ちて急速に気温がさがりはじめていたので、周平は女の躰《からだ》が冷えないように自分の作業着を脱いで彼女にかぶせた。それから地面に這いつくばって窓から車の中を覗《のぞ》き込んだ。今は下になっている天井のほぼ中央部分に男が仰向《あおむ》けの格好で横たわり、散乱した荷物の中に埋もれていた。「大丈夫ですか」と窓越しに一声かけた。男はぴくりとも反応しない。セカンドシート部分のドアを開けようとしたが、ロックされていた。もともと運転席側のドアは灌木が邪魔していて開けられない。ためしにリアハッチはどうかと思って手をかけたが、やはり開かなかった。周平は業を煮やし、窓を叩《たた》いて「生きているか！」と怒鳴った。返事はなく、男が動く気配もなかった。

「お〜い、どんな様子だい？」

斜面の上から岡村の声が聞こえた。

「車にふたりいました」と周平は大声で答えた。

「生きてるのかい？」

「ひとりは生きていますが、怪我をしていて意識もありません。もうひとりは未確認です」

「おれもそっちへ降りて行こうか。怪我人がいるなら、運ばにゃいかんだろう」

「怪我人の搬送は専門家にまかせた方がいいかもしれません。岡さんはそこにいて、社長が戻ってくるのを待ってもらえますか。なにかあったら声をかけます」

「わかった」

周平は自分にできることもなくなってしまった気がしたが、時間を無駄にするべきではないと考え直した。女の脇を抱えて、静かに外へ引きずり出す。小柄な女だが、意識のない人間は砂袋のように重く、扱いにくかった。どこを怪我しているのかわからないので、躰に触れるだけでも相当に神経を使わなければならず、思ったより難渋した。なんとか全身を外に出すと、女が呼吸しやすくなるように俯せだった姿勢を右向きに変えた。そして、周平は開いている助手席の窓に身をくぐらせた。エアバッグや散乱する荷物を掻《か》き分けながら天井をずるように後方へ移動し、腕を伸ばしてセカンドシート部分のドアのロックを解除した。これも周平の大柄な体格ではなかなかの重労働になった。それに、不安定な車体が揺れるので、肝を冷やした。外に戻ってドアの把手《とって》を引くと、ドアは軋《きし》んだ音を立てて抵抗した。転落の衝撃で歪《ゆが》んでいるらしかった。なんとかこじあけ、あとは一気に引き開けた。旅行バッグ、座席クッション、ティッシュペーパーの箱、道路マップや芳香剤といった雑貨を掻き出すと、男の全身があらわになった。

「どうだい、周さん？」

だしぬけに背後で声がした。振り返ると、生駒が斜面をくだってきていた。

「中に男性がいます」と周平はいった。

それからふたりで協力して慎重に男を引き出した。傍らの女と同年輩と思われる男だった。目立った外傷こそなかったが、こちらは一見して絶命していることがわかった。周平が念のために脈を取ったり、口許《くちもと》に顔を近づけてみたり、瞳孔《どうこう》に懐中電灯の光を当ててみたりしたが、生きている証《あかし》は得られなかった。生駒がうかがうような眼を向けたので、周平は首を横に振った。その時、遠くから幻聴のようなサイレンの音が聞こえてきた。死者を目の当たりにしたこととサイレンの音を耳にしたことで、周平の中では当初の心配が再び頭を擡《もた》げた。

――陽一はまだか。

「村越くんのハイラックスと擦れ違わなかったですか」と周平は訊《たず》ねた。

「いいや、誰とも逢《あ》っていない」と生駒は答えた。

「おれは、彼を探してきます。ひとまずここは社長におまかせします」

「ああ、わかった。周さんも気をつけてな」

「はい」

周平はロープを手繰って斜面を登った。林道に戻ると、ちょうどそこに丹羽のジムニーが乗りつけた。丹羽は路肩に車を寄せて停め、運転席の窓越しに「生駒社長から電話をもらいました。車は村越くんのですか」と険しい表情で訊ねた。

「いえ、違いました。お年寄りのご夫婦のようです。女性は生きていますが、男性の方は車の中で死亡していました」いいながらバイクに駆け寄った。「丹羽さん、おれは上に行ってきます。村越くんのことが心配なので」

「私もご一緒します。ひとりでは危険だ」

「しかし、ここは？」

「救急車が間もなく到着します。交通課の連中も駆けつけますから、彼らにまかせましょう。さあ、車に乗ってください」と丹羽はいい、ジムニーの助手席のドアを開けた。

車に乗り込んだ周平は、岡村に告げた。

「別件で崩沢へ行くので、ここをお願いします」

岡村は黙って頷《うなず》いた。

「それから」と丹羽がいった。「あとで実況見分が入るだろうから、このカーブの近辺はあまり荒らしたくない。岡さん、すまないが、救急車やほかの車をうまく誘導してくれ」

岡村はまた頷いたが、なにやら心細そうな顔になっていた。構わずに丹羽は車を発進させた。登り坂のカーブでジムニーのエンジンが苦悶《くもん》のように唸《うな》った。

「早速、丹羽さんに怒られそうな事態になってしまいましたね」と周平がいった。

「怒るだなんて、そんな……」と丹羽は否定したが、不機嫌は隠せなかった。

「村越くんになにかあったら、おれの責任だ」

死者を見、死者の冷たさに触れた周平は動揺を隠し切れなかった。

「なにかあったと決まったわけじゃありませんよ。村越くんは崩沢へ向かったんですか」

「ええ。日没までには帰るという約束だったんですが」

すでに陽はとっぷりと暮れていた。ハイビームのヘッドライトが射し照らす眼前の光景は本来の色が飛んでしまって白く輝き、まるで写真のネガを見るようだった。周平は次第に冥界《めいかい》に向かって突き進んでいるような気になってきた。夜がひどく恐ろしいものに感じられ、心が粟立《あわだ》っていた。あの老夫婦には申し訳ないいいぐさになってしまいそうだが、事故車を発見し、そのためにこうして出足が遅れてしまったということが、なにやら不吉なからくりのように思えて仕方がなかった。さらに追い討ちをかけるように、周平は自分の失策に気づいた。胸元に手をやり、「しまった」と声をあげた。

「どうしたんです？」

「事故現場に作業服を置いてきてしまった。ポケットに無線機が入っていたんです」

「無線機？」

「ええ。なにかあった時のためにと思って、村越くんにも同じものを持たせていました」

「かなり出力のある無線機ですか」

「いいえ、杏子と山歩きをするために買った玩具《おもちゃ》みたいな代物ですから、大して電波は飛びません。それでも、同じ道筋や川筋なら連絡が取れるかもしれないと思って……」

そんなやり取りをしている間に、陽一の車が見えてきた。とりあえず崩沢まで降りてみようということになり、ジムニーをハイラックスの後ろに停めた。それぞれに懐中電灯を持ってふたりが旧登山道をくだりはじめた時、すぐ間近で犬が吠《ほ》えた。

「リキか！」

周平が呼ぶと、アイリッシュ・セッターが尻尾《しっぽ》を振って駆け寄ってきた。

「おまえの主人はどうした？」

周平はリキが駆けてきた方角に懐中電灯の光を向けた。すると、陽一がこちらに向かって登ってくるのが見えた。ひどく疲れたように俯《うつむ》き、下を向いたヘッドランプが彼の重い足取りを照らしている。

「約束が違う！　日没前には戻れといったはずだぞ」

安堵《あんど》がむしろ周平の語気を荒々しいものにした。陽一は立ち止まり、ゆっくりと顔をあげた。懐中電灯の光の中に立ち尽くす青年は、魂が抜け落ちてしまったような顔をしている。どうも様子がおかしかった。

周平はただならぬ気配を察し、訊ねた。

「いったいどうしたんだ？」

陽一は二歩、三歩、おぼつかない足取りで前に進み出たかと思うと、いきなり膝《ひざ》を折ってその場に頽《くずお》れた。周平と丹羽は慌てて駆け寄った。そこで周平は、陽一が大事そうに抱えているものに気づいた。それは陽一の着替え用のトレーナーだが、なにかを覆い包んでいる。

「それはなんだ？」と周平は訊ねた。

陽一の反応は鈍く、表情はまるで幽鬼のそれのようだった。彼は今、なにも見ていないし、なにも聞いていないし、なにも感じていない……。周平は軽く陽一の頬を張った。すると、ふいに陽一の眼から涙が溢《あふ》れ出した。そして、彼は聞き取れないほどの声でなにごとかを呟《つぶや》いた。

「なんだって？　はっきりいいなさい」と丹羽が問い質《ただ》した。

「……こんなふうになってしまいました」と陽一は涙声でいった。「あいつが……こんなふうになってしまいました」

陽一がトレーナーを地面に置いた。それを広げたのは丹羽だった。周平は一瞬、そこに現われ出たものを流木かなにかだと思った。丹羽が先に反応して眼を剝《む》き、「こ……これはひどい」と洩《も》らした。

トレーナーに包まれていたものは人間の脚だった。右脚の膝下の部分で、血とも土ともつかぬ汚れに塗《まみ》れ、腐臭を発している。脚先にはたしかにウェーディングシューズがあった。気づいた周平は思わず眼を瞑《つぶ》って顔を背けたが、見なければならないと自分を鼓舞し、また視線を返した。

「あいつがこんなふうになってしまいました。茜がこんなふうに……」

陽一はうわ言のように繰り返した。周平と丹羽はおたがいの顔を見遣《みや》った。

「洗ってやりたかったけど……」陽一が呻《うめ》くようにいった。「ちゃんと綺麗《きれい》に洗ってやりたかったけど、このまま持ってきた方がいいと思って……」

丹羽が静かに陽一の肩に手を置き、訊ねた。

「どこで見つけたんだね？」

「……橋から百メートルも離れていないところです。岩と岩の間に挟まっていました」

「見つけたのはこれだけかい？」

陽一は頷いた。

「ほかにも見つけようと思ったけど……必死で探したけど……暗くなってしまって……」

陽一はそれだけ答えるのが精一杯だった。あとは声にならず、地面に突いた拳《こぶし》を無念そうに震わせて泣き崩れた。周平たちと逢ったことで、かえって感情の堰《せき》が崩れてしまったようだ。押し殺した泣き声が、やがて慟哭《どうこく》に変わった。二十六歳の男泣きは、四十をとうに越えているふたりの男たちをも動揺させた。丹羽は「気の毒に」と声を詰まらせ、俯いた。周平は地面に跪《ひざまず》き、両の腕で青年をしっかりと抱き締めた。「辛《つら》い思いをしたな」と一言だけいった。それだけしかいえなかった。

腕の中で籠《こも》った陽一の慟哭は周平の胸を激しく打っていた。

第四部　禍《わざわい》の姿

16　五月二十四日　堀金村役場

夜半から降り出した冷たい小糠雨《こぬかあめ》は朝になって熄《や》んだものの、厚い雲がそのまま居座って陽射しを遮っていた。山から吹きおろす風が安曇野の田園の海にさざ波を立てていたが、その風景もいささか寒々しく見えた。

三井周平の自宅の電話が鳴ったのは午前七時すぎのことだった。電話をかけてきたのは駐在所の丹羽だった。「おはようございます」という挨拶《あいさつ》の声には、彼らしい覇気が感じられなかった。

「おはようございます。昨日はご苦労様でした」と応じる周平の声も沈みがちだった。

「村越くんの様子はどうですか」

周平は布団にくるまっている陽一を横眼でちらと見遣り、「ええ、なんとか……」と曖昧《あいまい》に答えた。

周平と陽一はほとんど睡眠を摂《と》っていなかった。昨夜はあれから駐在所に移動し、急遽《きゅうきょ》駆けつけた高村ら警察関係者に事情を説明したあと、ふたりは村の社交場である〈たぬき〉という居酒屋に移動して酒を飲んだ。しかし、恋人の無惨な遺体の一部を発見した青年の衝撃や動揺が酒で紛れるはずもなかった。たまたま店に居合わせて事情を知った生駒の慰めの言葉も陽一の胸には届かなかった。いや、言葉だけではない。青年の心は堅く閉ざされ、世の中のなにものもそこに映していないように見えた。ほとんど尻《しり》が落ち着かず、三十分も経たないうちに周平の自宅へ戻り、それからふたりは悶々《もんもん》とした長い夜をすごすことになった。

帰宅してから、陽一は木谷茜の実家に悲報を伝えた。忌まわしいものにでも触れるように携帯電話を手にし、繋《つな》がらないでくれと願ってでもいるかのようにのろのろと番号を検索し、自分自身の死刑宣告を聞くようにおずおずと電話を耳にあてがった。そして、ほとんど聞き取れないほどの声で茜の父親と短い会話を交わした。通話を終えた陽一は、「明日、ご両親がこちらにくるそうです」とぽつりといった。それ以降、陽一の肉声は久しく途絶えた。ふたりは居間に布団を並べて横になったが、陽一の寝返りの音がひと晩中、消えることはなく、周平は傍らでずっとその音に耳を傾けていた……。

「あるいはそちらにも連絡が入っているかもしれませんが」と電話の向こうの丹羽がいった。「今日の山狩りは中止になりました」

「なぜです？　とっくに雨はあがったじゃありませんか」

「中止の理由は天候じゃないんです。昨夜、あれからいろいろありましてね」

「いろいろ？」

束の間の沈黙の後、丹羽はいった。

「三井さんと村越くんにはその資格があると思いますから、私の独断でお報《しら》せします。九時に役場の榊さんのところにきてもらえますか。お話はその時に」

「わかりました。九時ですね。おうかがいします」

午前九時。駐在所の丹羽、豊科署の高村、山口凜子、そして凜子と同じ年端の見慣れない小柄な男がこぞって堀金村役場の農林課を訪れた。小穴課長と榊が四人を出迎え、会議室に案内した。会議机にはすでに周平と陽一が並んで着席していた。ふたりの姿を見て顔を曇らせたのは高村だった。

「なんであなたたちがこんなところにいるんです?」

「私がお呼びしたんです」と丹羽がいった。「おふたりには話を聞く権利があると思いまして」

「そいつは困るよ。これ、まだ内密の話なんだぜ」

「それはないですよ、高村さん」めずらしく丹羽が語気を荒らげた。「おふたりは被害に遭われた方の関係者だ。報せないって法はないでしょう。それに、村越くんのお陰で我々は貴重な手がかりを得られたんですよ」

「そりゃそうだが……。しかし、三井さんの奥さんの件はまだなんともいえないだろう」

「だいたい、内密もへったくれもないじゃないですか。こんなことはすぐ世間に知れ渡るし、むしろこちらから積極的に公表すべきです」

「だが、ちゃんと段取りを踏まないと、無用な混乱を招きかねないぞ」

「まあまあ、とにかくお座りになって」と小穴がとりなした。「いったいなにごとですか。事件に関する情報を教えていただけるそうですが、役場となにか関係あるんですか」

「大ありですよ、課長さん」と丹羽はいった。「役場と警察が一丸となって対処しなければならない事態が発生したんです」

「そりゃまた大事のようですな」

全員が着席したのを見はからって、高村が凜子の隣に座っている男を紹介した。

「こちらは信大の助教授の堺《さかい》先生です」

「はじめまして、堺と申します」男がぺこりと頭をさげた。「山口と同じ〈野生動物研究会〉に所属しています」

堺は色白で痩身短軀《そうしんたんく》、異様に目立つ団子鼻に銀色の丸縁眼鏡を載せている。いかにも学究肌という風貌《ふうぼう》の男だが、捲《まく》りあげたワイシャツの袖《そで》からは存外に逞《たくま》しい二の腕が露出していた。

「堺先生には、昨日見つかった女の子の脚の鑑定をお願いしたんです」と高村がいった。

小穴が訝《いぶか》った。

「動物の先生がどうして人間の遺体を鑑定するんです？」

「あの脚には明らかに動物に食害された形跡があったからですよ」

「食害？　ということは、やはり犯人はクマなんですか」

「詳しいことは堺先生に話してもらいます。よろしくお願いします、先生」

「はい」と堺があとを引き取った。「今のお話の通り、あの脚には動物によって危害を加えられたと思われる痕跡《こんせき》が認められました。歯痕と爪痕です。その動物は女性の膝下の部分を噛み砕いて脚を切断し、さらにそれを口で銜《くわ》えて運んだらしく、特に歯痕はかなり鮮明なものが残されていました」

堺は事務通達のような淡々とした口調でいったが、「膝下の部分を噛み砕いて」云々《うんぬん》の箇所では、陽一がまるで我が身に同じことが起きたかのように激しく顔を歪《ゆが》めた。

「その歯痕なんですが……」と堺はつづけた。ある種の潔癖性なのだろう、眼鏡がわずかでもずり落ちることを許したくないようで、盛んに人差し指でブリッジ部分を押しあげている。「大きな牙状《きば》の犬歯を持ち、その犬歯の後ろには隙間がある。これは紛れもなくその動物が肉食獣であることを示しています。しかも、裂肉歯《れつにくし》と呼ばれる歯の切縁が退縮していると思われる。これは肉食から雑食に食性を変化させてきたクマに特有のものです」

「やっぱり」と榊が合点した。

「ところがですね……」と堺が眉宇《びう》をひそめた。

「なにか腑《ふ》に落ちないことでも？」

「いや、たしかにクマには違いないんですが、ちょっと大きすぎるんですよ」

「大きすぎる？」

「歯そのものも大きいし、歯痕から推察できる吻部《ふんぶ》の長さが……」

「フンブ？」

「ああ、失礼。いわゆる鼻づらのことです。鼻づらが異様に長く、しかも幅が広い。ツキノワグマのサイズとは考えられません。嚙む力も相当強そうですし」

「ツキノワグマじゃないということは……」

堺は睨《にら》みつけるように榊を見ていった。

「ヒグマです」

一瞬、その場が凍った。

「ヒグマですって？」小穴が呆《あき》れたようにいった。「まさか……」

「僕だって信じられませんよ」と堺はいった。「そりゃそうでしょう。本州のど真ん中の北アルプス山中にヒグマが棲息《せいそく》しているらしい――誰がそんなことを信じられますか。しかし、これは事実です。僕の専門はツキノワグマですが、過去のデータを紐解《ひもと》いてみても、これほどのサイズの個体は見当たりません。なにしろケタはずれなんです。それでもと思って、念のために何人かの研究者に問い合わせてみましたが、彼らも間違いなくヒグマだといっています。それも、四歳以上の成獣だろう、と」

「例外的に大きなツキノワグマということは考えられないんですか」と榊が質問した。

「例外にも程がありますよ」と堺は答えた。「それともうひとつ。ヒグマだという証拠がほかにもあるんです」

堺はそういって、高村に視線を遣《や》った。

「そこのビデオデッキは使えますか」と高村が小穴に訊《たず》ねた。

「使えますが」と答えたのは榊だった。

「これを再生してください」

高村がそういってVHSテープを革鞄《かばん》から取り出した。

「なんですか、いったい？」と小穴が訊ねた。

「課長さんは、昨日、鳥川林道で交通事故があったのをご存じですか」

「ああ、誰かから聞きました。お年寄りのご夫婦が亡くなったとか？」

「いや、奥さんの方は生きていますよ。意識不明の重体ですがね。それはともかく、その奥さんは事故の直前まで車の中からビデオを撮っていたんですよ。事故現場で回収された時にまだ録画状態になっていたので、もしやと思って交通課の人間が被害者の息子さんの了承を得て中身を観たんです」

「ほう？」

「そうしたら、そこに写っていたんですよ、ヒグマが」

「ほんとうですか」

「まあ、とにかく観てください。もともとの映像がひどくブレているし、そのテープはコピーですから、不鮮明ですけどね」

テレビモニターに映し出されたそのビデオ画像は、十分に衝撃的といえるものだった。

音声も含めると、山中で人知れず起きたひとつの交通事故の全容がそれで明らかになっていた。交通課の署員が「おれたちの出る幕はありませんわ。なにが起きたのか、全部わかっちまうんだから」といったほどだった。

ビデオカメラは助手席の窓から仰角で樹上を撮影していた。サルの大群が枝から枝へ移動し、車はゆっくりとそれを追っているのだった。とても事故を起こすようなスピードとは思えない。「わあ、飛んだ」とか「よく赤ちゃんが落っこちないわねえ」といった女の長閑《のどか》な声が収録されている。車はやがて事故現場となった急カーブに差しかかった。カーブに沿って風景も弧を描くので、観ている者は酔いそうになる。と、次の瞬間だった。運転席の男の短い叫び声が聞こえた。その声につられて撮影者が前方に眼を遣り、同時に躰《からだ》も捻《ひね》ったのだろう、カメラの視線がガクンと落ち、鋭くパンした。画像が激しく流れた。だが、カメラのレンズがフロントガラス越しに〝それ〟の後ろ姿を捉《とら》えていた。あまりにも一瞬で、初めてその映像を観る者の眼には止まらないほどだった。丹羽がデッキに歩み寄ってもう一度再生し直し、問題の部分をポーズした。〝それ〟は車の右前方、ササに覆われた登り斜面にいた。ポーズの画像は余計に見にくくなって全体像はとても判別できないが、いわれてみればかなりの大きさの動物のようだった。

「どうです？」

高村が、画面に釘《くぎ》づけになっている小穴たちに声をかけた。

「たしかに、これはツキノワグマの体色じゃないね。茶色がかっている」と小穴がいった。

「カモシカ……ではないですよね？」

モニターに眼を凝らしている榊が半信半疑の声を出した。

「近くの木と対比してみて」凜子が今日、初めて声を発した。「私もこの場所の様子はわかっているけど、大きさがカモシカなんかとはケタ違いよ」

「もうひとつ」と堺がいい、つかつかとモニターに歩み寄った。

「今朝早く、僕は現場に赴いて、ビデオに写っているこいつのものと思われる被毛を採取しました」彼は画面の中の一本の木を指し示した。「この木の樹皮に引っかかっていたんです。すでに専門家のもとに持ち込んでありますが、まず間違いなくヒグマのものと鑑定されるでしょう」

会議室にまた沈黙が膨らんだ。

「そういえば、山口さんは一の沢の河原で巨大な足跡のようなものを見つけたね」と周平がいった。

「あんな状態では正確に鑑定することはできないでしょうが、念のために堺先生ともう一度あそこに行って、カモシカの死骸《しがい》ともども調べ直してみるつもりです」と凜子はいった。

「それから、これは傍証にもなりませんが、〈市原牧場〉で射殺されたツキノワグマも、私はヒグマに襲われたんじゃないかと想像しているんです」

すぐ眼と鼻の先の山中に日本最大最強の肉食獣がひそんでいるということを、もはや疑っている者はいなかった。

榊が質問した。

「ヒグマはどこからか逃げ出したってことですか」

「それしか考えられないわね」と凜子が答えた。「野生のヒグマが津軽《つがる》海峡を渡って本州に上陸し、しかも人知れずこんな内陸部にまで移動してきたなんてことはあり得ないもの」

小穴がそわそわしはじめた。

「こいつはえらいことだ。どうすりゃいいかね？」

「取っ捕まえるか、殺さなきゃならんに決まっているでしょう」と高村がいった。

「クマ撃ちのハンターを雇うってことかね？」

「ヒグマを追った経験のあるハンターなんて、このあたりの猟友会のメンバーにはいないでしょう」

小穴が縋《すが》るような眼つきで堺を見た。その視線を受け取った堺がいった。

「罠《わな》しかありませんね。ただし、うちの大学にあるツキノワグマ用の小さな捕獲檻《おり》では通用しないと思います。ヒグマのサイズに見合ったものを製作しなければなりません。それも一基というわけにはいかない。ヒグマがどこに出没するか見当がつきませんから」

「それは結構な金額になりますか」

小穴の頭は限られた予算の方に傾いたようだった。

「そのことなんですがね」と高村が身を乗り出した。「これはちゃんとした対策本部を起《た》ちあげて対処すべきことだと思います。すでに犠牲者が出ているわけですから、ことは重大ですよ。我々は未曾有《みぞう》の災害に直面しているといってもいい。お金のことも含めて、おそらくこれからいろいろな問題が派生するでしょう。ヒグマの駆除はもちろん、林道や登山道の封鎖、登山者や観光客の安全確保、マスコミ対応……やるべきことはたくさんある。事態が収拾するまで専任者を置くべきです。課長からこの件を村長に報告していただいて、そのあたりのことをしっかり話し合ってもらえませんか。もちろん警察も協力は惜しみません」

「わかりました」

丹羽が、堺に訊ねた。

「先生はツキノワグマのご専門だということですが、ヒグマのこともお詳しいんでしょう？」

「いや、ヒグマに関してはフィールド経験はほとんどありません。一度だけ北海道大学のテレメトリー調査に同行したことはありますが、正直いって見学者の域を出ていませんでした」

「でも、知識がまったくないというわけではないでしょう」

「それはまあ……」

「じゃあ、ご教授願えませんか。ヒグマという動物のこと、そして、これから私たちがしなければいけないことを」

堺は上眼遣いに皆を眺めまわし、また眼鏡を人差し指で押しあげた。

17　五月二十四日　堀金村上堀《かみほり》

夕方になって、堀金村上堀地区の〈地域生活改造センター〉という建物に消防団、青年団、猟友会などの主だったメンバーが集められ、役場と警察から事情説明を受けた。突然の招集だったにもかかわらず、事件の特異性が人を呼び込み、選挙の際の投票所にも利用される大会議室には百人近い男たちが詰めかけた。どの顔も最初は好奇心の入り交じった表情だったが、事態が詳《つまび》らかになるにつれて驚愕《きょうがく》と不安があらわになり、会場はざわめいていた。ヒナ壇に当たる席には、役場の小穴、警察の高村、信州大学の堺、そして地方事務所林務課の小関《おぜき》という男が座っている。会場内にはほかにも警察関係者が何人も足を運んでおり、耳聡《みみざと》く事件のことを聞きつけた新聞記者なども紛れ込んでいた。周平、陽一、生駒、凜子、丹羽、榊らは前列に陣取り、小穴の話を聞いていた。

「どうかご静粛に」

小穴はざわめき立つ会場を睥睨《へいげい》したが、眼つきも口調もいささか迫力に欠けていた。大勢の聴衆の前で話をする機会など小穴のこれまでの職務ではなかったことなので、大いに緊張していた。

「……そういうわけで、堀金村役場内に対策本部を設け、事態の収拾を図ることとなりました。ことがことだけに、皆さんのご協力がぜひとも必要となります。よろしくお願い申しあげます」と小穴は深々と一礼した。

「対策本部は早速、本日の午後二時をもって本沢橋より上の鳥川林道を閉鎖し、橋の袂《たもと》にプレハブの監視所を設けて通行規制と山の監視に当たっております。許可証を所持していない人の通行は認められません。この許可証はのちほど皆様にはお配りいたしますが、ご面倒でも必ずご本人が必要事項をご記帳の上で、お受け取りください。正確なリストにしたいので、代理人による申請はご遠慮ください。ここにいらっしゃらない方には、対策本部の方で発行します。なお、〈生駒建設〉さんには現在、鳥川林道の法面《のりめん》工事をお願いしていますが、こちらの作業はしばらく見合わせていただきます」

小穴が生駒の顔に視線を送った。生駒が小さく頷《うなず》いたのを見て、小穴がつづけた。

「また登山道の蝶ヶ岳新道も通行禁止とします。このことはすでに〈蝶ヶ岳ヒュッテ〉、〈常念小屋〉などの山小屋にも連絡済みで、登山者は一の沢林道方面へ下山するよう徹底指導しております。ただし、一の沢林道も徒歩による通行は禁止すべく、その監視体制については穂高町役場と調整中です。現在までに我々の方でこういった手配は済ませております。さて、肝心の捕獲の件ですが……」

「ちょっと待ってください」前列の眼鏡をかけた若者が声を発した。「肝心なことを聞いていません。どうしてヒグマなんてものがあの山にいるんです？　そのへんのところは対策本部ではなにか摑《つか》んでいるんですか」

小穴が質問者の顔を見て眉《まゆ》をひそめた。

「あなた、記者さんですね？」

「そうです」と若者は答えた。

「記者発表の席はこのあとに別に設けますから、ご質問はその時にしてもらえませんか」

小穴にそういわれて記者は頷きつつも、「じゃあ、とりあえず今の質問にだけお答えください。たぶんここにお集まりの皆さんも気にされていることでしょうから」といった。

小穴が横眼で隣の高村を見た。

「それは警察の領分ですがね」と高村が口を開いた。「今のところ鋭意捜査中としかいいようがありませんな。あんな猛獣をまさか個人で飼育していたとは思えないし、動物園やクマ牧場といった施設からなんらかの手違いで逃げ出した可能性がもっとも高いと思われます。ですから、県内はもちろん、近隣各県の関連施設を洗い出しているところです」

「ですが、逃げ出したなら、その施設から警察に届け出があってしかるべきでしょう」

「おっしゃる通り。すべてはまだ謎のままです」

「そのへんはまあ、警察におまかせするとして……」と小穴が話題を引き戻そうとした。「捕獲駆除計画については堺先生からご説明いただきます。先生、お願いします」

堺は拳《こぶし》を口許《くちもと》にやってゴホンと咳払《せきばら》いをし、おもむろに喋《しゃべ》りはじめた。

「お聞きの通り、我々が相手にしようとしているのは皆さんがよくご存じのツキノワグマではなく、はるかに大型で獰猛《どうもう》なヒグマだと思われます。しかも、このクマは明らかに人を襲って殺し、なおかつ食害している。山中におけるクマ追いは危険と判断し、檻による捕獲駆除を行いたいと思います。檻は全部で十基用意し、クマをおびき寄せる餌には蜂蜜《はちみつ》と腐肉を使用します。これを、過日クマが出没したと思われる場所の周辺に仕掛けるわけです。そこで皆さんにまずお願いしたいのが、この捕獲檻の設置作業なんです」

堺はホワイトボードに貼ってある地図を指し示して設置場所を説明した。

「十基の檻のうち、二基はうちの大学で手配した箱罠と呼ばれる直方体の檻です。しかし、この檻はサイズが大きくて設置する場所が限られてしまうので、そのほかにドラム缶を三連結したバレル型トラップというものを使用します。こちらの方は現在、村内の〈内村《うちむら》鉄工〉さんと〈山岸《やまぎし》工業〉さんで溶接作業をやってもらっています。突貫作業をお願いしていますから、一日二日のうちに出来あがってくるでしょう。皆さんには三日後の二十七日の午前中に設置作業をしていただくことになります」

「先生よ、大丈夫なのかい？　そんな化け物みたいなやつがいる山に入るなんて」と不安げな声があがった。

「もちろん十分な注意が必要です。作業をしていただく皆さんとは別に、猟友会の方にも銃を携えて同行してもらうことになります」

「おれらはさ、ツキノワグマのことならよくわかっているつもりだが、ヒグマのことはなんにも知らねえんだよ。同じクマでもかなり違うんだろう？」

「それではヒグマについて簡単にご説明します。日本においてヒグマというと、それはすなわち北海道に棲息《せいそく》しているエゾヒグマを指すわけですが、これは北米北西部、ユーラシア北部、ヒマラヤ、ヨーロッパアルプスなどに広く分布するヒグマ属の亜種で……」

「そういう小難しい話はいいからさ」という声が堺の説明を遮った。「つまり、どんな習性の動物で、おれたちは山に入る時になにを注意したらいいんだ？」

話の腰を折られた堺は少し苛立《いらだ》たしげに眼鏡を指で押しあげ、気を取り直すように息をついてつづけた。

「まず躰《からだ》の大きさですが、我々が山で見かけるツキノワグマの成獣は、ヒグマでいえば二歳くらいの子供の大きさだと思ってください。昨今のツキノワグマは体重が八十キロもあれば十分に大型といっていいでしょう。しかし、ヒグマの成獣は普通で二百キロ前後、大型のものになれば四百キロにもなります。山にひそんでいる個体の大きさは今のところ推察の域を出ませんが、これまでに発見されている歯痕、爪痕、そしてビデオ映像などをコンピュータ解析した結果、少なくとも体長は二メートル、体高は九十センチ前後、体重は二百キロから二百五十キロくらいではないかと思われます」

会場がどよめいた。

「行動面についてはツキノワグマと共通する部分も多いです。本来は警戒心が強く、孤独を好む動物であり、活動の舞台は基本的には森林です。歩行しやすい林内、沢筋、人間が整備した林道や登山道などを通路として徘徊《はいかい》していると考えられます。ただし、ツキノワグマと比べると、草原などの明るく開けた場所に出て活動する機会も多いようです。多くの哺乳類《ほにゅうるい》がそうであるように、クマもまた嗅覚《きゅうかく》から進化してきた動物といえ、ことにヒグマの嗅覚は分子レベルを嗅《か》ぎ分ける犬以上ではないかと推測されています。ヒグマで顕著なのは、その食性とそれにまつわる特異な行動でしょう。ツキノワグマと同様、圧倒的に草食に偏っているヒグマですが、近年は従来考えられていたよりも肉食の頻度が高いのではないかと指摘している研究者もいます。トラやライオンなどとは異なり、飽食しても人畜を食害するケースがあり、一度なにかに興味を示したり、餌として確保したりすると、その物に異常な執着心を示すといわれています。吉村昭《あきら》氏の〈羆嵐《くまあらし》〉という小説にもなっているので、あるいはご存じの方もいらっしゃるかもしれませんが、大正四年に北海道で世界獣害史上最大の惨劇といわれる〈苫前三毛別事件《とままえさんけべつ》〉が起きています。胎児や後遺症で亡くなった方を含む死者八人、重傷者ふたりを出したこの事件で、ヒグマは被害者の遺体を取り戻すために通夜の席を襲うという異常行動を見せています。このあたりの執念深さ、大胆不敵な行動はツキノワグマではまず考えられないものです。なお、ヒグマは餌を地中に埋めて保存することがあり、行方不明になっている女性たちもあるいはどこかに埋められているのかもしれません。また、走るスピード、叩《たた》きつける手の力、嚙《か》みつく際の顎《あご》の力、持久力といったトータルな意味での体力は、ツキノワグマはもとより他の肉食獣を圧倒しているといっていいでしょう。時速六十キロで走る自動車と二十分間も並走したとか、太さ二センチの鉄筋をいとも簡単に折り曲げたとか、二十メートルの断崖《だんがい》から平気で飛び降りたとか、いろいろな逸話が残されていて、その真偽のほどは不明ですが、少なくとも僕が北海道で直《じか》に見たヒグマたちは、たしかに図体《ずうたい》のわりに機敏で、筆舌に尽くしがたい迫力がありました。さらに申しあげれば、一般的な通念とは異なり、火を恐れることもないようですし、非常に頭もいい。名実ともに地上に君臨する最強の動物の一種なのです」

会場がしんと静まり返った。

「僕も研究者のはしくれですから、本来なら動物のことをあまりおどろおどろしく語りたくはありませんし、皆さんのことを無闇に脅かすようなこともしたくありません。しかし、ヒグマとはそういう一面を持つ生き物であり、ことに今回の場合は相手がすでにある種の狂気に駆られて人間を襲っていると考えられますので、どうかそのことを肝に銘じておいてください」

堺はそこで一旦《いったん》言葉を止め、ゆっくりと会場を眺めまわして聴衆の注視をさらに確固たるものにしたところで小冊子を手にした。

「では、入口で配付したワープロ打ちのこのマニュアルをご覧ください。これに沿ってご説明しますが、捕獲檻《おり》設置のため、あるいは監視その他の目的で山に入られる時のために、皆さんには以下のことを心がけていただきたいと思います。まず、必ず集団行動を取り、絶対に単独行動は慎むこと。一グループにつき二名以上の猟友会メンバーが同行し、作業中はその人たちが周辺の監視を怠らないこと。さらに勇敢な猟犬を引き連れて行くこと……これらを遵守してください。犬はもちろんヒグマを追うためのものではありません。あくまでも監視を役目とします。念のために各自は護身用の鉈《なた》と対策本部から支給されることの〝クマ撃退用スプレー〟を携行してください」

堺は傍らに置いてあった黒いスプレー缶を掲げた。

「このスプレーの中身はアカトウガラシのカプサイシンというエキスで、眼や鼻はもとより、脇の下などの柔らかい皮膚にも極めて強い刺激を与えます。効果のほどは絶大で、かくいう僕も過去にツキノワグマに襲撃されて何度かこのスプレーの厄介になっております。ただし、噴射距離はせいぜい五メートルそこそこ、噴射時間も五秒程度なので、風向きなどを考慮し、十分に相手を引きつけて使用しなければなりません。また、人間がこのスプレーを浴びてしまうと、七転八倒するほどの苦しさを味わうことになりますから、注意が必要です。スプレーの取り扱いについては、後ほどあらためて説明させていただきます」

堺はそこで小穴を見た。

「スプレーの数は確保できそうですか」

小穴が答えた。

「県内のアウトドア用品店、釣具店などでできるだけ購入しましたが、案外に在庫が少ないので、先生に教えていただいた岩手県の販売代理店から直接取り寄せることにしました」

堺は頷《うなず》き、つづけた。

「さて、願わくばそんなことはあって欲しくないのですが、仮に作業中にヒグマと遭遇してしまったらどうするか。そのことについてお話ししておきます」

「人間が大勢いても、ヒグマってのは近寄ってくるものなのかい？」と前列の席に着席している老人が訊《たず》ねた。

「まったくないとは断言できませんね」

「だったら、出逢《であ》っちまってからのことより、まずはそいつと出くわさない工夫について教えてもらいたいもんだね」と老人はいった。「クマ避《よ》けの鈴や爆竹を鳴らしたり、ラジオを点《つ》けたり……わしらが普段ツキノワグマに対してやっているような方法は通用しないのかい？」

「いいえ、普通の状況であれば、それでいいと思います。人間の存在を相手に知らしめること——それがすなわち事故を未然に防ぐための最良の手段であることに間違いはありません。捕獲檻の設置作業では犬も連れて行くわけですし、さすがに向こうも警戒して近づかないとは思います。ただし、それらの防御策を過信しすぎないでいただきたい。なにごとにも絶対ということはないのです。僕は北海道の支笏湖《しこつ》へ行った時に、大勢の観光客の背後を悠然と歩いているヒグマを目撃しています。また、岐阜県では過去に保育園児二十五人と保母さんひとりの大集団にツキノワグマがなんの前触れもなく襲いかかったという例もあります。必ずしも人間の存在や人数の多さが動物の攻撃衝動を抑止するとは限らないのです。しかも今度の場合、仮にヒグマが人工飼育されていたとすれば、人間がいるからかえって近づくということがないとはいえません。防御策を施していても、くれぐれも油断なさらないでください」

「それに、人肉の味を覚えちまってるしな。やつにすれば、ご馳走《ちそう》がのこのこやってきたくらいに思うかもしれんな」

老人の加虐的な物言いが会場をしんとさせた。老人はそのことに気づかず、「やれやれ、厄介なこったな」と独りごちた。

「話を戻して、相手と出くわした際の心構えと行動についてご説明します」と堺はつづけた。「これは僕がツキノワグマの研究を通して経験的に知り得たことと、ヒグマの研究者にヒアリングした結果から導き出したものであり、ケースバイケースということもあるので、絶対に正しい方法とはいい切れません。それに、何度も申しあげているように、このヒグマはすでに人を殺しており、彼もしくは彼女がいったいどんな苛立《いらだ》ちや狂気を抱え、どんな行動に出るのかまったく予測がつきません。セオリーが通用しないということも十分に考えられますから、あくまでも最大公約数的な話として聞いていただきたい」

「ずいぶん頼りないことをいうじゃないか、先生」と誰かがいった。

「面目ありません。その上、僕がお話ししようと思っていることが実はあまりにも常識的にすぎて、ツキノワグマのことをよくご存じの皆さんの前では〝釈迦《しゃか》に説法〟になりかねないのです。ですが、結局のところセオリーを知っておくことが一番の対処法になると思いますので、どうかここであらためて確認するつもりでお聞きください」

堺は長広舌で乾いてしまった唇をひと嘗《な》めした。

「ある程度の距離を置いてヒグマと遭遇した場合は、出逢った時の姿勢を急に変えずに徐々に対面位となり、相手の眼を凝視してください。一緒にいる者全員で、です。ひとりで逃げ出すことは自殺行為と心得てください。悲鳴をあげたり、大声で威嚇したり、物を投げつけることも逆効果になりかねません。突飛な行動に出て、相手に無用な刺激を与えることは禁物です。とにかく気持ちを落ち着かせ、冷静に振る舞うこと。落ち着いて、スプレーや鉈をそっと手にし、万一の場合に備えます。向こうが睨《にら》めっこに怯《ひる》んで退散する気配を見せても、こちらは慌てて逃げ出してはいけません。動物には逃げるものを反射的に追うという習性がありますから、急に背中を見せて走り出したりしないように。相手を睨みつけながら徐々に後退することです。これは大変勇気が要ることですがね。その際、帽子や手袋など、身につけているものを落としてゆくのが効果的です。ヒグマがそちらの方に気を取られますから」

「ヒグマを見つけたら、おれたちは撃ってもいいんだろう？」と猟友会の男がいった。

「状況によりますね」

「状況？」

「ヒグマとの距離や位置関係を鑑《かんが》みて百パーセント確実に倒せる――そう確信できる状況であれば、もちろんいいでしょう。ただし、距離が離れすぎていたり、不確定要素の多い状況下では、三つの理由から発砲は最後の手段とさせてください。まずひとつ。目的はあくまでも檻の設置であり、捕獲駆除に成功するまでは相手に必要以上の警戒心を与えて山奥に追いやるようなことはしたくない。もうひとつ。周囲には作業をしている人たちがいます。慌てて撃つと、不測の人身事故を引き起こしてしまう恐れがある。さらにもうひとつ。皆さんの腕を疑うわけではありませんが、ヒグマを手負いにしてしまうことがなによりも怖い」

「ずいぶん信用がないんだな」と不満げな声。

「あなたはヒグマを撃ち殺したことがありますか」と堺はその声の主に問いかけた。

「あるわけないだろう」

「ツキノワグマは？」

「いや……ない。シカを撃ったことはあるが」

「ヒグマの迫力は、おそらくあなたの想像以上ですよ。シカを撃つのとは大違いなんです。あなたが優れた射《う》ち手だとしても、一発で仕留めることは至難の業でしょう。仮に発砲するとしたら、必ず仕留めてください。それだけの射撃の腕をお持ちならば、僕としてはむしろそうしていただきたいくらいです。くどいようですが、手負いにしてしまうことだけは困ります。手負いグマは極めて攻撃的になります。そうなると、もっと悲惨な事態を招きかねません」

猟友会の連中が緊張の面持ちでおたがいに目配せし合った。

「しかし、そのヒグマは一度ならず人を襲っているわけでしょう。睨み合いなどする暇もなく、いきなり攻撃してくることも考えられるんじゃありませんか」と青年団のメンバーのひとりが発言した。

「はい。今、そういうケースについてご説明しようと思っていました。至近距離で遭遇したり、相手の襲撃の意志が明らかである場合は、犬をけしかけてください。いくらヒグマといえども、それで怯むでしょう。そうやって時間を稼いでいる間に、皆さんは車に退避してクラクションで威嚇してください。そうすれば、おそらくヒグマは退散します。車まで距離があるようだったら、盾になるような立ち木を探してそこに身を隠すか、場合によっては登ってください。ヒグマは躰《からだ》が大きいゆえにツキノワグマと比べると木登りは苦手とされていますし、木の上では向こうも十分な攻撃態勢は取れないはずですから。ついでに申しあげますと、銃を所持していない方々の最後の手段としては、例のスプレーを噴射して撃退するか、鉈《なた》の背部でヒグマの鼻づらをめった打ちにするしかありません。これ以外、人間が太刀打ちできる術《すべ》はないと思ってください」

　会場に妙な雰囲気が立ち込めた。そのことを察した堺はすぐさま強張《こわば》った笑顔を作った。

「どうも皆さんを脅かしすぎてしまったようです。もちろん、今、申しあげたことは考えられる限りの最悪のケースです。万全を期すれば、まずそういう事態は起きないでしょう。ただ、皆さんにお手伝いいただく以上、そこまで話しておく責任があると思いましたので……なにとぞご了解ください」

「堺先生がいわれたように」と高村が話を引き継いだ。「可能性は低いとはいえ、今回の作業に危険がともなうことは事実です。それは我々が体験したことのない未知の危険といっていいでしょう。なるべく多くの方々にお手伝い願いたいが、いつもの捜索活動などとはそのへんの事情が違いますから、無理強いはいたしません。危険があることを認識していただいた上で、有志の参加を募りたいと思います。それでは、今後のスケジュールについて私の方からご説明いたします……」

高村の話に耳を傾けている間も、男たちの顔からは緊張が消えなかった。

18　五月二十七日　崩沢出合

午前十時すぎ。本沢橋の監視所のゲートが開けられ、〈生駒建設〉をはじめとする村内の建設会社や運送会社のトラック、クレーン付きのユニック車、そのほかに警察車輛《しゃりょう》、役場の公用車、一般のRV車や乗用車など総計三十台以上の自動車が続々とそこを通過し、林道を登って行った。トラックとユニック車はそれぞれ荷台に捕獲檻《おり》を積載している。大型の箱罠《わな》が二基。急遽《きゅうきょ》製作されたバレル型トラップが七基。当初の予定ではバレル型トラップがもう一基搬送されるはずで、実際、それは作られもしたのだが、臭みを消すためにドラム缶の内側をしっかり焼くという工程が省略されていたことが今朝になって判明し、今回は使われないことになった。

バレル型トラップに獲物が入って落とし蓋《ぶた》が閉まると、外側に据えつけられた豆電球が点灯し、間歇《かんけつ》的なブザー音が発生する仕組みになっている。大学の研究チームなどによる調査捕獲では、現場から遠く離れた場所でも電波信号によって捕獲状況を把握できる通報システムを完備する由だが、今回はそんな装置を準備する時間も予算もなく、単純な方法が採られた。要するに、人間が設置場所を定期巡回し、豆電球と音によって獲物の有無を確認するというわけだ。堺と凜子のコンビはここ数日間、檻の製作を依頼した工場をまわって指導に当たり、時には自らバーナーを握って溶接作業を手伝った。

今日の招集に応じた男たちは総勢七十名を超えていた。ヒグマという未知なる脅威に怖《お》じ気《け》づき、参加者は通常の捜索活動などよりははるかに少ないだろうと踏んでいた対策本部側の予想は杞憂《きゆう》に終わり、設置作業に取りかかるための十分な人員が揃っていた。皆が皆、使命感に駆られているようで、不謹慎な笑いやお喋《しゃべ》りはなく、どの顔にも普段は見られない緊張と昂揚《こうよう》が混在していた。猟友会からも十二人のハンターが駆けつけた。

対策本部の予想に反することがもうひとつあった。マスコミ関係者の数の多さだ。先日の記者発表を受け、「北アルプスにヒグマ出没」という衝撃的なニュースは全国的に報道され、とうに世間を騒がせていた。第一報が伝えられてからというもの、東京のテレビ局のクルーや雑誌記者までもが大挙して堀金村に押しかけた。そして、誰もがこの日の作業への同行取材を申し出た。対策本部は積極的な情報公開を心がけてはいたものの、同行取材だけは「どんなアクシデントが起きるかわからない。責任が持てない」という警察側の強い意向を受けて却下した。報道陣からは当然のように不満の声があがった。そうなると、海千山千のマスコミ人間というのは、片田舎の村役場の広報担当者だけでは到底対処しきれない厄介な存在となる。あまりの苦情の多さと高圧的態度に、気の弱い五十年配の担当者はすぐに音をあげてしまい、捕獲檻の設置作業に参加するはずだった榊までもがプレス対応業務の応援に駆り出される有様だった。

話し合いの末、電波、新聞、雑誌のそれぞれから数名を選出し、代表取材という形を取ることで決着したが、なるべく現場近くにいたいというマスコミ人特有の心理が、今度は彼らを本沢橋の監視所付近に殺到させた。その結果、野放図に停められた車輛が林道を塞《ふさ》いで一時は通行不能となり、榊らは交通整理の役目までしなければならなかった。この一件をもってして、榊をはじめとする対策本部の面々は、あらためて自分たちが異様な事件の直中《ただなか》に身を置いているのだということを実感させられた。

周平、陽一、凜子の三人は、バレル型トラップを積んだ〈生駒建設〉のトラックの荷台に乗り込み、檻を背凭《せもた》れにして並んで腰かけていた。運転しているのは生駒で、助手席には岡村が乗っている。〈生駒建設〉はこの日のために二台のトラックを無償提供し、女性事務員を除く従業員全員を作業に参加させていた。

「茜さんのお母さんは大丈夫？」と凜子が陽一に訊《たず》ねた。

「さっきも病院へ行ってきたんですが、その時は眠っていました」

陽一は沈んだ口調で答えた。頰に青痣《あおあざ》ができ、それを盛んに気にしている。茜の父親に殴られたのだ。

「あなたも辛《つら》いでしょうけど、気をしっかり持つのよ。なんといっても、ご両親が一番、お気の毒なんだから」

「はい」と陽一は神妙に答えた。

三日前の夜にこちらに到着した木谷茜の両親は、予約していたビジネスホテルに落ち着く間もなく陽一に付き添われて豊科署へ赴き、そこで事情説明を受けた。父親の方はあらかじめ陽一の電話でだいたいの様子を聞いていたが、彼は自分の妻には「娘の死亡が確認されたらしい」としか伝えていなかった。いや、伝えられなかったというべきか。我が子の死があまりにも無惨なもので、今のところ遺体と呼ぶに値しないような肉体の断片しか見つかっていないとは、どうしても告げられなかったのだ。それに、父親自身も一縷《いちる》の希望に縋《すが》り、これはなにかの間違いだと思い込みたかったに違いない。彼が己をも欺きながらずるずると時間を引き延ばしてきた結果、母親は警察で初めて事実を知ることとなった。そして、衝撃のあまり昏倒《こんとう》してしまった。彼女はすぐに〈日赤病院〉に運び込まれ、今はベッドの上で点滴を受けながら失意の時をすごしている。

一方、作業のことを聞きつけた父親は、「ぜひ手伝いたい。そして、娘が死んだ場所をこの眼で見たい」と警察に申し出た。眼は血走り、熱に浮かされたような口調だった。陽一が「お父さんもお疲れでしょうし、お母さんのそばにいてあげてください」と諌《いさ》めると、父親は「生意気をいうな。娘が死んだのはおまえのせいだ。茜を返せ！」といきなり激昂《げっこう》し、拳《こぶし》で陽一の頰を殴りつけた。父親もまた一種の錯乱状態に陥っていたのだ。後日、父親は病院を訪れた陽一に謝罪したが、すっかり老け込んでしまったようで、妻の傍らですごすことを自ら選択したのだった。

トラックはディーゼルエンジンを唸《うな》らせて林道を登っていた。山の緑が陽に照り映えている。五月の蒼穹《そうきゅう》はあくまで高く、深く、そして明るかった。雲の白さが鮮やかで、その雲を背にして飛翔《ひしょう》するチョウゲンボウの姿はたおやかにして雄大だった。ヤマブキの黄、ニリンソウの白、ミネザクラの淡紅……様々な色彩が林道を縁取っている。生命が躍動し、山の活気が漲《みなぎ》る季節だった。しかし、明るい風景とは裏腹に、空気がなんともいえない緊張を孕《はら》んでいるように周平には思われた。

周平が隣の凛子に声をかけた。

「いくつか疑問があるんだが」

「なあに?」

「仮にだよ、おれの妻を殺したのもヒグマだったとすると、そいつは少なくともひと冬を山ですごしたことになる。つまり、冬眠したというわけだ。人の手で飼育されていたクマが冬眠なんてできるものなのかい?」

「最初に訂正しておくと、クマの場合は〝冬眠〟ではなく、あくまで〝冬ごもり〟と私たちはいってるの。ヤマネや爬虫類《はちゅうるい》のように仮死状態になってしまうわけじゃなくて、寝たり起きたりを繰り返しながら越冬するから。体温もそれほどさがらないし、牝《めす》は穴の中で子供だって産むしね」

「いずれにしても、冬ごもりをするためには、ねぐらとなる穴を見つけたり、冬がくる前に喰《く》い溜《だ》めをしたり、それ相応の学習や経験が必要とされるわけだろう？」

「北海道の〈のぼりべつクマ牧場〉の記録なんかを読むと、施設で産まれた仔《こ》グマも、誰も教えていないのに冬ごもり用の穴を掘ろうとするみたい。どうやら本能的、生理的な行動のようね。そうかといって、ある程度の年齢まで施設にいてすっかり家畜化してしまったクマが実際に冬ごもりができるかどうかとなると、たしかに疑問符がつくけど……。もっとも、冬ごもりをせずに越冬したということだって考えられなくはないのよ」

「そうなのかい？」

「昔から〝穴持たず〟といって冬ごもりを放棄してしまうツキノワグマの野生種がわずかにいるの。ヒグマにもそういう例はあるらしいわ」

「それはまたどうして？」

「病気や怪我のせいで十分に喰い溜めができなかったり、越冬のための穴を確保できなかったり……そういうことが原因ね。最近では逆に〝富栄養の穴持たず〟という事実も指摘されているわ。つまり、栄養状態がいいクマほど体力があり余っているから、冬になっても穴に籠《こも》らないで動きまわっているということね。堺先生も、厳寒期の志賀高原で雪を掘り返して餌を漁《あさ》っているツキノワグマを目撃したことがあるそうよ」

「なるほど、自然というのは一面的ではないわけだな。しかし、そもそも飼育されていたクマが、いきなり放り出された自然の中で生き延びてゆけるものだろうか」

「どうかしら。人の手を離れた年齢にもよると思うわ。でも、動物というのは案外に適応力があるものよ。外来種が日本で繁殖してしまうなんていうのは、その最たる例でしょう。特にクマは雑食性だから、純粋な肉食獣よりははるかに生き延びる率が高いと思うわ」

「もうひとつ質問。動物園だかクマ牧場だか知らないが、そういうところの飼育管理体制は、万にひとつでもクマの逃走を許してしまうようなヤワなものなのかい？」

「それが最大の謎なの」と凜子は眉《まゆ》をひそめた。「今時、そんな事故は考えられないわ。猛獣を飼育する以上、どこの施設だって危機管理は徹底しているはずだもの」

「個人が飼育していたという可能性は？　昔、誰かが飼っていたトラが逃げ出して大騒ぎになったことがあるだろう」

「もしそういうことなら、完全な条例違反ね」

「問題はそこなんだ。先日の説明会の時に誰かも指摘していたが、逃がしたなら逃がしたで、まっとうな施設であれば警察や役所へ届け出るはずだ。あんなに大きな動物が逃げ出して、飼い主がそれに気づかないでいるわけがない。ヒグマの逃走を届け出ることができない人間……つまり、自分の違法行為を咎《とが》められることを恐れた個人的な飼い主がどこかにいるということじゃないかな？」

「もっと悪く考えれば、逃走したんじゃなく、人間が故意に放逐したのかもしれないわよ。ひそかにヒグマをペットにしていたけど、大きくなって飼い切れなくなり、それで山へ逃がしたとか」

「まさか」

「まったくあり得ないことじゃないわ。私、最近とみに思うんだけど、人間の意識って、どこかタガが緩んできているような気がする。命あるものに向かい合う心が病んでいるというか、麻痺《まひ》しているというか……そんな気がして仕方がないの。世間では、輸入が禁止されている稀少《きしょう》動物が当たり前のように売買されている。めずらしがって手に入れたはいいけれど、面倒を見られなくなったり、ただ単に飽きてしまったり、手前勝手な事情でゴミみたいに捨ててしまう。捨てられた動物が自然繁殖して日本固有の生態系を脅かし、社会問題になって人間の手で駆除される……。そんなお粗末なことばかり繰り返されているわ。和歌山のタイワンザルや千葉のアカゲザルもそうだった。彼らはただ自分の命と種の存続をまっとうしようとしただけなのに、人間の身勝手で殺された。人間にせよ動物にせよ、この世に生を受けたものがそんな扱いをされていいはずがないわ」

こういう話題になると、凜子の口ぶりは熱を帯びてくる。自分でもそのことに気づいたらしく、「ごめんなさい。話が逸《そ》れたわね」と謝った。

「つまり、ヒグマを違法に飼育し、あげくにそれを逃がすという暴挙を犯した人間がいたとしても、私は驚かないということよ」

「だが、サルや爬虫類とはわけが違うんだぞ。そいつを野に放てば、とんでもないことが起きるかもしれない……誰だってそれくらいのことは考えるだろう」

「普通はそうでしょう。でも、世の中、普通じゃない人間がたくさんいるじゃない。人間不信と思われるかもしれないけど、想像力の欠如もやはり現代人の病気みたいなものだと思うわ。動物の命に思いを馳《は》せられない人間は、人間の命についてもちゃんと考えられないのよ。子供たちが遊び場にしている池に平気でピラニアを投げ込む輩《やから》がいるご時世よ」

「きみの憤りはよくわかった。こっちが人間不信にならないうちに別の質問をしよう」と周平はいった。「警察が調べているとは思うが、長野県内にヒグマを飼育している施設はあるのかい？」

「いいえ。私たちが把握している限りでは、長野、須坂《すざか》、小諸《こもろ》にツキノワグマを飼育している動物園があるだけ。ヒグマの飼育は、少なくとも現在は記録がないわ」

「過去にはあったのかい？」

「木曽《きそ》の開田《かいだ》高原にクマ牧場があって、二頭のヒグマが飼育されていたわ。でも、その牧場は数年前に経営不振で閉鎖されてしまったの。だから、現在の記録はゼロ。長野県ではないけど、岐阜県の上宝《かみたから》村にある〈奥飛騨《おくひだ》クマ牧場〉にはヒグマもいるし、世界最大のクマといわれているコディアックベアもいる」

「上宝村ということは、この山の反対側に当たるわけだな……」

「そこから逃げ出したっていうの？　牧場の名誉のためにいっておくけど、それはまずあり得ないわよ」

ふたりがそんな会話をしている間にトラックは目的地へ辿《たど》り着き、緑地帯に乗り入れた。

先日、木谷茜と新井深雪の捜索の際に基地が置かれた場所だ。あとからきたもう一台のトラックが同じスペースに駐車し、それから丹羽のジムニーや何台もの乗用車が続々と乗りつけた。ここに集結したのは〈本沢B班〉と〈崩沢班〉で、彼らは本沢の上流部と崩沢へそれぞれ捕獲檻《おり》を運んで設置する任務を担っている。三連結の重いバレル型トラップを担ぎながら急峻《きゅうしゅん》な山道を歩き、足場の悪い沢筋を踏破しなければならず、かなりの重労働になりそうだった。

設置ポイントの選定、および設置の仕方の指導を凜子が行う。紅一点の彼女は、新井千尋を救助した際のエピソードが武勇伝のように喧伝《けんでん》され、男たちの間でもすでに一目置かれている。凜子もまた山男たちに囲まれていることが心地好《よ》さそうだった。不思議なもので、たとえば役場の小穴あたりが疎ましく感じているであろう彼女の鼻っ柱の強さも、山男たちの前では可愛らしさに変じるのだった。その凜子はすぐさま檻を固定していたロープを解きはじめた。

車から降り立った男たちの顔には一様に緊張感が漲《みなぎ》った。神経質そうにきょろきょろと周囲に眼を配る者もいる。しかし、一台のメタリックシルバーのランドクルーザーが吐き出した四人の男はまた違う雰囲気を纏《まと》っていた。傭兵《ようへい》のような出《い》で立ちのハンターだ。彼らのそばにはしなやかな身のこなしの二頭のイングリッシュ・ポインターがいた。この日の作業に携わる男たちにとっては、銃と犬が精神的支柱になる。それを十二分に承知しているハンターたちは不自然なほどに落ち着き払い、ほかの男たちが掛け声を合わせてトラックから捕獲檻を降ろしているそのすぐ傍らで、そちらの方には一瞥《いちべつ》もくれず、ただただ仲間内だけで微笑すら漂わせながらひそひそと言葉を交わし合い、悠々と出立の準備に取りかかった。

「それでは皆さん、よろしくお願いします」と丹羽が声をかけた。「くれぐれも気をつけてください」

二基の捕獲檻は一旦《いったん》、木谷茜が消息を絶った例の橋まで運ばれた。そこで男たちは二手に分かれ、それぞれのグループが再び檻を担いで崩沢と本沢の上流部を目指す。一グループにつき二名のハンターと一頭のポインターが護衛についた。周平、陽一、生駒らは崩沢へ向かった。

途中、陽一が恋人の肉体の一部を発見した地点を指差した。そこは本沢に向かって切れ込む斜面で、ほんとうに橋から百メートルと離れておらず、道からもごくごく近かった。苔《こけ》むした岩が連なっている場所で、岩と岩の間に木谷茜の脚は挟まっていたのだという。失踪《しっそう》以来、その傍らを延べにして数百人という男の足が通りすぎたはずだし、ことによってはその岩の上で休憩し、煙草を喫った者だっているかもしれない。それでも見つからない時は見つからないのだ。まったくの盲点といってよかった。もっとも、捜索隊が探し求めていたのは五体満足の木谷茜であり、肉体の切れはしを念頭に置いていた者など、もちろん誰ひとりいなかった。

しばらく進んでから、凜子の指示で男たちは道を逸《そ》れ、沢筋へくだりはじめた。行く手を阻むサササ薮《やぶ》を薙《な》ぎ倒し、倒木群を乗り越え、苦労して渓流のすぐ間近まで檻を運び降ろした。山歩きには馴《な》れている屈強な男たちもさすがに息を弾ませ、大粒の汗を垂らしている。凜子がここと決めたポイントに檻を置き、クマが揺すっても動かないように立ち木にしっかりと固定する。最終的に凜子が餌を仕かけ、草木で檻をカムフラージュし、落とし蓋《ぶた》の具合などを確認して設置作業を終えた。

「ご苦労様でした」と凜子が皆を労《ねぎら》った。「お疲れだとは思いますが、すぐに戻りましょう。私は、本沢の作業の様子を見に行きたいので」

一服していた男たちが腰をあげた。その時だった。

「おい、凜子さん、ここにでっかい足跡があるぜ！」という生駒の大声が林内に谺《こだま》した。生駒は川に立ち込み、汗まみれになった顔を川の水で洗っていたのだ。皆が一斉に生駒の周囲に駆け寄った。

渓流端の湿った柔らかい土に、たしかにクマの足跡が点々と残されていた。凜子がいつか「痕跡《こんせき》としては残りにくい」といった爪痕《つめあと》までがくっきりと刻まれている。それを見た凜子は息を飲み、「ほんとに大きいわ」と呟《つぶや》いた。彼女はしゃがみ込み、胸のポケットからメジャーを取り出して足跡のサイズを計測した。そして、「きっと牡《おす》よ」といった。

「足跡で牡と牝《めす》の区別がつくのかい？」と傍らの周平が訊《たず》ねた。

「付け焼き刃の知識だけど、牝のヒグマは前肢の掌幅が十四センチを超すことはないらしいの。これは十七センチもある」

男たちがざわめいた。そんな彼らをよそに、凜子はカメラを取り出して足跡を写真に収め、それからほかにもヒグマの痕跡がないかと周囲を探索しはじめた。一見、茸《きのこ》でも探しているような凜子ののんびりした挙動にある者が苛立《いらだ》ち、「おいおい、そんな悠長に構えている場合じゃねえだろう。先生、とっとと帰ろうぜ」といった。

凜子は答えず、腰を折って地面を凝視しながら歩きまわっている。

「先生、頼むぜ。この足跡、ずいぶん新しそうだぞ。まだ近くにいるんじゃねえのかい？」

「大丈夫」と凜子がいい返した。「それは、少なくとも一日以上前のものです」

「だとしても、クマの通り道だってことに変わりはねえだろう。今ここに現われないとも限らんぞ。早いところ出発しようぜ」

凜子はまだ居残りたそうだったが、男たちの不安を汲《く》み取り、「わかりました」といって出発を促した。沢筋から山道へ戻り、男たちは足早に歩きはじめた。皆が先を急いでひとりひとりの間の距離が詰まるので、隊列全体が縮こまり、浮き足立っているように見える。男たちは、ここが自分たちの慣れ親しんだ山ではなく、怪物の支配下にある異界だということを実感していた。

19　五月二十七日　本沢橋監視所

一連の作業は午後四時すぎに無事完了した。ヒグマを見かけた者はおらず、生駒が渓流端で見つけた足跡以外には痕跡も気配もなかった。そうなると現金なもので、作業中は見えざる影に怯《おび》えていた男たちの間で、「ヒグマはもうどこかに行ってしまったのではないか」「そんなに都合よくクマが罠《わな》に掛かるのか」といった半信半疑の声が囁《ささや》かれはじめた。たしかに山は無限に広く、深く、そして一様に樹木が鬱蒼《うっそう》としており、その茫漠《ぼうばく》とした空間の中では九基の捕獲檻など針先の一点に等しく、特定の一匹の獣を捕えるにはあまりにも無力な装置に思われた。攻撃的な狩りと違って、罠による捕獲はことさらに〝待つ〟忍耐が要求される。しかも、誰ひとりとして捕まえるべきターゲットをその眼で直《じか》に目撃した者はいないのだ。文字通り雲を摑《つか》むような話で、そのことが男たちをとりとめのない不安に陥れていた。とはいえ、今は設置した檻にすべてを託すしかないことも、彼らは承知していた。

現場で陣頭指揮を執った堺と凜子は下山するほかの者たちとは別れ、本沢橋の袂《たもと》に建てられたプレハブの監視所に立ち寄った。高村から無線連絡が入り、そこに呼び出されたのだ。監視所には高村と、もうひとり三十代半ばくらいと思われる背広姿の男がいた。高村はふたりに労いの言葉をかけたあと、男を引き合わせた。男は豊科署刑事課の柳下《やなした》と名乗った。

「柳下がおふたりにうかがいたいことがあるそうなんです」と高村はいった。

「なんでしょう？」

高村にパイプ椅子を勧められ、堺と凜子は腰を降ろした。

「お疲れのところ、お引き止めして申し訳ございません」と柳下が軽く頭をさげた。「早速ですが、おふたりは木曽にあった〈開田高原クマ牧場〉のことはもちろんご存じですよね」

堺と凜子は同時に頷《うなず》いた。

「実際に牧場をご覧になったことはありますか」

「僕はありますよ」と堺がいった。「あそこがオープンした時に、招待状をもらって見学に行きましたから。でも、いつの間にか閉鎖されていましたね。五年くらいしか持たなかったんじゃないかな」

「いったいあそこはどういう施設だったんです？」

「どうって……よくある観光施設、クマ専門の動物園ですよ。放牧しているクマを見学させたり、ツキノワグマのショーを見せたり……。土産物屋やレストランなんかもありましたね。ただし、設立当時は研究施設としての側面も強調していて、立派な展示室やコンベンションルームも備えていました。実際、牧場長の秋吉《あきよし》千賀子《かこ》さんという女性は、我々の世界では結構名の知られた研究者で、あそこでクマの生態観察や実験なども行っていました。彼女はなかなか興味深い論文を発表していましたよ」

「なるほど」

「もっとも、僕はオープンの時に行っただけで、〈開田高原クマ牧場〉の内情についてはほとんどなにも知りません。もともとああいう施設にはそれほど興味がありませんでね。というか、率直なことをいえば、まったく共感できない。こういう仕事をしていると、どうしても僕なんかはクマを特別視してしまう。クマの多頭飼育というものには、正直いって抵抗がありました。おそらく向こうもそういうニュアンスを察したんでしょうね、その後は連絡してくることもありませんでしたよ」

「そうですか」

「刑事さんはどうして閉鎖されてしまった施設のことを調べているんですか」と凜子が訊ねた。

「もちろん今度のクマ騒動との関連を疑っています」と柳下はきっぱりいい、背広を脱いでワイシャツ姿になった。「〈開田高原クマ牧場〉が閉鎖されたのが四年前。理由は親会社の倒産です。もちろん、そのあたりの事情は先生方もご存じでしょうが」

「ええ、なんとなく耳には入ってきましたね」と堺。「親会社は、たしか〈信越観光開発〉でしょう。僕がもらった招待状にも、クマ牧場と連名で会社名が入っていたはずです」

「〈信越観光開発〉の倒産を巡っても倒産整理屋などが暗躍し、経済小説もどきのエピソードが残っていてなかなか面白いですがね、本題にはあまり関係ないので、そのあたりの話は省略します。問題は牧場の方ですが、結局のところ、牧場の土地は人手に渡ることになり、一時は〝これ〟絡みの会社が所有していたこともあるそうです」柳下は頬のあたりを人差し指で斜《はす》に切った。「その後、土地は堅気の不動産屋に転売されたんですが、なにしろ立地条件が悪くて利用価値が低く、そのままの状態で長らくほったらかしにされていました。しかし、最近になってその土地に興味を示す企業が出てきた。かねてより廃墟《はいきょ》のままにしておくのはまずいという自治体からの要請もあったため、とにかく更地にしてしまおうということになり、今月になってようやく解体工事が入ったんです。ところが、解体業者の作業員がそこで妙なものを掘り当ててしまった……」

「妙なもの？」

「クマの白骨死体です」

「えっ？」

「それも一体や二体ではなく、何十体という単位で出てきたそうです」

「ほんとうですか」

「ええ。その騒ぎで、現在、作業は中断されています」

凛子が眉《まゆ》をひそめた。

「どうしてそんなことをしたのかしら？」

「そのクマたちは、立ち行かなくなった牧場経営の犠牲になったんでしょう。閉鎖が決定された時点で、関係者がクマをまとめて処分したんだと思います」

「冗談じゃないわ。引き取り先を探すという選択肢だってあったはずなのに」

堺が険しい表情でいった。

「あそこには百頭近いクマがいたはずだ。一部はどこかに移されたのかもしれないが、全部の引き取り手なんかとても見つからないさ。いや、見つける努力をしたかどうかも怪しいもんだ。手間隙《てまひま》はかかるし、輸送費だってかかる。正規の畜殺処分も無料《ロハ》というわけにはいかない。殺せば、立派な産業廃棄物だからね。だったら、自分たちの手で秘密裏に処分してしまった方がいい——誰かがそう判断したんだろう」

「だとしたら、許せないわ」

「貧すれば鈍するってやつさ。追いつめられて、まともな判断力を失ってしまったんだ」

堺はやり切れないというように首を横に振った。

「先生、〈開田高原クマ牧場〉にはヒグマがいたそうですね？」と柳下が訊ねた。

「ええ、二頭いたはずですよ。牡と牝が一頭ずつ」堺はそこでふいに顔色を変えた。「刑事さん、あなたは牧場が始末に困ってヒグマを放逐したなんて思っているんじゃないでしょうね？」

凜子も一笑に付した。

「まがりなりにもクマの専門家がいた施設よ。よりによってヒグマを放すなんて考えられないわ。それに、それだけクマを大量殺戮《さつりく》しているのに、どうしてヒグマだけを生かしておくんですか」

「少なくとも閉鎖寸前のクマ牧場は、堺先生がおっしゃるように、まともな判断力や正気を失った人間が運営に当たっていて、企業としても動物を飼育する施設としても健全ではなかったとはいえるんじゃないですか。そうでなくても、倒産の危機に瀕《ひん》した企業というのは社員の士気が落ち、眼に見えてタガが緩んでくるものです。飼育管理体制もいい加減になっていて、いろいろなミスや不測の事態が発生したとは考えられませんか」

「故意ではないけれど、過失によってヒグマが逃げ出したということですか」

「そういう可能性もあるのではないかと……」

「あり得ない話だと思いますけど」

「万にひとつの可能性もありませんかね？」

「そういわれると……」と凜子は眉宇《びう》をひそめた。「でも、なぜ届け出なかったのかという疑問は残りますよ。いくら社内が混乱していたとはいえ」

「あるいは、こんなケースはどうです？　ヒグマのような猛獣を野に放てば、きっと面白いことが起きそうだ――そんなふうに考える異常者がいたとか？」

凜子は黙ってしまった。自分も同じようなことを周平にいったはずではなかったか。

「まあ、我ながら突拍子もない話をしていることはわかっているんですが」と柳下は苦笑した。「素人考えを披露したついでに、ひとつ質問をさせてください。仮に……仮にですよ、万にひとつの可能性でヒグマが逃げ出したとして、木曽からここまで移動してきますかね？　いくらなんでも遠すぎるような気がするんですが」

「遠すぎるというのは刑事さんの主観の問題であって、クマはそんなことは頓着《とんちゃく》しませんよ」と堺はいった。「これは書物から仕入れた事例ですが、北海道の勇払《ゆうふつ》原野を、五日間で七十キロ以上も移動したヒグマがいるそうです。かくいう僕も、実は去年のテレメトリー調査でこれまでに例を見ないようなツキノワグマの大移動を確認していまして……」

「テレ……テレ……なんですって？」

「テレメトリー調査。特定の個体に発信機をつけて、その行動を追跡する調査のことです。去年の調査では、八月に上高地で放獣した牡《おす》グマが十月には松川《まつかわ》村の芦間《あしま》川近辺にいて、冬ごもりを迎える頃になると上高地に舞い戻ってきたんです。直線距離にしても往復で百キロ以上になる。クマの行動圏は驚くほど広いんですよ」

「なるほど、そんなに動くものなんですか。ですが、牧場の周辺には御嶽山《おんたけさん》を筆頭に、クマが逃げ込みそうなところはいくらだってある。なんといっても、山深いことで有名な木曽路なんですから。わざわざ北アルプスまで長旅をしてくる理由がありますか」

「長旅とおっしゃるが、開田と乗鞍なんて、すぐ眼と鼻の先ですよ」堺はそこで思案顔になった。「う〜ん、僕がクマだったら、北か南か迷うところだな」

「はあ？」

「いや、自分の行動圏を北に広げるか、南に広げるか、一大決心が必要になるだろうなということですよ」

「どういう意味です？」

「もともと北方性の動物で寒いところを好むわけですし、常に新鮮な餌を求めて樹木の芽吹きを追えば、当然のごとく北に向かうことになる。でも、南にとどまって標高の高いところに移動するという選択肢もないわけではない」堺はほんとうにクマと同化しているような表情になった。「なんとなく南の方が食生活は豊かになりそうだな。北アルプスには棲息《せいそく》していないニホンジカもいますしね。ただし、気の荒いイノシシも多いから喧嘩《けんか》が絶えなさそうで、暮らしにくいような気もするが……」

「要するに、木曽で逃げ出したものが北アルプスに迷い込んでもちっとも不思議ではないと、先生はこうおっしゃっているわけですね」

「ちょっと待ってください」と堺が慌てた。「なんだか刑事さんの誘導尋問に引っかかってしまったような気がするな。そもそも木曽のクマ牧場から逃げ出したというその前提からして、僕にはとても信じられません。施設そのものはちゃんと設計されていたし、その道の専門家もいた。いくらなんでもヒグマの逃走を許すわけがないですよ」

「ただ、あそこが問題のある施設だったことはたしかでしてね」と柳下はなおも拘泥した。「さっき牧場長の秋吉千賀子さんのことが話に出ましたが、あの施設が閉鎖される直前に、彼女が売上金を持ち逃げして姿をくらましてしまったことはご存じでしたか」

「なんですって？」堺には初耳だった。「ほんとうですか」

柳下は頷《うなず》いた。

「親会社倒産のゴタゴタに紛れて、ほとんど報道されませんでしたから、ご存じないのも無理はないですが、そういうことがあったんですよ」

「信じられないな。クマ研究のアプローチにおいては、たしかに僕とは考え方の相違はあったけれど、あの女性は人格者だと思っていたのに……」

「それだけではありません。これは木曽署の人間から聞いた話なんですがね、オープン当初から、あの施設は不法滞在の外国人を裏方スタッフに使っているんじゃないかとか、クマの糞尿《ふんにょう》などを放置したりして衛生面で問題があるとか、クマに餌を与えていないんじゃないかとか、給料の未払いがつづいて従業員が造反を起こしたとか、筋者みたいな連中が出入りしているようだとか……まあ、そういった悪い噂が絶えなかったようなんです」

「そうだったんですか……」

「ひと頃、東京に事務局がある〈動物共生連合会〉というところが、動物愛護法違反の疑いで〈開田高原クマ牧場〉を告発する動きを見せたそうですが、やはり倒産でこれもうやむやになった。しかし、大量のクマの白骨死体が出てきたことで、問題が再燃しそうな気配です。まあ、そっちの問題は所轄が違いますが、自分としても今度の件でぜひとも牧場関係者に話を聞きたいと思っています。ところが、ほとんどの人の所在がわからないというのが実情でしてね。〝餅《もち》は餅屋〟、〝蛇の道は蛇〟じゃないですが、先生方のお知り合いに、関係者はおられませんか」

堺は首を横に振った。

「さあ、僕には心当たりはないですね」

「そういえば」と凜子が膝《ひざ》を打った。「知り合いとはいえませんが、三月に信大が開催した〈山岳科学フォーラム〉という催しに、あの牧場で働いていたという女性がきたことがあります」

「ほんとうですか」

「若い女の子がひとりきりで所在なげにしていたから、私の方から声をかけて、ロビーでしばらく立ち話をしたんです」

「その人の所在はわかります？」

「対策本部に行ってコンピュータでアクセスすれば、名簿を取り出せます」

「ここまできた甲斐《かい》があった」と柳下は顔を綻《ほころ》ばせ、脱ぎ捨てていた背広を摑《つか》んで席を立った。

「もう少しお付き合いください。車でお送りします」

第五部　惨劇の日

20　六月一日　本沢上流Ⅰ

鳥川本流は小規模河川で流程も川幅も大したことはないが、深いＶ字型の渓底《たにぞこ》を流れる上流部は渓相が険しくなる。急勾配《こうばい》な上にところどころ大淵《おおぶち》や廊下帯が出現し、また夥《おびただ》しい数の倒木が行く手を阻んでいるので、遡行《そこう》にはなかなか苦労させられる川だった。さらにこの季節は雪代が流れ込んでいて水嵩《みずかさ》も水勢も増している。

今日も、乳白色に濁った激流が岩を削り、岸を呑《の》み、川端の草木の根を抉《えぐ》りながら、場所によっては恐怖心を覚えるほどの勢いで流れくだっていた。川の激しさとは裏腹に、周囲の森は穏やかな貌《かお》を見せている。そこには凜《りん》とした空気と凍《し》みるような静けさ、そして悠久とでも形容できそうなゆるやかな時間が満ちていた。川筋に佇《たたず》んでいる周平は森が醸し出す原始のエネルギーが身の裡《うち》に染み込んでくるのを実感し、いささかくたびれた自分の細胞までもが活性を高めて瑞々《みずみず》しく波打ちはじめるような気がした。彼はしばし原始の眩惑《げんわく》の中で眼を瞑《つぶ》った。この豊かな森が、本来そこにいてはならないものまで棲《す》まわせているのだという事実を認識しつつも、ふとそれが絵空事のようにも感じられるのだった。

それほどに森は穏やかそのものだった。

「こんなところにたったひとりでいたのね、奥さんは」と凜子の声がした。

周平が眼を開けると、ラクダのような格好をした奇岩の前で凜子が手を合わせていた。凜子につられて、榊も高村も、そしてふたりのハンターも一様に岩に向かって合掌した。その岩には、周平が持ってきた一輪のスターチスと線香が供えてある。

ここは春先に杏子の頭蓋骨《ずがいこつ》が発見された現場だった。左岸側の急斜面で起きた雪崩と土砂崩れによってここまで運ばれてきたのだと推察されている。躰《からだ》のほかの部位の骨は今日に至るまでも見つかっていない。葬式を出し、墓も建てはしたが、骨ともども杏子の魂の半分はいまだにこの山のどこかを漂っているのだと周平は思った。魂はブナの森に遊んでいるのかもしれない。あるいは、一本の木に宿って安らかにまどろんでいるのかもしれない。周平はふと杏子の笑い声を聞いたような気がし、背後の森を振り仰いだ。久しく忘れていた喪失感が胸に込みあげてきた。しかし、それをなんとか飲み込んだ。あいつはもう嘆き悲しんだりはしていない——そう自分にいい聞かせた。

「ありがとう」と周平は皆に礼をいった。「道草をさせて申し訳なかった。さあ、先を急ぎましょう」

先頭のハンターが岩に立てかけてあった猟銃を担いで歩きはじめた。二番手を行く榊がポインターを引き連れている。周平、凜子、高村とつづき、最後尾にもうひとりのハンターがついた。彼らは、本沢筋に仕掛けられた三ヶ所の捕獲檻《おり》の定期巡回に赴く途中だった。

道らしい道はなく、渓流端を、あるいは林内に釣人がつけた踏み跡を辿《たど》って上流を目指すことになる。

最初の巡回時にはどの檻にも獲物が入っている様子はなく、ヒグマらしきものがそこに近づいた形跡すら発見されなかった。それを受けて、対策本部ではひとつの議論がなされた。巡回は非効率的かつ危険であり、しかも人間が集団でしょっちゅう山に入ることによって、相手を警戒させてしまうのではないか。準備にある程度の手間や金がかかっても捕獲通信装置を導入すべきだ——論点はそういうことだった。予算の関係で難色を示す者もいたが、生駒が発見した掌幅十七センチの足跡が話し合いに大きな翳《かげ》を投げかけた。要するに、男たちは怯《おび》えてしまったのだ。まだ見ぬ怪物にすっかり度肝を抜かれてしまったのだ。結果的に遠隔管理システムを整えることが決定し、現在、堺はその準備のために奔走している。自分の大学はもちろん、岐阜大学や民間のツキノワグマ研究チームに協力を仰いで備品とスタッフを確保した。順調に行けば、数日中には通信装置をすべての檻に取りつけ、システムを稼働させられそうな目途が立った。従って、足を使った巡回は今日が最後ということになりそうだった。

周平たちは、最初のチェックポイントにやってきた。ブザー音もしなければ、豆電球も点灯していない。檻に獲物は入っていなかった。凜子が落とし蓋《ぶた》の具合を点検したり、餌を新しいものに取り替えている間、周平の横に高村がつかつかと歩み寄ってきた。高村は〈県警山岳遭難救助隊〉のロゴが入った帽子を取り、殊勝な物腰でいった。

「三井さんにはちゃんと謝らなければいけないと思いながら、ついついいいそびれていました。いつぞやはあなたに不愉快な思いをさせてしまった。許してください。この通りです」

深々と腰を折った。

「なんのことですか」

「私が、一時にせよ、あなたが奥さんのことをどうにかしたんじゃないかって疑ったことですよ。しかも、それをあなたに悟られてしまった。「おれはまったく気にしていません」

「頭をあげてください」と周平はいった。「おれはまったく気にしていません」

高村はゆっくりと頭をあげた。

「駐在所の丹羽さんあたりには、ずっと叱られていたんですよ。村越くんのこともですが」

「おれはほんとうに気にしていませんし、村越くんもきっと同じだと思いますよ。どうか高村さんも忘れてください」

「そういっていただくと、気持ちが楽になります」高村ははにかんだように笑った。「そういえば、村越くんはどうしたんですか。このところ姿を見かけていませんが」

「彼も休暇が終わってしまったので、木谷さんのご両親を送りがてら一旦《いったん》東京へ戻りました。近いうちにまた出直してくるといってました」

「そうですか。彼は大活躍でしたが、さぞかし辛《つら》い思いをしたでしょうな。若いだけに、自暴自棄になったりしなければいいんだが……。早く立ち直って欲しいものです」

「しばらくは茜さんのお葬式やなにやらで気が張っているでしょうから、大丈夫でしょう。心配なのは、むしろそのあとですね」

「村越くんを残酷な目に遭わせてしまったと、今さらのように悔やんでいるんです。彼を疑ったこともですが、あんなふうになった恋人を、彼自身に見つけさせてしまって……。あれはいくらなんでもひどすぎる。我々が見つけてやるべきでした」

「いや、村越くんの執念が見つけさせたんですよ。それは彼の救いになると思います。そう信じましょう」

高村は頷《うなず》いた。

「今から考えると、やはり三井さんの奥さんが最初の犠牲者だったということになるんでしょうな」

「明確な証拠があるわけじゃないが、まず間違いなくそうだったとおれは考えています」

高村の表情が再び翳った。

「思えば、あなたは最初からあの事件の不可解さを必死に訴えていた。私はその声にもっと耳を傾けるべきでした。そして、もっと繊細な捜査をするべきでした。道迷い遭難という思い込みに囚《とら》われ、私がいつも通りの〝山屋〟のやり方を踏襲したばっかりに、大事なものを見すごしてしまったような気がする。村越くんがそうしたように、初動段階から捜索隊に警察犬の一頭でも投入していれば事情はまったく違っていたかもしれない。人間には見つけられない痕跡《こんせき》を発見できたかもしれない。あの時、もしなにかを見つけていたら、その後に起きるすべてを予見することは無理だったとしても、なんらかの警鐘にはなったはずです」

「……」

「結果的に、私の詰めの甘さが新井さんや木谷さんの命を奪うことになったのかもしれません」

そういって高村は唇を噛《か》んだ。

「あまりご自分を責めちゃいけない」と周平はいった。「高村さんだけじゃなく、誰にも想像できないことが起きていたんですから」

高村は大きく息を吐き出し、険しい眼を森に向けた。

「まったく、どこのどいつがヒグマなんて化け物を放しちまったのか……」

「山口さんから聞いたんですが、木曽のクマ牧場については、その後なにかわかったんですか」

高村は首を横に振った。

「なにしろ牧場本体も親会社の〈信越観光開発〉も潰《つぶ》れちまっているので、捜査の連中も、関係者の行方を追うのにだいぶ苦労しているようです。ですが、それも時間の問題でしょう。山口さんから教えていただいた元社員の女性が海外旅行から戻ってきたので、今日あたり、うちの柳下が話を聞きに行くといっていました。きっとなにかわかりますよ」

「かなり怪しいですね、そのクマ牧場は」

「ええ。我々もそういう見方をしています。問題がある施設だったことはたしかなようですからね。クマの死体が大量に埋められていた一件で、木曽署の方も本格的に動き出しそうですから、そちらからも情報があがってくるかもしれません」

「そうですか」

「木曽に住んでいる親戚《しんせき》の者から聞いたんですが、なんですか、あそこは地元では幽霊屋敷といわれていたそうですよ。閉鎖後はほとんどカラスの巣みたいになっていたようで、近くのキャンプ場や温泉宿の客が気味悪がって、警察に苦情を寄せることも一度や二度ではなかったといいます」

「カラスが屍臭《ししゅう》に引き寄せられたんでしょうか」

「かもしれません」

「牧場長だった女性は、依然、行方不明のままなんですか」

「そのようです」

「彼女は会社の金を持ち逃げしたと聞きました。当然、事件として扱われたんでしょう？」

「はい。当時、その事件を扱った人間が現在は諏訪《すわ》署にいて、電話で少し事情を訊《き》いてみました。失踪《しっそう》当初からなにやらきな臭い感じはしたそうですが、結局、なにも摑《つか》めなかったらしい。そうこうしているうちに、被害届けを出した会社そのものが失くなっちまったので、うやむやになったままだそうです」

「きな臭いとはどういうことですか」

「〈信越観光開発〉の倒産劇の裏には、とにかくうさん臭い連中がごまんと蠢《うごめ》いていたので、その牧場長もなんらかのトラブルに巻き込まれたんじゃないかと思ったんだそうです」

「トラブルというと……単なる失踪ではなく、殺されたとか？」

「いや、まあ、そういうことは私の口からはなんとも……」と高村は言葉を濁した。

凜子の点検が済み、周平たちは次のチェックポイントに移動した。そこにも変化は見られなかった。檻《おり》の周囲に足跡などもない。ところが、そこからさらに渓流端を登りつづけ、五十メートルほど先の視界に三番目の檻を捉《とら》えた時、突然、ポインターが落ち着きを失った。低い唸《うな》り声を発し、榊が摑んでいる引き革を引きちぎらんばかりの突進姿勢を取った。

一同は歩みを止めた。ポインターは興奮をあらわにし、激しい吠《ほ》え声が渓谷に谺した。

「なにかいるんじゃないですか」

榊が緊張した面持ちで後方の凜子に訊《たず》ねた。凜子は胸元にぶら提げた双眼鏡で檻を確認し、「電球は点灯していないわ」といった。

その時、彼らの眼前、渓流の両岸から張り出した木の枝の間を、一匹のニホンザルが右岸側から左岸側に跳躍した。どうやらそれが群れのボスか斥候だったらしく、しばらくすると、次から次へとサルが現われて対岸に飛び移り、賑《にぎ》やかな声をあげながら森の奥深くに消えて行った。

「なんだ、サルか……」

先頭を行くハンターが安堵《あんど》の溜息《ためいき》をついた。サルを見て興奮しているポインターを宥《なだ》め、一行は檻に近づいた。

気配があった！

周平がそう思った瞬間、前を行く榊の口から「しまった！」という声が洩《も》れた。興奮したポインターが榊の手から逃れ、引き革を引きずったまま一直線に檻へ走り寄ったのだ。ポインターは死角になっている檻の入口の方にまわり込み、激しく威嚇の声をあげた。

「クマがいるわ！」と凜子が小さく叫んだ。

「なぜだ？　電球もブザーも反応していないじゃないか」と高村が咎《とが》めるようにいった。

「落とし蓋《ぶた》がちゃんと落ちていないんだと思います。みんな注意して！」

突然の出来事に、全員が泡を喰《く》った。ふたりのハンターが前へ進み出て、檻に向かって銃口を構えた。ポインターは檻の入口付近を忙しく前後左右に動きまわりながら盛んに威嚇をつづけている。ハンターのひとりが呼び戻そうとしたが、イヌは聞く耳を持たなかった。執拗《しつよう》に、一層激しく、檻の中にいるなにかに向かって吠え立てた。人間たちはなす術《すべ》もなく、その様子をしばらく見守っていた。

「ヒグマとは限らないんじゃないですか」と榊がいった。「ツキノワグマが入ったのかも」

しかし、誰もそうは思っていなかった。榊さえも。

「どうする？　このままじゃ埒《らち》が明かんぞ」と高村がいった。「もっと近づいて、檻の外から撃つかね？」

凜子も判断に苦しんでいた。というより、恐怖心を抑えるのに精一杯で、まともに頭が働いていなかった。檻の中で「グウォン」という吠え声が反響した。地獄から聞こえてくる亡者の呻《うめ》きのようにも聞こえた。

「撃ちましょう」とハンターのひとりが興奮した面持ちでいった。「これはチャンスですよ。ここでみすみす取り逃がす手はない」

暗黙のうちに全員がハンターの意見を受け入れそうになったその時だった。ポインターが「キャン」と弱々しく鳴いて、突然、動きを止めた。いや、そうではなく、止められたのだ。走りまわっている間に引き革が渓流端の灌木《かんぼく》に絡まってしまい、イヌは身動きが取れなくなった。苛立《いらだ》ち、焦り、闇雲に灌木の周囲を跳ねたせいで、ますます我が身を縛りつけてしまう有様だ。

それから数十秒後、檻の向こう側にこんもりとした小山のような影が出現した。

ヒグマだった。

なんという大きさだ！　周平は思わず息を飲んだ。これほどの巨獣を間近に見るのは初めてのことだった。堺の言葉通り、周平が山中で何度か目撃したことのあるツキノワグマなど、この獣の前では子供に等しい。もともと分厚い筋肉と皮下脂肪に包まれた肉体には圧倒的な質感がある上に、興奮のために赤褐色の被毛が逆立っているせいで余計に大きく見える。いや、単に大きさだけなら身近にいるウマやウシの方が上かもしれない。しかし、ヒグマはそれらとは比べものにならない存在感を誇示している。野獣、猛獣……そういった呼称にふさわしい殺気が全身から立ちのぼり、実際の体格をはるかに凌駕《りょうが》する迫力を漲《みなぎ》らせている。自然のフィールドの中で見るヒグマは、たしかに地上に君臨する王者の風格を備えていた。それにしても、どうやってあの狭いドラム缶に身をくぐらせ、今までそこにひそんでいたのか。まるで変幻自在に姿を変えるアメーバのごとき柔軟さではないか。

周平は魔法を見せられているような気がした。

外に出てきたヒグマは、その巨軀《きょく》とは裏腹の素早い動きで、哀れな姿を晒《さら》しているポインターに躍りかかった。

21　六月一日　本沢上流II

ポインターは、ヒグマの前肢《まえあし》による攻撃を間一髪でかわした。ヒグマの方にもうるさく吠え立てるイヌへの恐怖心があるようで、その攻撃には躊躇《ちゅうちょ》している様子がうかがえた。獣同士が威嚇し合う獰猛《どうもう》な咆哮《ほうこう》が渓間に谺《こだま》した。ヒグマの肉声は存外にイヌに似ていると周平は思った。猛《たけ》り狂った大型犬の声のようだ。ただし、イヌの声にはないおぞましい響きがある。それはまさしく野獣の雄叫《おたけ》びに違いなかった。

ヒグマが一旦《いったん》後肢で立ちあがり、前に倒れ込むように攻撃の手を繰り出した。ポインターは後ろに跳び退き、再び鋭い爪から逃れることに成功した。勇敢なイヌだった。怯《ひる》むことなく、ヒグマに負けじと牙を剝《む》いた。だが、この勝負の行方は火を見るより明らかだった。イヌは木に繋《つな》がれており、動ける範囲は限られている。その動きを見切ったヒグマがもう一度、鋭く右前肢を薙《な》ぎ払うと、ポインターの躰《からだ》が横ざまにふっ飛んだ。その刹那《せつな》、「キャイン」という断末魔の声がした。あっけない幕切れだった。地に横たわったイヌはボロ切れかなにかのように見えた。

ヒグマは勝ち誇ったようにイヌを爪で押さえつけ、その頭に巨大な口で嚙《か》みついた。イヌは完全には絶命しておらず、後肢をピクピクと痙攣《けいれん》させた。ヒグマは執拗に嚙みつづけた。それこそ、檻の中でさんざん威嚇され、いたぶられたことに対する復讐《ふくしゅう》でもあるかのように。やがてイヌの痙攣が途絶えた。ひとつの生命が完全に潰《つい》えた瞬間だった。ようやくヒグマはイヌの頭を吐き出した。だが、すぐにまた首筋を銜《くわ》え直して持ちあげ、命の残り香まで完全に搾り出すように二度、三度と激しく振りまわした。イヌを放り出すと、途端に興味を失くしたようだった。喰う素振りは見せなかった。ただ、口の周辺についた血糊《ちのり》を味わうように灰色がかった長い舌で嘗《な》めた。嘗めながら、呆然《ぼうぜん》としている人間たちの方に兇悪《きょうあく》な眼を向けた。

ふたりのハンターは、巨獣が眼の前で成し遂げた残忍な殺戮《さつりく》にすっかり度肝を抜かれ、引き金を引けないでいた。ヒグマの方に躊躇はなかった。頭を低くさげて攻撃態勢を取ると、すぐさま身を躍らせて次の獲物の群れに迫った。筋肉がうねり、そのうねりとともに被毛に宿した光がきらめいた。信じられないほどの跳躍で、あっという間に人間たちとの距離を縮めた。堺のアドバイスもこの局面では虚《むな》しい絵空事にすぎず、誰ひとりとして冷静に対処できる者などいなかった。

最初に動いたのは最前線にいた若いハンターで、彼は迫りくるヒグマへの恐怖に抗し切れず、後退《あとずさ》った。そして、河原の石に足を滑らせてバランスを崩し、そのままもんどり打って激流に落下した。猟銃も一緒に川に呑《の》まれた。彼の失態が、もうひとりのベテランハンターをも慌てさせた。その銃口はヒグマに向けられてはいたものの、彼は歯の根も合わない震えに襲われており、狙いがまったく定まっていなかった。ままよとばかりに撃った。射程距離内だったにもかかわらず弾丸は大きく逸《そ》れ、ヒグマから二メートルも離れた大岩に当たって煙をあげた。それでもヒグマの足を止める効果はあった。銃声に驚いたヒグマは横に跳ね、右の藪《やぶ》に逃げ込んだ。

束の間、静寂が落ちた。

皆が安堵の溜息をついた次の瞬間だった。ハンターの背後の繁みで「フォオー」という身の毛もよだつような声がしたかと思うと、突如そこからヒグマが出現し、彼に襲いかかった。銃を向ける暇はなかった。ヒグマの突進をまともに喰らったハンターは軽々と撥《は》ね飛ばされた。そして、赤褐色の巨軀がそこにのしかかった。ハンターが短い悲鳴を発した。イヌに比して、人間はあまりにも無力だった。ハンターは抵抗らしい抵抗ができず、相貌《そうぼう》にただ驚愕《きょうがく》と恐怖の表情を張りつけて河原に仰臥《ぎょうが》した。

ヒグマの動きには、ポインターを襲った時のような躊躇は微塵《みじん》もなく、肉食獣が獲物を狩る時の猛々しさと兇暴さがあらわになっていた。その様子に、周平は心底恐怖を覚えた。この動物はやはりある種の狂気――人間に対する激しい憎悪のような感情に振りまわされ、野性を暴発させているとしか思えなかった。ヒグマは、ハンターの肩口に鋭い牙を突き立てた。男のものとは思えない甲高い絶叫が周平の耳朶《じだ》を打った。それでもハンターはのしかかるヒグマを拳《こぶし》で何度か殴りつけはした。だが、ヒグマは蚊に刺されたほどにも感じていないようだった。それどころか、男の拳は、ヒグマの次なる標的となり果てた。すでに鮮血に染まっている獣の口腔《こうこう》に拳は吸い込まれた。あっという間に、右の親指を除く四指が引き千切られた。「救けてぇ！」という男の悲鳴に、周平の血が凍った。傍らの凜子は思わず眼を瞑《つぶ》った。もはやどうすることもできなかった。ヒグマが一閃《いっせん》、前肢を振り払うと、血飛沫《ちしぶき》があがった。ハンターの左顔面の肉が削《そ》ぎ落とされたのだ。イヌにしたのと同じように、ヒグマはハンターの頭を噛み、さらに鼻梁《びりょう》を喰い千切り、その血を啜《すす》った。

「逃げろ！」

高村が叫んだ。

「でも……でも、あの人が」

凜子が泣きそうな顔でいった。語尾が震え、躰もまた震えていた。

「もう間に合わん！」高村の声は怒声になり、形相は鬼神になっていた。「早く逃げるんだ！」

川に落ち、木の葉のように激流に翻弄《ほんろう》されていた若いハンターはなんとか対岸に辿《たど》り着いていた。ほかの者は一斉に左岸側を駆けくだった。周平が振り返って見ると、ヒグマは自分が殺したハンターにまだ気を取られていた。やはり喰う気はなさそうだが、狂ったように衣服を引き裂き、まるで弄《もてあそ》ぶように死体を引きずりまわしている。

「木に登れ！」と高村が叫んだ。「早く！」

榊と高村はそれぞれ川から少し離れた場所に登れそうな木を見つけ、そこに取り縋《すが》った。斜面にミズナラの大木を見つけた周平は、凜子の腕を取って先に登らせた。その木は地上三メートルのあたりで三つ叉になって太い枝を広げており、ふたりくらいは避難できそうだった。凜子の尻《しり》を持ちあげて木にあげた。それから周平はまた後方をちらと振り返った。

ヒグマの興味と怒りの対象は、対岸に這《は》いあがったハンターに移っていた。巨軀を躍らせて渓流に飛び込んだ。激しく水飛沫があがり、川筋に虹《にじ》がかかった。ハンターが血相を変えて下流側に走り出した。幸い、ヒグマは深い淵《ふち》に嵌《は》まり、川を渡るのに難儀した。ハンターとの間に距離ができた。

「木に登れ！」周平は、ハンターに向かって絶叫した。「木に登るんだ！」

瀬音は激しいが、川幅は小さいから周平の声は届いているはずだ。しかし、ハンターは走ることだけで精一杯のようだった。近くに適当な木も見当たらない。ずぶ濡《ぬ》れの衣服がいかにも重たげで、周平の眼にはひどく緩慢な動きに見える。ヒグマの手にかかるのは時間の問題と思われた。周平は、作業着のポケットからあらかじめ用意していた爆竹とライターを取り出した。

「なにやってるのよ、自分こそ早く登って！」

頭上の凜子が叫び、手を差し出した。周平は声を無視した。人が殺されるのを目の当たりにするのは、もう御免だった。急いで爆竹の導火線に火を点《つ》け、束のまま対岸に向かって投げた。行く手の繁みの中で立ちのぼる白煙がヒグマをたじろがせた。次の瞬間、爆竹が爆《は》ぜた。驚いたヒグマはビクッとして半身の姿勢になり、追跡を中止した。悔し紛れのようにまた咆哮した。爆竹の音に優るとも劣らない大音響が森を震わせた。すごすごと尻を向けたので、そのまま逃げ出すのかと思ったら、ふいに躰を反転させ、今度は狂った眼を明らかに周平の方へ向けた。周平は肝を冷やした。

「登って！」と凜子がまた金切り声を発した。

凜子の手を借りて登ろうとしたが、うまくいかなかった。作業靴の底が幹の表面で滑って、思うように躰を持ちあげることができない。周平は決して肥《ふと》っている方ではないが、自分の躰がひどく重たく感じられた。最後に木登り遊びをしたのは小学校六年生の時だ。あの頃の身軽さはもちろんなく、今の周平にはほとんど絶望的な所業に思われた。

ヒグマが、馬のキャンターのような足取りで浅瀬を斜めに渡りはじめた。まっすぐ周平を目指している。

「早く！」

周平よりも、むしろ凜子の方が焦りをあらわにしていた。周平は小さな木の瘤《こぶ》に足の爪《つま》先《さき》をかけてジャンプし、枝を摑《つか》んだ。摑んだのはいいが、勢いあまって足が瘤を離れ、懸垂の格好で無様にぶらさがる羽目になった。

「早く、早く！」

凜子は、周平の作業着の袖《そで》を摑んで引きあげようとした。とても女とは思えない力だったが、それでも男の体重に抗することはできなかった。

「きたわ！　引っかけられるわよ。脚をあげて」

近くて遠い凜子の顔色が紙のように白くなっていた。ヒグマが突進してくる地響きが、周平の耳にも届いている。背筋が冷たくなった。火事場の馬鹿力というやつだろう、周平は高校時代以来、絶えてやったことのない鉄棒の逆あがりの要領で躰《からだ》を持ちあげ、奇跡的に成功した。それとほぼ同時に、ヒグマが木に体当たりした。かなりの大木であるにもかかわらず、枝が大きく揺れて葉が舞い散った。凜子が素早く一段上の枝の股《また》に移動し、周平は今まで凜子が取り組っていた枝の股に躰をずらして姿勢を安定させた。息は乱れ、心拍数は極限にまで跳ねあがっている。安堵《あんど》と恐怖がない混ぜになり、興奮を抑え切れなかった。周平は眼下の巨獣を睨《にら》みつけ、「このクソ野郎！」と大声で吠《ほ》えた。彼らしからぬ激情の発露だった。しかし、危機が去ったわけではなかった。ヒグマは後肢で立ちあがった。周平は思わず身を引いた。クマにはこれがある。立つことがクマの恐ろしさでもあった。岩のように大きいヒグマの顔がすぐ眼の前まで迫ったように見えた。実際、距離は近かった。禍々《まがまが》しい黒い眼、よく動く鼻づら、そしてナイフのような犬歯までもがはっきりと見て取れた。アンモニア臭ともつかぬ獣の臭いが鼻腔に流れ込み、荒々しい息遣いが肌に触れたような気がした。ヒグマは木の幹に爪をかけた。イヌと人間をいとも簡単に屠《ほふ》った爪は、十センチ近くはありそうだった。

「登ってくるわよ」

「もっと上へ行けないのか」

「無理よ。枝が細すぎるわ」

周平は腰の剣鉈《けんなた》に手をかけた。

「こっちを使って」凜子は苛立《いらだ》った声をあげ、クマ撃退用スプレーを手渡した。「あなたも持っているのよ。忘れないで」

周平は舌打ちした。たしかに忘れていた。自分も同じスプレーをペットボトル用のケースに入れて腰に提げていたのだ。(冷静になれ!)と自分を叱った。

「引きつけてから噴射してね。顔を狙うのよ」

ヒグマが木の幹を抱き込んで登りはじめた。さすがにツキノワグマのような軽快さはない。地上では巨軀《きょく》のわりに敏捷《びんしょう》に見えたが、木の上ではそうはいかないようだった。周平はためしに「くるな!」と大声を出してみた。しかし、ヒグマは意に介さず、「フォー」と威嚇の声を発しながら迫ってくる。周平はスプレーのレバーを押した。霧状の液が噴射され、ヒグマの顔を黄色く染めた。周囲にトウガラシの臭いが立ち込めた。ヒグマは鳴いた。それは荒々しい野獣の咆哮《ほうこう》ではなく、たしかに悲鳴だった。ヒグマは後ろ向きに落下し、地上で尻餅《しりもち》をついた。七転八倒し、前肢で必死に顔を拭《ぬぐ》った。その仕草も猫のように弱々しく見えた。ヒグマはまた悲鳴をあげ、森の奥に逃げ込んだ。

嵐がすぎ去ったあとの、虚脱したような静寂が周囲を覆った。まるでなにごともなかったかのように瀬音が響き、梢《こずえ》が風に揺れ、鳥が唄《うた》い、渓谷は元通りの姿を取り戻していた。

ヒグマほどではないにせよ、周平もトウガラシの霧をわずかに浴びていた。喉《のど》も眼も鼻もひりひりする。涙が出てきた。周平が噎《む》せているところに、背後から凜子の腕が伸びてきて、首筋を抱き竦《すく》められた。凜子も泣いていた。こちらは別物の涙だった。

「怖かったよ」と凜子は吐露した。周平の頭に顔を押しつけ、嗚咽《おえつ》している。「怖かったよ、怖かったよ……」

子供のように泣きじゃくった。凜子らしからぬ振る舞いだった。かつて味わったことのない恐怖を体験し、彼女の自制心も壊れてしまっていた。

「もう大丈夫だ」

周平はいい、あやすように凜子の腕をとんとんと叩《たた》いた。

「悔しいよ」と凜子はさらにいい募った。「悔しいよ、三井さん。私、すっかり慌てちゃって……。怖くて怖くて、どうしようもなかったの」

「誰だって怖いさ」

「私がちゃんとしていれば……ちゃんと適切な判断をしていれば……あの人も犬も、殺されずに済んだかもしれないのに……」

「きみのせいじゃない。どうすることもできなかったんだ」

周平は、凜子の掌《てのひら》を自分の手で握り締めた。しばらくそうしていると、やがて凜子は落ち着きを取り戻し、「ごめんなさい。取り乱してしまって」と詫《わ》びた。

周平はそこで初めて凜子を振り返った。泣きはらした凜子は照れて、顔を背けた。

「さあ、次のことを考えよう」と周平はいい、背後の森に向かって大声を出した。「高村さん、無事ですか！」

「はい」と高村の声が返ってきた。「三井さんこそ、怪我はありませんか」

「おれも山口さんも無事です」と周平は答えた。「榊さんは？」

「ここにいます。大丈夫ですよ」と榊の声。

周平は次いでハンターの名を呼んだ。距離があるのか、それとも瀬音で聞こえないのか、対岸から返事は戻ってこなかった。

「彼は無事です」という高村の声がした。「ここからはっきり姿が見えます。木に登っていますよ」

周平はほっと胸を撫《な》でおろした。

「クマはスプレーで撃退しましたが、これからどうしますか、高村さん？」

「今しがた監視所と無線連絡が取れました。救援部隊がきますから、このままここで待ちましょう」

「わかりました」

周平は樹上から禍《わざわい》の獣が逃げ込んだ森を眺めた。生き長らえた歓喜に浸るよりも先に、自分が一気に十歳ほども老け込んでしまったような気がしていた。そして、悲劇がまだまだつづきそうな不吉な予感に囚《とら》われていた。

22　六月一日　美鈴湖湖畔

〈美鈴《みすず》湖もりの国〉と名づけられたキャンプ場は、松本市郊外の浅間《あさま》温泉から葛折《つづらお》りの山道を車で二十分ほど登ったあたり、文字通り湖畔の緑豊かな森林の中にあった。豊科署の柳下が管理棟を訪れると、事務スペースの机でなにやら書き物をしていた三十代前半と思《おぼ》しき髭面《ひげづら》の男が顔をあげ、「いらっしゃい」とにこやかに挨拶《あいさつ》した。市の管轄下にあるレジャー施設だが、管理運営は〈松本森林組合〉に委託されているとのことなので、おそらくそこの職員と思われた。柳下は身分を告げ、小日向《こひなた》さんにお逢《あ》いしたいといった。

男は怪訝《けげん》そうな表情を浮かべ、「小日向がなにかしたんですか」と訊《たず》ねた。

「なにかしそうな女性なんですか」

柳下が冗談っぽくそう切り返すと、男は困惑げに「いや、そんなことはありませんが」と引きつったように笑った。

「ご心配なく」と柳下は柔らかい笑みを見せた。相手の警戒心を解くために、知らず知らずのうちに身についた〝営業用の笑顔〟だった。「以前、小日向さんがお勤めになっていた職場のことでちょっとお聞きしたいことがあるだけです。ここを訪ねることはご本人には事前に伝えてありますから、お取り次ぎ願いたい」

「わかりました。今すぐ呼びます」

男は傍らの無線機を手にした。目的の人物はマレットゴルフ場やテニスコートといった関連施設の見まわりに行っているとのことだった。

十分ほど待たされた。少し焦《じ》れた柳下が煙草でも喫おうと思って管理棟のテラスに出たところ、ちょうど眼の前に幌《ほろ》付きの白いジムニーが停まり、運転席から黒いテンガロンハットをかぶった女が降り立った。年齢は二十代半ばくらい。こんがりと小麦色に陽灼《ひや》けした健康そうな娘だった。赤いチェックのワークシャツの上に袖《そで》を無造作に切り落としたデニムジャンパーを着込み、首には赤いバンダナを巻いている。下半身は洗い晒《ざら》しのジーンズとウェスタンブーツというスタイルだ。これで腰に拳銃《けんじゅう》を提げれば女ガンマンのできあがりだな、と柳下は思った。

女がテラスへの階段を昇りながら、「こんにちは」と笑顔で挨拶した。笑うと眼尻が極端にさがって、なかなか愛くるしい表情になった。

「こんにちは」柳下も相手につられて営業用ではない笑顔を返していた。「小日向美樹《みき》さんですね。先ほどお電話した豊科署の柳下です」

「何度もご連絡をいただいたようで申し訳ありません。ちょっと友達とバリ島に遊びに行っていたもので」

「バリ島ですか。羨《うらや》ましい。そういえば、いい色に灼けていますね」と柳下はお愛想をいった。「早速なんですが、電話でもお伝えした通り、以前のお勤め先だった〈開田高原クマ牧場〉のことでお聞きしたいことがありまして」

「はあ……」美樹の表情が少し強張《こわば》った。「それにしても、警察ってすごいですね。私の素姓や住所なんか、すぐにわかっちゃうんだ」

「いや、あなたのことを知ったのは偶然ですよ。三月に信大が開催したフォーラムに参加されたでしょう。その時、あなたと立ち話をした女性スタッフに教えてもらったんです」

「ああ、あの時の……」

「堀金村で起きているクマ騒動についてはご存じですね？」

「ええ、帰国してからニュースで知ったんですけど、びっくりしています」

「自分はその件で動いていて、信大のその女性にも協力してもらっています」

「そういうことだったんですか」

「我々は問題のクマがどこから逃げ出したのか調べていますが、はっきりいって、〈開田高原クマ牧場〉が非常に疑わしいと考えています。というか、常識的に考えて、そう推察せざるを得ない。ヒグマなんてものを飼える施設は限られていますからね。で、牧場で働いていらっしゃったあなたのご意見をうかがいたいと思ったわけです」

「そうなんですか。でも、私はなにも……」

髭の男が「ミキちゃん、そこに座って話したら？」と口を挟み、隅のベンチを指差した。

美樹が男にいった。

「ちょっと外に出てもいいかな？」

「ああ、構わないよ。時間は気にしなくていいから」

柳下と美樹は管理棟を出て裏の駐車場を横切り、よく手入れされた芝生のマレットゴルフ場の一角にある四阿《あずまや》の木製ベンチまで歩いて、そこに腰かけた。背の高いマツ林に囲まれたマレットゴルフ場に人影はなく、爽《さわ》やかな初夏のそよ風だけが吹き抜けている。

「もうおふたりが亡くなられているんですよね、クマに襲われて……」

美樹の方から口を開いた。

「四人……いや、春先に頭蓋骨《ずがいこつ》だけが見つかっている女性も犠牲者だとすれば、五人になるかもしれません」と柳下は答えた。

「でも、ニュースではたしか……」

「ご老人がひとり、クマが関係していると思われる交通事故でお亡くなりになっている。それから、自分もついさっき署からの連絡で知ったばかりなんですが、今日、あらたな犠牲者がひとり出ました」

「えっ！」

「監視活動を行っていたボランティアのハンターと猟犬が喰《く》い殺されたんです」

美樹の表情が泣き顔のように歪《ゆが》んだ。

「ひどい……」

「ええ、まったくひどい話です」

「ヒグマというのはほんとうなんですか」

「これまでとは違って、今日は複数の人間が襲われ、逃げ延びた人たちがはっきりヒグマの姿を目撃したそうです。もはや疑いようがありません」と柳下は告げた。「これはもう稀《まれ》に見る重大事件といっていい。本州で発生した獣害事件としては最悪のケースでしょう。しかも、もともと本州にいてはならない動物がそれを引き起こしている。飼い犬が野犬になって人を襲ったというレベルの話ではありません。当然、そんなものを山に放逐した人間は、厳しく刑事責任を問われることになります」

「それはもちろん……」

美樹の明るさは完全に消え失《う》せ、顔からは血の気が引いていた。

「あなたは牧場でクマの飼育管理にかかわっていたんですか」

「はい。主に調教を担当していました」と美樹は神妙な口調で答えた。

「調教？」

「あそこではツキノワグマのショーもやっていたんです。玉乗りとか、自転車乗りとか、バスケットボールとか……。そのための調教です」

「ほう、そういう特別な知識や技術を持っていらっしゃるわけだ？」

「大したことはありません。イヌを調教するのと、そんなに変わらないですよ。もともとクマはとても頭がよくて物覚えがいい動物だから、調教は比較的楽なんです」

「しかし、怖くありませんか、クマを調教するなんて。自分は動物が全般的に苦手な方だから、想像しただけで身震いしてしまいそうだが」

美樹は薄く笑った。

「それこそ私が母親代わりになって育てたおとなしいクマたちばかりですから、怖いと思ったことはないです。野生のものになると、そうはいかないと思いますけど。これは不思議なんですが、牧場で生まれ育った仔《こ》グマは人に抱かれても爪を立てないんですよ。でも、野生の仔グマは、私でも抱くのに少し勇気が要ります。服を台なしにされることは覚悟しなくちゃいけません」

「やはり野生のものは違いますか」

「違いますね。それと、クマという動物は個体差が激しくて、こと性格についてもほんとうに千差万別なんです。そのへんは人間と一緒です。すごく気持ちの優しいクマもいるし、のんびり屋さんもせっかち屋さんもいるし、人間だったらさしずめヤクザか凶悪犯になるしかないだろうなって思わせるものもいます」

柳下は笑った。

「同じクマでも、ヒグマはまた別物なんでしょうね」

美樹は首肯した。

「私は、個人的にはツキノワグマとは全然違う種族だと捉《とら》えていました。なにしろ体力がケタはずれに違います。向こうがちょっとじゃれるつもりで手を出したとしても、人間なんかひとたまりもありません。こちらの勉強不足もあるんでしょうが、私は最後までヒグマに対しては恐怖心を持っていました。それと、体力的なこととは別に、ヒグマにはなんとなく畏敬《いけい》の念を抱かせるところがあるんです。アイヌの人たちがヒグマを最上の神として崇《あが》めたのには、それなりの理由があったんだと思います。あだやおろそかに近づいてはいけない、気安く人間なんかが接してはいけない——そんなふうに思わせる雰囲気がたしかにあるんです。勤めていた人間がこんなことをいうのもなんですけど、クマ牧場にヒグマがいること自体、私はずっと違和感を感じていました。あんなところにいてはいけない動物のような気がして……」

柳下はつくづく美樹の横顔を眺めた。出逢《であ》った時の印象とは違って、小日向美樹は非常に真面目で、頭のいい娘のように思えてきた。話し言葉も丁寧で、ちゃんと自分の言葉で喋《しゃべ》っているという気がする。

「あなたが牧場にいた間、クマが脱走するといったような事故はありませんでしたか」

美樹は首を横に振り、きっぱりといった。

「ありません」

「この捜査にかかわるようになって俄《にわか》知識を仕入れたんですがね、以前、北海道の〈のぼりべつクマ牧場〉では、積雪で放牧場が埋まってしまい、ヒグマが塀を乗り越えて脱走したことがあったそうですね」

「その事故については私も文献で知りましたけど、オイルショックのせいで雪を解かすための燃料が不足していたとか、クマ同士の覇権争いが原因で夜になっても放牧場から宿舎に戻らないクマがいたとか、いろいろ不幸な偶然が重なって起きたようですね。でも、それにしたって昔の話ですし、北海道ならではの事故だと思いますよ。木曽あたりでは、放牧場がひと晩で埋まってしまうようなドカ雪は降りませんから」

「まあ、雪のことはひとつの例であって、こちらがいいたいのは、万全を期したつもりでも不測の事態というのは起こり得るんじゃないかということですよ。〈開田高原クマ牧場〉でも不幸な偶然が重なったかもしれない」

「それはありません」

「そうですか。ちなみに牧場では積雪対策はちゃんとしていたんでしょうね？」

「もちろんです。放牧場には電熱線が埋め込まれていて、降った雪は解けてしまうようになっていました。それに、夜は必ずクマたちを宿舎に戻していました」

「なるほど。そのほか人為的なミスでクマを逃がしてしまうケースは考えられませんか」

「考えられません」

「百パーセント、事故や過失はあり得ない？」

「あり得ません。第一、刑事さんは肝心なことをお忘れじゃありません？　もし事故が起きたのだとしたら……」

柳下が次の言葉を引き取った。

「牧場側が、警察に届け出てしかるべきですよね」

「ええ」

「不祥事を会社ぐるみで隠蔽《いんぺい》したとか？」

そういわれて美樹は一瞬、ぽかんとした表情を浮かべたが、柳下を見る眼つきはすぐに険しくなった。

「ヒグマを逃がしておきながら、ほっかぶりしたっていうんですか。そんなことをする理由がありません」

「そうですよね」宥《なだ》めるように柳下は微笑した。「では、あのヒグマはいったいどこからきたんでしょう？」

美樹は黙り込んだ。なんとなくだが、柳下はいやに含みのある沈黙だと思った。

「失踪《しっそう》した秋吉千賀子さんについてお訊《たず》ねしますが」と柳下は話題を変えた。「彼女はいったいどういう人物なんですか。そして、クマ牧場ではどんな立場にあったんでしょう？いえね、〈株式会社開田高原クマ牧場〉の専務取締役で、牧場長を務められていたことは承知しています。ただ、その具体的な役割がよくわからない。自分が聞いた限りでは、秋吉さんは経営者というより、学者然とした人物のように思うんですが」

「おっしゃる通りです。私がいうのもおこがましいですけど、会社の経営とかお金のことには、とんと疎い方です。本来なら、大学の研究室で実験に没頭したり、フィールドを駆けまわったりしているのが一番似合う、そういうタイプの女性だと思います。牧場長というのは便宜上の肩書きというか、名誉職みたいなものでした。経営の実際面は本社から派遣されていた男性が取り仕切っていました」

「でも、秋吉さんは常勤はされていたんでしょう？」

「はい」

「彼女は〈信越観光開発〉にヘッドハンティングでもされたんですか」

「いいえ、逆です。そもそも施設建設の発案者が秋吉場長ご自身で、苦労してスポンサー探しをした結果、〈信越観光開発〉から資金を提供してもらうことになったと聞いています。ただし、そのせいで、施設の形態は必ずしも秋吉場長が理想としていたものにはならなかったんですけど……。もともと秋吉場長は、ツキノワグマの生態研究と保護を目的とした本格的な研究施設の建設を目指していたんです。ご存じかどうかわかりませんが、今やツキノワグマは絶滅の危機に瀕《ひん》している動物です。九州は戦前からとっくに絶滅状態にあり、四国や中国地方も時間の問題といわれています。日本の西の方から危機は徐々に広がっていて、かつてはツキノワグマの楽園だった中部山岳地帯も対岸の火事ではなくなっているんです。研究者の間では、ヒグマよりも急速に絶滅へ向かうだろうと推測されています。森林生態系の頂点に君臨するクマを識《し》り、それを護《まも》ることはすなわち……」美樹がふいに言葉を飲み込んだ。「ごめんなさい。こんな話、興味ないですよね」

「そんなことはありません。つづけてください」

「……とにかく、クマ専門の研究施設の必要性を感じた秋吉場長は、その実現のために大学もお辞めになってあちこち奔走し、協力者を募りました。クマ牧場の敷地の一部になった土地は、場長がお父さんから譲り受けたものなんですが、その土地をはじめ、私財を全部注ぎ込む覚悟で働きかけた結果、ようやく〈信越観光開発〉とパートナーシップを結ぶことができたんだそうです。当時、木曽周辺にはゴルフ場やスキー場など〈信越観光開発〉所有のレジャー施設がたくさんあったので、向こうは新しい観光事業になると踏んだんでしょう。それと、〈信越観光開発〉は自然保護団体あたりからは非難の集中砲火を浴びていましたから、秋吉場長の計画に乗ることで、そういう声をかわせると考えたのかもしれません」

「しかし、なまじっか企業スポンサーがついたことで、研究施設というよりもレジャー施設としての側面が強くなったというわけですか」

「そういうことです。いざ計画が進行してみると、秋吉場長と〈信越観光開発〉との間にはすぐにクマ牧場の運営を巡って様々な意見の対立が起こったようです。ヒグマのこともそうでした。場長にはまったくそんな気はなかったんですが、本社が客寄せのためにヒグマを欲しがったんです」

「営利優先というわけですか。こういっては失礼だが、海千山千の企業人相手では、学究肌の秋吉さんはさぞかし苦労されたでしょうね」

「ええ、そう思います」

「ということは、研究施設としてはまったく機能していなかったんですか」

「さっきもいいましたけど、秋吉場長が理想とするものにはほど遠かったでしょうね。計画段階から問題があったわけですけど、実際にクマ牧場がオープンすると、ますます本社主導の営業方針になってしまって……。たしかに民間施設としては画期的ともいえる研究器材が揃っていましたし、広大な冬ごもり実験場も備えていましたけど、正直、宝の持ち腐れといった感は否めなかったです。理由は、人材不足です。なにしろ場長以外の専門の研究者はひとりもいなかったんですから」

「ひとりも？」

「ひとりも、です」

「設備面だけではなく、人事も秋吉さんの思惑通りにはならなかったというわけですか」

「今から考えると、本社の〈信越観光開発〉はとっくに左前になっていて、資金的には相当苦しかったんだと思います。だから、余計に齟齬《そご》をきたしたんじゃないでしょうか」

「そのことをうかがいたかった。牧場が閉鎖されたのは四年前の四月頃だそうですが、事前にあなたの耳にその噂が聞こえてきたのはいつ頃でした？」

「いいえ、私はまったく聞いていませんでした」

「ほんとうに？」

「私はその頃、クマ牧場にはいなかったんですよ」

「いなかった？」

「秋吉場長の指示で、半年間ほど栃木に行っていました。場長の母校である東京農工大学の研究チームと栃木県立博物館が共同で日光《にっこう》のツキノワグマの調査を実施したので、研修生として参加したんです」

「そうなんですか」

「実は、その前から秋吉場長には、転職を薦められていたんです。動物愛護団体のプレッシャーがきつくてショーもやりにくくなっていたし、あの頃からすでにクマ牧場はそう長くはつづかないとわかっていたのかもしれませんが、自分が口をきくから、学芸員として栃木県立博物館で勤めないかといってくださったんです。私も、動物や自然を相手にする仕事をつづけたかったので、お世話になりたいと申しあげました。調査に参加したのは、そのための挨拶《あいさつ》替わりというか、顔見せというような意味があったんです。三月に研修から戻り、久しぶりに牧場に出勤したその日に初めて閉鎖の話を聞きました」

「じゃあ、あなたにとっては青天の霹靂《へきれき》だったというわけだ」

「しかも、その場で馘《くび》になったんです」

「えっ、そんなに突然？」

「本社の人に、牧場を閉鎖することが決まったから辞めてもらいたいといわれて」

「それにしても急な話だ」

「同僚も何人か辞めさせられていたし、私のロッカーや机はとっくに片付けられていて、もう居場所もありませんでした」

「そりゃ、やり方がひどい。ずいぶん陰湿ですね」

「私だって頭にきましたけど、居座ったところで精神衛生に悪いし、その時はまだ転職できると思ってましたから、わりと気楽にさっさと辞めてしまったんです」

「秋吉さんとは逢《あ》って話したんですか」

「はい、ほんの十分ほど。だいぶ憔悴《しょうすい》しているご様子で、涙ながらに会社の理不尽なやり方を詫《わ》びて、〈転職の件はあとで私の方から連絡するから〉とおっしゃってくれました」

「でも、連絡はなかった」

美樹の表情に翳《かげ》が兆した。

「ええ、まあ……」

「結局、転職の話も流れたわけですね」

「そうです」

「それにしても妙な話ですね。秋吉さんは自分の方から転職話を持ちかけ、あなたをすっかりその気にさせておきながら姿をくらましている。無責任すぎますよね」

美樹の暗い眼が柳下に注がれた。

「しかも、会社の金を横領したという。普段の秋吉さんはそんな女性に見えましたか」

美樹は首を横に振り、消え入りそうな声で「いいえ」と答えた。どんな質問にも明朗な言葉で答えてきた彼女らしからぬ反応だった。ついさっきの思わせぶりな沈黙も、柳下は気になっている。彼はふたつのことを考えた。ひとつは、失踪事件を額面通りに受け取るわけにはいかないということ。もうひとつは、美樹がなにかを隠しているのではないかということ。嘘をつくような娘には見えないが、彼女の口を重くしているなんらかの事情があるに違いないと思った。

「クマはどうなったんでしょう？」

「はあ？」

「あなたがお辞めになったあと、何十頭もいたクマたちはいったいどうなったんです？」

「それは……」美樹が一瞬、口ごもった。「本社の方で処分したんじゃないでしょうか」

「処分？　殺処分ということですか」

美樹の視線が泳いだ。

「ねえ、小日向さん」柳下は膝《ひざ》を詰めて美樹の顔を覗《のぞ》き込んだ。「なにかをご存じなら、正直におっしゃってください。決して悪いようにはしませんから」

美樹はしばし柳下を見つめ、それから気持ちを落ち着かせるように溜息《ためいき》をついた。

23　六月一日　本沢橋監視所

夜空は澄み渡り、螺鈿《らでん》を敷き詰めたように星々が瞬いている。

本沢橋監視所のプレハブとその周辺に設営されたテント群には煌々《こうこう》と灯が点《とも》っていた。時刻は午後七時を少しまわっていたが、電灯、ガソリンランタン、ガスランタンなど様々な色合いの人工光が集まって闇を溶かし、そこだけが昼間のような明るさだった。日没後は風も出てきて相当に冷え込んできたので、炭や薪《まき》を燃やす一斗缶が随所に置かれ、無数の火の粉が蛍のように舞いあがっている。監視所に集まっている人や車の数も昼間と変わらなかった。いや、マスコミ関係者も大勢押しかけたので、むしろ多くなっている。だが、照明の明るさや人の多さとは裏腹に、監視所の雰囲気は重苦しく、沈鬱《ちんうつ》だった。役場や警察関係者、そのほか監視・捕獲作戦にかかわっているすべての者たちが一様に昼間の惨劇に衝撃を受けており、動揺を隠せないでいた。

ヒグマに殺されたハンターの遺体はあとから駆けつけた救援部隊によって回収されたが、それは眼を覆うばかりの有様だった。鼻はもぎ取られ、頰や喉《のど》の肉は抉《えぐ》られ、左の側頭部には大きな穴が穿《うが》たれて頭蓋骨《ずがいこつ》が露出しており、首から上はほとんど人間の原形をとどめていないといってよかった。衣服を剝《は》ぎ取られて裸同然となった躰《からだ》には無数の擦過傷や裂傷が残され、両手の指はすべて失くなっており、ペニスと陰嚢《いんのう》も喰《く》い千切られていた。それでも堺の所見によれば積極的な食害とはいえず、ヒグマは食欲というよりは攻撃本能に駆られて弄《もてあそ》ぶようにハンターの躰を痛めつけたらしかった。同様に惨殺されたポインターの方も、頭を齧《かじ》られてそのイヌ特有の垂れ耳を引き千切られた上に、頸部《けいぶ》は鋭い爪で裂かれ、胴体と頭部が文字通り首の皮一枚でなんとか繫《つな》がっているという状態だった。

人間とイヌ……二体の亡骸《なきがら》の無残さは、ヒグマという動物の恐ろしさをあらためて関係者に教え、士気を著しく低下させた。遺体を回収する段階から救援部隊のメンバーの腰は引けていた。ヒグマは自分の獲物に狂的に固執するという。いつヒグマが戻ってきて遺体の奪還をはからないとも知れず、彼らは絶えずその幻影に怯《おび》え、極度の緊張に苛《さいな》まれながら骸《むくろ》を包んだ袋を担いで道なき道を歩き、急峻《きゅうしゅん》な崖《がけ》を登らなければならなかった。なんでもない葉音に、小鳥の羽ばたきに、あるいは仲間が発《はな》てる足音にさえ恐怖している彼らに、もはや山男の精悍《せいかん》さは望むべくもなかった。護衛に当たったハンターたちの射撃の腕前も絶対の信頼を勝ち得てはおらず、皆が浮き足立ち、その様はさながら敗残兵の行軍のようだった。スプレーの洗礼がよほどこたえたのか、結局、ヒグマが現れることはなく、救援部隊は無事に監視所に戻り、ハンターの遺体は検視のために松本市内の〈信州大学医学部附属病院〉に運ばれた……。

周平は〈豊科警察署〉と書かれたテントの下にいた。そこだけは特に人が多く、テレビカメラも殺到していた。ヒグマと遭遇した周平らはそれぞれマスコミの個別取材を受けていたのだが、いつしかジャーナリストの視線と質問は豊科署の高村に集中し、吊《つる》しあげの様相を呈してきていた。

「一般の方が犠牲になったというのは、対策本部や警察の重大な失策じゃありませんか。いったいどう責任を取るんです？」口角泡を飛ばして高村を責め立てているのは、先日の説明会にも紛れ込んでいた眼鏡をかけた若い新聞記者だった。「明らかに警察には責任があるでしょう。そもそも危険極まりない作業に民間人を同行させたこと自体に問題がある。軽率の誹《そし》りを免れないのと違いますか」

記者の高圧的な態度に、高村は悔しげに唇を噛《か》んだ。

「遺族に対する謝罪の言葉はないんですか」と人垣の後方から女の声が飛んだ。

「それは……」と高村はいい澱《よど》んだ。

高村が作ったわずかな沈黙すらも、マスコミ人は許さなかった。

「はっきり答えてください」

「だんまりかよ？」と口々に非難の声があがり、「あんたじゃ話にならん。上司を連れてこい！」といった怒号が沸き起こった。それらの声の嵐を黙って耐えていた高村も、「一般人を見殺しにしやがって」という一言には敏感に反応し、カッと眼を剝《む》いた。高村は顔を紅潮させてなにかを口走りかけたが、すぐに思いとどまり、あとの言葉を飲み込んだ。気持ちを落ち着かせるように大きく息を吐き、そして神妙な口調でいった。

「私が同行していながら犠牲者を出してしまった。そのことについては申し訳ないと思っています」

高村は力なく眼線を落とした。それが頭をさげたようにも見えたので、一斉にカメラのフラッシュが焚《た》かれた。公僕が陳謝するシーンは貴重なシャッターチャンスということらしかった。それでも「申し訳ないで済むかよ！」という罵声《ばせい》が飛び、それに対して誰かが、「お定まりの〝遺憾の意〟じゃないだけ、マシじゃないの？」と揶揄《やゆ》するようにいった。

「警察は非を認めるわけですね？」と女の甲高い声が問い質《ただ》した。

「今のは警察側の正式な謝罪として掲載しますよ」

恫喝《どうかつ》じみた台詞《せりふ》を発したのは、件《くだん》の眼鏡の記者だった。まるで鬼の首を取ったような顔をしている。見かねた小穴が「皆さん、この場は正式な記者会見じゃないんですから、穏便に願いますよ」ととりなした。

「なにが穏便に、ですか。そんな呑気《のんき》なことをいってる場合じゃないでしょう」鋭い舌鋒《ぜっぽう》が小穴に向けられた。「対策本部の人たちは責任を自覚しているんですか」

「それは、まあ……」

小穴の眼が気弱に泳いだ。

「私の責任です」突然そう発言したのは凜子だった。「ヒグマが捕獲檻《おり》の中にいる間に躊躇《ちゅうちょ》せずに撃つべきでした。さもなければ、急いで退却するべきでした。高村さんに判断を求められた時、私が咄嗟《とっさ》に指示を出せなかったものですから」

「凜子さんのせいじゃありませんよ」と榊が泣きそうな顔でいった。「僕がうっかりイヌを放してしまったから、あの場が混乱してしまったわけで……」

「いや、危機管理対策を徹底できなかった僕の責任だ」と堺が悲痛な表情でいった。「弁解のしようもありません。犠牲者と遺族の方になんとお詫《わ》び申しあげたらいいか……」

「皆さんで庇《かば》い合って、なかなか美しい光景ですがね」と眼鏡の記者。「要するに、最初から対策本部の捕獲作戦自体に無理があったということですよね」

「責任、責任って、あんたらちょっとうるさかねえか」

とんでもない方角から声がした。記者たちの眼が一斉にそちらに向いた。人垣の背後、警察車輛《しゃりょう》のランドクルーザーのボンネットに躰を凭《もた》せかけて立っていたのは生駒だった。

「あなた、誰ですか」

「地元の人間だよ。あんたらがいう一般人さ。名乗るほどの者じゃねえよ」ふいに注目を浴びてしまった生駒はいささか肩肘張《かたひじは》った物言いをし、それからおもむろに記者たちを睨《ね》めまわした。「誰の責任ってことはないんじゃねえのか。責任があるとしたら、ヒグマなんて怪物をこの山に放したやつだろう。違うか」

「あなたは対策本部の人なんですか」

「いいや」

「だったら、余計な口を挟まないでください」

生駒が色をなした。

「おい、そこの眼鏡のアンちゃんよ、あんた、いったい何様のつもりだよ？　さっきから聞いてりゃあ、偉そうなことばっかりホザきやがって」

「なんだと？」

「人の不幸につけ込むことが、そんなに愉《たの》しいか。誰かを責め立てて、追いつめて、頭をさげさせることが、そんなに愉しいのかよ」

「ちょっとあんた、いい加減にしろよ。我々マスコミは、正しい解決策がなされているかどうか、それを……」

「やかましい！」と生駒は怒鳴った。興奮し、もはや引っ込みがつかなくなっているようで、ずかずかとテントの中に踏み込んできた。「あんたが持ってるそのペンがそんなに正しくて強いなら、そいつでヒグマをぶっ殺してこいや。高みの見物決め込んでやがるくせに、人のあら探しばっかりするんじゃねえよ」

「だいたい、わけのわからないことを……」

「なに、あんたらはなんなんだ？　大勢で押しかけてきて、我が物顔でこの場所を占拠しやがって。おれはな、ずっと気に喰わなかったんだよ。少しは遠慮ってものをわきまえたらどうだ。あんたらがここで当たり前のようにパクついている握り飯やお茶は、対策本部が用意したものだろう。イヌだって、食べ物をくれた恩義は忘れないっていうぜ」

「おい、口がすぎるぞ！」

「口が悪いのは性分でね。あんたは捕獲作戦に無理があるとかなんとかいってるが、当たり前の話じゃねえか。もともとこの山にはいちゃいけないものを捕まえようってんだぜ、なにをやったって無理は出てくるだろうが。そんなこたぁ百も承知の上でおれたちは手伝ってるし、対策本部の連中だって躰を張って働いてるんだ。それをあんたらは寄ってたかって……。お疲れ様ですとか、ご無事でなによりでしたとか、それくらいのことがいえねえのか」

「まあまあ、生駒社長」

小穴が近づいて生駒の肩を抱き、テントの外へ押し出した。その時、一瞬だが、高村と生駒の視線が絡み合い、そのあとで高村が微《かす》かな笑みを噛み殺すのを周平は見た。

眼鏡の記者は苦笑を洩《も》らし、「なんなんだ、あの人は？　ムチャクチャだな」と呟《つぶや》いた。

「お気を悪くなさらないでください」と榊が記者団にいった。「悪気のある人ではないんです」

「だいぶ〝悪気〟はあるように見えましたがね」

記者が混ぜっ返すと、榊は鼻白んだように沈黙した。

「おれも、生駒社長のいう通りだと思います」と周平が口を開いた。

榊が顔をしかめた。

「ちょっと三井さん……」

「いや、別にマスコミの皆さんに文句があるわけじゃない。責任の追及なら、あとでいくらでもできるということですよ。肝心なのは、眼先の問題——つまり、取り逃がしてしまったヒグマをどうするかということじゃないですか」

「その点は同感ですね。我々もぜひそこが知りたい」と眼鏡の記者がいい、堺に視線を遣《や》った。「先生、こういうことになっても果たして罠《わな》は有効なんですか」

堺が眼鏡を押しあげ、いった。

「ヒグマは捕獲檻に入った。それは事実なんですから、有効だということは実証済みじゃありませんか。これで遠隔監視が可能ということになれば、安全性も高まる。今日みたいな失敗は二度と犯しませんよ」

「ヒグマはドラム缶にもぐり込んで一度は痛い目に遭っている。とっくに山奥へ逃げ込んでしまったかもしれないし、まだ近くにいたとしても、これからは罠を警戒するんじゃありませんか」

「しばらくは警戒するかもしれないが、雨でも降って檻の周辺から人間の匂いや気配が消えれば、必ず捕まえられると僕は信じています」

堺は自分自身にいい聞かせているようでもあった。

「ということは、長期戦になりそうですね」

「ある程度の時間は必要になるでしょう」

「高村さん、警察は今後も民間人に協力を仰ぐんですか」

「協力は不可欠だと思いますが、どこかで線引きはしなければならないでしょうな。そのあたりの指針を早急に検討し、徹底させます」

「松本の自衛隊にでも頼んでさ、手っ取り早く始末してもらえねえかな？」テントの外の誰かがいった。「戦争するのが商売の連中なんだから、ヒグマの一匹や二匹、簡単に殺せるだろう」

眼鏡の記者が冷笑した。

「自衛隊はこんなところで火器を使用できませんよ」

「そうなのかい？」

「せいぜい空砲を撃って、ヒグマを追い払うことくらいですね、彼らにできることといったら」

「なんだよ、まったく役に立ちゃしねえな、自衛隊なんてものは」

「クマ追いはほんとうに無理なのかい？」と別の声が飛んだ。「精鋭部隊を組織してさ」

「危険ですよ」と堺が異議を唱えた。「それに、山の中でクマと追いかけっこをしても到底勝ち目はない。雪でもあれば足跡を追えるが、この時期のトラッキングはまず不可能です。僕は、これまで通り捕獲駆除で行くべきだと思います」

その時、消防車のサイレンの音が冷たい夜気を伝わって監視所にまで聞こえてきた。それとほぼ同時に、警察無線が高村の名を呼んだ。高村がハンドマイクを手にした。

「はい、こちら監視所の高村」

「駐在所の丹羽です。〈烏川キャンプ場〉で火災発生！　繰り返す。〈烏川キャンプ場〉で火災発生！　現在、コテージの一棟が炎上中。詳細は不明ですが、ヒグマが出没し、その混乱で起きた火事だという情報もあります」

高村の顔が青ざめた。

「負傷者が何人か出ている模様。私もこれから現場へ急行します。どうぞ」

「了解」

高村はハンドマイクを投げ捨て、一目散にランドクルーザーに駆け込んだ。監視所周辺が騒然となり、人々のシルエットが無秩序に入り乱れた。

第六部　対決

24　六月一日　須砂渡渓谷〈キャンプ場〉

「キャンプ場とは穏やかじゃねえな」ハンドルを握っている生駒がいった。「ヒグマの野郎、人里へ向かったってことか」

　助手席に周平、セカンドシートに凜子と堺を乗せたワゴン車は〈鳥川キャンプ場〉を目指して猛スピードで山道をくだっていた。

「てっきり山奥へ逃げ込んだとばかり思っていたのに、まさか下にくだるとは……」と堺が苦虫を嚙《か》み潰《つぶ》した表情でいい、力まかせに拳《こぶし》でシートを叩《たた》いた。「クソッ！　すべて後手後手にまわっている。もっと厳重にキャンプ場周辺を立ち入り禁止にしておくべきだった」

「でも、コテージはともかく、キャンプサイトになぜ人がいたのかしら？」と凜子が訝《いぶか》った。

「野宿は全面的に禁止されていたはずでしょう」

「いや、今日の昼間もいくつかテントを見たぞ」と生駒。

「マスコミの連中さ」と堺がいった。「なにしろこんな田舎に急に人が押し寄せたので、宿舎がない。泊まるところのない連中が自然発生的にキャンプをはじめたんだ。警察から注意を受けていたはずなんだが……」

「あいつら……」生駒が舌打ちした。「まったく、好き勝手しやがって」

〈烏川キャンプ場〉まであと百メートルに迫ったところで、夜空を焦がす火炎が見えてきた。さらに進もうとすると、赤灯を手にしている丹羽が駆け寄ってきて停止を求めた。丹羽は運転席を覗《のぞ》き込み、「申し訳ないが、車はここまでだ。路肩に停めてくれ」といった。生駒はいわれた通りに車を脇に寄せた。丹羽は監視所に集結していたマスコミ関係者が大挙して押しかけることを見越し、車や人の誘導に当たっていたのだ。丹羽のほかにも制服警官が何人かで交通整理に当たっており、後続車輛《しゃりょう》はすべて停められた。

車から降り立った生駒が訊《たず》ねた。

「丹羽さん、どうだい様子は？」

「たった今、放水がはじまったばかりだよ」丹羽は厳しい顔でいい、ちらと火災現場の方を振り返った。「風に煽《あお》られて隣の棟にも延焼しそうだ」

「なんでまた火事なんかに？」

「詳しいことはまだわからん。どうやらヒグマが最初にキャンプ場を襲い、そのままコテージの中へ駆け込んだらしい。出火したのはそのすぐあとだそうだ」

キャンプ場には木造二階建てのコテージが六棟並んで建っているが、燃えているのはキャンプサイトに一番近い右端の棟だった。林道沿いに消防車、救急車、警察車輌などが縦列駐車し、大勢の人間が蠢《うごめ》いている。怪我人が搬送されるらしく、一台の救急車がけたたましくサイレンを鳴り響かせて急発進した。

「ヒグマが現われたというのは、ほんとうなんですね？」と凜子が悲痛な表情で訊ねた。

丹羽は頷《うなず》いた。

「バーベキューをやっていたキャンパーが襲われました。私がちらっと見たところでも、確実にふたりは殺されています。負傷者は三名。ふたりは軽傷ですが、ひとりは肩を嚙まれてかなりの重傷です」

そうこうしているうちにも、車を乗り捨てたマスコミ関係者が血相を変えて傍らを続々と駆けくだって行く。丹羽が警笛を吹き、「ヒグマがまだ近くにいないとも限らないんだから、危険ですよ。車にいてください」と注意したが、聞き入れる者は誰もいなかった。

「しょうがねえなあ」と丹羽は溜息《ためいき》をついた。

「僕たちは現場に立ち入ってもいいですか」と堺が訊ねた。

「キャンプサイトの方に高村がいますから、訊《き》いてみてください。堺先生と山口さんはたぶん大丈夫だと思いますが」

四人は林道を走った。キャンプサイト周辺の木立ちには立ち入り禁止の黄色いテープが張り巡らされ、マスコミ関係者がその際にまで殺到していた。キャンプ場の真向かいにある温泉宿の宿泊客はただの火事騒ぎだと思っているようで、宿の駐車場や林道に野次馬も集まりはじめている。拡声器の声が「クマが出没しました。大変危険です。建物の中にお戻りください」と注意を促すと、その声に泡を喰《く》って逃げ出す者もいるにはいたが、それでもまだ呑気《のんき》に見物を決め込んでいる輩《やから》が大半だった。同じ拡声器の声が今度は「ここは緊急車輌が通過しますから、さがってください」と苛立《いらだ》ちを隠せない口調でいい、ついには「そこの人たちさがって。さがりなさい！」と怒鳴りはじめた。

押し合いへし合いするマスコミ関係者の間を縫い、周平たちは人垣の前に出た。立ち番の制服警官に堺が身分を告げると、相手は黙ってテープを持ちあげ、簡単に通してくれた。対策本部のＩＤカードを所持していない周平と生駒も難なくもぐり込むことができた。ヒグマが舞い戻ってくる可能性を考慮してのことだろう、銃を手にした猟友会のメンバーが緊張の面持ちで現場周辺を囲っている。

キャンプサイトには混乱の残り香が生々しく立ち込めており、いくつものテントやタープが無残に押し潰され、ひっくり返ったテーブルや椅子、デイパック、食器類、食べ物、ランタンなどがあたり一面に散乱していた。倒れたバーベキューコンロからはまだ炭火の白い煙が立ち昇っている。どうやらヒグマはここで暴虐の限りを尽くしたらしい。誰かに踏み潰されたと思《おぼ》しきＭＤラジカセがそれでも健気《けなげ》に曲を流していた。この場にはまったく不似合いな、周平も聞き覚えのある若い女性歌手のラブソングだ。しかし、次の瞬間、周平の眼はある一点に吸い寄せられた。いや、ほんとうは眼を背けたかったのだが、意識とはまったく裏腹に、彼の視線はそこに張りついてしまった。

人間の遺体らしきものが立ち木の脇に横たわっていた。

十メートルそこそこの距離にあるその物体は最初、ただの布切れかなにかに見えた。よもや、ついさっきまで生きて呼吸をし、もしかしたら笑ってさえいたかもしれない人間の肉体とは思えなかった。ハンターの遺体を見た時にも周平は同じような印象を持ったが、生命の灯が消え、魂の脱《ぬ》けた器は途端に存在感が薄くなり、自己主張を控えてしまうようだ。それで見すごしそうになった。いや、そうではなくて、ある種の危機回避本能というか、精神的緩衝器《ショックアブソーバー》みたいなものが働いて別物に錯覚させるのかもしれない。よくよく眼を凝らすと、それはやはり仰向《あおむ》けの姿勢で死んでいる人間に相違なかった。女だ。ハンターと同じように頭部に甚だしい損傷を蒙《こうむ》り、喉笛《のどぶえ》も抉《えぐ》られている。しかし、悲惨の極みといえるのは、彼女の場合は首から下、衣服を剝《は》ぎ取られた胴体部分だった。裂かれた腹部から腸が引き出され、まるで巨大な環形動物がもがき苦しみ、のたうちまわった末に力尽きたとでもいうような有様で地面に打ち捨てられていた。それは血のぬめりを帯びてぬらぬらと光り、見た眼にもまだ温みを孕《はら》んでいそうに思われた。周平は嘔吐《おうと》感に襲われたが、生唾《なまつば》を飲み込むことでどうにか耐えた。さらに、遺体の胸元が異様なまでに血で汚れているのは、左側の乳房が喰われているからだとわかった。遺体の傍らの赤黒い血の海に、真っ白いブラジャーが浮かんでいる。

「こいつはひでえ……」生駒もまたその忌まわしさゆえに眼が離せないといった様子で、遺体を凝視している。「まったく、なんてことしやがるんだ」

堺と凜子は、高村と鑑識係員の許しを得て遺体の傍らにしゃがみ込み、検分をはじめた。ヒグマに襲われた時、らしからぬ怯《おび》えをあらわにした凜子はもうそこにはいなかった。

「大したネエちゃんだぜ」と生駒が感心した。「よく近づけるもんだな、あんな死体に」

周平は沈黙を返した。生駒は気づいていなかったが、周平は息苦しさと閉塞感《へいそくかん》に襲われており、痙攣《けいれん》のような躰《からだ》の震えをどうすることもできないでいた。眼の前の無残な遺体と杏子の姿が重なり、ほとんどパニック状態に陥っていたのだ。

「周さん、見てみろよ。あっちにもあるみたいだぜ」

生駒が指差したところ、潰れたテントの脇にも人が倒れていた。こちらは遠眼にも明らかに男とわかる。女の遺体ほど激しい損傷は蒙っていないようだった。その向こうではコテージがまだ燃えつづけていた。鎮火するどころか、周囲の木立ちや藪《やぶ》に燃え移ってしまったらしく、火の手は大きくなったように見える。消防隊員たちの怒号が渦巻いている。まるで地獄の光景だと周平は思った。燃え盛る炎はさながら業火といったところか……。

その時、周平の背後でヒステリックに泣き喚《わめ》く女の声が聞こえた。振り返って見ると、キャンプ場の管理事務所の建物の前に数人の男女がたむろしており、ほとんど錯乱状態にあるといってよいひとりの女をほかの者たちが介護していた。周平の耳には幼い声のように聞こえたが、その実、女は三十近い年齢に見えた。周平は引きつけられるようにそちらの方へ向かった。生駒も、周平に従った。

「被害に遭われた方たち？」と周平が一団に声をかけた。

二十代らしき革ジャンの男が「ええ」と疲れた口調で答えた。

「その女性は怪我でもしているのかい？」

「いいえ」男はつかつかと周平の方に歩み寄ってきて、小声で囁《ささや》いた。「ひどい衝撃を受けてるんです」

男は哀れみの籠《こも》った視線を女に向けた。

「無理もないですよ。なにしろ、すぐ眼の前で知り合いがクマに喰い殺されたんですから」

女は膝《ひざ》を折って地べたに頽《くずお》れ、躰を震わせて泣き叫んでいる。この世には悲しみと恐怖しか存在していないとでもいうような悲痛な叫びだった。これほどまでに自制心を失い、恐慌をきたしている人間の姿を、周平は生まれて初めて見た。〈ニューヨーク・ヤンキース〉の野球帽をかぶった男が女の肩を抱き、「もう大丈夫。クマはいなくなったから、怖くないよ」と子供をあやすように声をかけていた。

「かわいそうに。病院へ連れて行ったらどうだい？」と生駒がいった。

「そうしたいんですが、警察の人が、事情を訊きたいのでここにいてくれっていうもんですから」

取り乱した女に気づいたらしく、高村が駆け寄ってきた。

「どうしました？」

「この人はどこかで休ませてやれよ」と生駒がいった。「神経がかなり参っちまってる。

気の毒で見ちゃいられねえよ」

高村は女を一瞥《いちべつ》し、頷いた。

「誰かが付き添って救急車で病院へ連れて行ってください」

野球帽の男に抱きかかえられ、女は林道の方へ立ち去った。

「さて……」と高村が残った者たちを見まわした。周平と生駒を除くと、男が四人、女がひとりいた。「あとで別の者が詳しくお訊《たず》ねすると思いますが、ヒグマが出没した時の状況と、火災に至った経緯について、ざっと教えていただけますか」

「はい」と革ジャンの男。

「お名前とお勤め先は？」

「〈週刊タイム〉の木嶋《きじま》といいます」

「ここでキャンプをされていたんですね」

「申し訳ありません。ご迷惑をおかけして。キャンプ禁止ということは知っていたんですが、まさかこんな下にまでクマが降りてくるとは思わなかったものですから」

「それはまあ、この際いいでしょう……いや、よくはないが、今さらそんなことをいってもはじまらない」と高村は仏頂面でいい、「早速ですが、コテージにいた人が無事に逃げたかどうかご存じありませんか」と訊ねた。

「私たち三人です」と女が答えた。

「ほう、あなたたちが？　それはよかった」と高村は安堵《あんど》の溜息をついた。「そちらもマスコミ関係の方ですか」

　女は頷《うなず》いた。

「〈テレビ東日本〉の取材クルーです。私はディレクターの相馬《そうま》といいます。もうひとり仲間がいるんですけど、その人は街へ買い物に行っています」

「ヒグマはコテージの中へ乱入したんですか」

「そうです」

「窓かなにかを突き破って？」

「いいえ。仕事で出入りが激しかったので、ついついドアを開けっ放しにしていました」

「ヒグマが入ってきた時、あなたたちは建物の中にいたんですか」

「ええ、全員がキッチンにいました」

「よく無事に逃げ出せましたね」

「ほんとうに間一髪でした。ただ、キャンプ場の騒ぎは聞こえていたので、いやな予感がして、なんとなく身構えてはいたんです。案の定、玄関先で大きな物音がしたと思ったら、動物の唸《うな》り声みたいなものが聞こえたので、反射的にキッチンのドアを閉めました。しばらく立て籠《こも》っていましたが、ヒグマにドアをぶち壊されそうになったので、三人とも慌ててキッチンの窓から逃げ出したんです」

「あれはすごい迫力だったな」女の同僚らしき小肥《こぶと》りの男がいった。「爪で引っ掻《か》いていたのか、齧《かじ》っていたのかは知りませんが、ガリガリガリって不気味な音がして、そのうちすごいパワーでドアを叩《たた》きはじめて……。まったく生きた心地がしませんでしたよ。もう少し気づくのが遅かったらと思うと、今でもぞっとします」

「いい判断でした」と高村はいった。「ところで、火元に心当たりは？」

「キッチンのコンロだと思います」と相馬は答えた。「料理中だったので、コンロをつけっ放しにしたまま逃げ出してしまったんです。たぶんヒグマがあのあとキッチンに入って、暴れたんじゃないかと……」

さっきの女とは対照的に、相馬というこのディレクターは気丈な女のようだった。興奮のせいか、いささか早口すぎるが、喋《しゃべ》り口調はしっかりしていた。

「ヒグマはそれからどうしました？」

「私は確認していません。とにかく逃げることで精一杯だったので」

「逃げましたよ」と木嶋が答えた。「僕ははっきり見ていました。コテージから煙が立ちはじめてすぐのことです。玄関から飛び出してきて、裏手の川の方へ走り去りました」

「鉄砲の音を聞いたような気がするけど、誰かが撃ったんじゃない？」と相馬がいった。

「鉄砲？　僕は気づかなかったですけどね」と木嶋。「コテージの中でなにかが爆発した音なんじゃないですか」

「そうかなあ？」

「時間を遡《さかのぼ》ってお訊ねしますが」高村がふたりの会話に割り込んだ。「最初、ヒグマはどっちの方角から現われたんです？」

「それがよくわからないんです」と木嶋が答えた。「あの時、このあたりは少しガスっていて、視界があまり利かなかったんですよ。僕たちは誘い合ってバーベキューをやっていたんですけど、そこに突然、ヒグマが音もなく幽霊みたいに現われて……」

誰かが高村の名を呼んでいた。その声に高村は生返事を返し、引きつづきキャンプサイトで人が襲われた時の詳しい状況や被害者の身元などについて木嶋らに問い質《ただ》した。直接、ヒグマに危害を加えられたのは三人。そのうち雑誌の女性記者とその同僚である男性カメラマンが殺され、新聞記者の男が肩を噛《か》まれて重傷を負った。ほかのふたりの軽傷者は、どうやら逃げ惑っている時に転倒したという程度のことらしかった。最初に襲われたのは新聞記者で、中腰になってコンロの炭火を調節していたところを、霧に紛れて近づいてきたヒグマにいきなり背後からのしかかられ、肩を噛まれたのだという。そのあと近くにいたカメラマンが横殴りに殴られ、腰を抜かして逃げ遅れてしまった女性記者が次の犠牲者となった。

木嶋によると、新聞記者とカメラマンへの攻撃は淡泊に見えたが、女性記者は倒されてからも執拗《しつよう》なまでに危害を加えられていたという。そのことは遺体の状況からも推し量れたが、骨を噛み砕くような音が聞こえたという木嶋の証言には、高村もさすがに顔をしかめた。逃げおおせた木嶋ら数人の男たちが駐車場の車に乗り込んで一斉にクラクションを鳴らしたり、ヘッドライトをパッシングさせたりしてヒグマを追い払おうとした。ヒグマは遺体から離れたものの、それでも未練がましくキャンプサイトを徘徊《はいかい》し、いくつかのテントを乱暴に物色したあげく、ふいに思いついたようにコテージへ向かったとのことだった。

高村が質問を浴びせている間に、コテージの火災は急速に衰え、鎮火しつつあった。炎は見えなくなり、濛々《もうもう》と沸き起こる白い煙だけが風に流され、低空で棚引いている。

「高村さん」制服警官が、高村を手招きした。「ちょっとよろしいですか」

高村が立ち去り、入れ替わりに凜子が近寄ってきた。疲れた声で、周平に「煙草、くれる?」といった。

周平は煙草を喫わないので、生駒が今時めずらしいハイライトを差し出し、「あんた、煙草を喫うんだな」といいながら百円ライターで火をつけてやった。

「三年ぶりです」と答える凜子の顔は青ざめていた。煙草でも喫わなければいられないという心境のようだった。煙を吸い込んだ彼女は苦痛とも恍惚《こうこつ》ともつかぬ表情を浮かべて唸り、「やっぱりきついなあ、ハイライトは」といった。そして、険しい眼をふたりに向け、

「死体、見ました?」と問うた。

「見たよ」と生駒が答えた。「ひでえな、あれは。女の人なんだろう?」

凜子は返事の代わりに溜息《ためいき》をついた。

「もうひとりは男性で、こちらは左顔面がありません」

「顔面がない?」

「爪でざっくり抉《えぐ》り取られているんです」

生駒はまるで自分がそうされたかのように顔を歪《ゆが》めた。

「でも、食べられてはいません。食害されているのは女性の方です」

「ずっと不思議に思っていたんだが」と周平がいった。「なんだかヒグマは女性ばかりを狙っている気がしないかい？」

「男だって殺されているじゃねえか」と生駒が異議を唱えた。

「いや、男が襲われたのはアクシデントみたいなケースじゃないですか。喰《く》われているのは女性ばかりでしょう」

「だとしたら、やっぱり女の肉の方が旨《うま》いってことだろう」と生駒がいった。いってしまったあとで、「いや、悪かった。ちょっと不謹慎な発言だったたな」と謝った。

「いいえ、社長のいう通りかもしれないわ」と凜子がいった。「あのヒグマは最初に女性の肉の味を覚えてしまったのかもしれない」

その〝最初〟が杳子だったということか——周平はそう考え、背中に悪寒を感じた。

「あるいは、匂いに惹《ひ》きつけられるのかも」と凜子がいった。

「匂い？」

「ほら、女は特定の日に血の匂いを発散させるでしょう」

「……ああ、なるほど、そういうことか」

「これはあくまで想像で、なんともいえないけどね」

生駒がふうっと大きく息をついた。

「しかし、よりによってどうしてここなんだ？　山はこんなにでっかいんだぜ。行くところなんかいくらでもありそうなのに、どうして堀金に居座ってやがるんだよ、ヒグマの野郎は？」

凜子は力なく首を横に振った。

「わからないわ」

難しい顔つきをした高村が戻ってきて、「ちょっとマズいことになったかもしれません」といった。

「どうしたんです？」

「相馬さんのいった通りでした。事件発生時、たまたまここを通りかかった猟友会のメンバーが、逃げて行くヒグマに向かって発砲していました。撃った男性によると、手応《てごた》えがあって、実際、ヒグマは一度はもんどり打って倒れたそうです。だが、すぐに起きあがって繁みに駆け込んだという……」

「手負いにしてしまったということ？」

「らしいですな」

次々と押し寄せる難題に神経が逼塞《ひっそく》状態になってしまったようで、高村はまるで他人事《ひとごと》のようにそう呟《つぶや》き、嘆息した。

「しっかりしてください、高村さん」と凜子が叱るようにいった。「ヒグマが人里に向かったら大変です。このままだと、北海道の苫前事件を上まわる大惨事になってしまうわ」

高村は我に返ったように表情を引き締めると、「これからすぐに避難勧告に当たります」といい残し、踵《きびす》を返して走り去った。

25　六月一日　穂高町離山

過日、養豚用飼料を隻眼のツキノワグマに喰い荒らされた穂高町離山の〈市原牧場〉にほど近い住宅地。その中でも烏川にもっとも近い区画に草間《くさま》茂雄《しげお》の家は建っている。松本市内の精密機械工場に勤務している茂雄の帰宅時間は遅く、妻とふたりの息子、そして茂雄の実母の四人で夕食を摂《と》るのが草間家の常となっていた。この日もダイニングキッチンで食事を終えると、妻の佐栄子《さえこ》は洗い物のためにシンクの前に立ち、中学二年生の長男はさっさと二階にあがって自室に籠《こも》り、小学四年生の次男と姑《しゅうとめ》はキッチンと隣り合っているリビングでテレビを見はじめた。ビデオテープの再生画像を見るように、いつもと寸分たがわぬ光景だった。

ただひとつ、いつもと違うことは、付近を巡回しているパトカーの拡声器が「近くにヒグマが出没しました。大変危険ですから、しばらくの間、外出は控えてください」と訴え、町の有線放送でも同様のアナウンスが何度か流れたことだった。いや、草間家の人々が気づいていないもうひとつの異変もあった。三十分ほど前から斜向《はすむ》かいの家の飼いイヌが間断なく吠《ほ》えつづけているのだ。しかし、そのイヌのやかましさは今にはじまったことではなく、隣近所はすっかり慣れっこになっているので、誰も気に留める者はいなかった。

「クマって、ニュースになっている例のクマでしょう？　怖いわねえ」

佐栄子が誰にともなくいった。次男の武彦《たけひこ》と姑のミツ江はバラエティ番組に夢中になっていて、佐栄子の言葉には反応しなかった。もっとも、ミツ江はただ漫然と画面に見入っているにすぎず、その内容を理解しているとは思えない。彼女は老人性認知症が進行しており、通常の感覚を保っている時間が日毎に短くなってきている。今のところは、孫たちも祖母の奇妙な言動を面白がっている程度だが、これで徘徊癖でも出てくれれば、一家に暗い翳《かげ》を落とすことになるかもしれず、佐栄子としては心痛の種ではある。しかし、彼女はあえて近い将来のことには眼を背け、（なるようにしかならないわ）と自分を慰めていた。

「むかぁし、じっさまと山菜採りに行った時、クマっこに抱きつかれたことがあったねえ」ミツ江が突然、大声で喋《しゃべ》りはじめたので、佐栄子はびっくりして振り返った。

「烏川《カラス》の小野沢《おのざわ》の土手に座って弁当を食べていたら、後ろからクマっこがのしかかってきたんだよ」

「嘘だぁ」と武彦は笑った。

「やつは勢いあまっておらの頭の上を飛び越して、すぐ眼の前でクルッとトンボ返りをして川に落ちて行ったんだ。じっさまも横でびっくりこいて、眼を丸くしてたよ」

「ほんと？」

武彦は興味を惹かれたようで、テレビ画面から一転、祖母の方に注意を向けた。

「だけんど、もっとびっくりしたのは当のクマっこの方さね。やつは川に嵌《は》まってしばらく尻餅《しりもち》をついたまきょとんとしていたが、あたりを見まわしておらたちと眼が合うと、慌てて向こう岸の藪《やぶ》に駆け込んだんだ。その慌てようといったら、気の毒なくらいだった。そこつもんねえ。おらとじっさまは思わず吹き出しちまったよ。ありゃ、とんだ粗忽者《そこつもの》だったな」

「おばあちゃん、怪我しなかったの？」

「なんも。おらは柄が小さいし、躰《からだ》がやっこいから、クマっこも手がかりが失くなっちまったんだろうねえ。あれえ、と思う間もなく、クマっこの方が勝手に転げ落ちていたんだよ」

武彦が「信じられねえ」と騒いで、けらけらと笑いこけた。

「じっさまは、クマっこがおらを好いて抱きついたけど、袖《そで》にされちまったって、えらく喜んでいたねえ」

「袖にされたってどういう意味？」

「二の沢の奥でもクマっこを見かけたことがあったねえ」ミツ江は孫の問いを無視し、細い眼を盛んに瞬《しばた》きながら話をつづけた。「おっきなオニグルミの木にクマ棚をこさえて、その上にちょこんと腰かけてさ、一心不乱に実を喰ってたよ。すぐそばにいるってのに、おらのことなんか気づきもしねえんだ。やつらはたらふく腹に入れんと冬を越せねえから、喰うのも必死さね」

「クマ棚ってなんだよ、おばあちゃん？」

「クマっこはそんなにおっかないケダモノじゃあないよ。おらはエテ公の方が嫌いだ。やつらは狡《ずる》っからいし、乱暴だしな」

「サルってそんなに乱暴なの？」

「じっさまは、クマっこのことを森の賢者だっていっとったぞ。ちゃんとものを考える学者みたいな眼をしとるんだとさ。実際、やつらは頭がよくて馬力もあるが、元来は物静かで臆病《おくびょう》な性分なんだ。なかなかひょうきんなところもあるしな。可愛いもんさね」

武彦は、嘘か真実かわからぬ祖母の話を喜んで聞いている。半分は労《いたわ》るつもりで、あとの半分はからかうつもりで、合いの手のように言葉を差し挟んでいるだけだから、嚙《か》み合わない会話も苦にしなかった。もともと心根の優しい子で、長男の裕太《ゆうた》に比べると祖母との交流を厭《いと》わない方だが、それにしても今夜は仲睦《なかむつ》まじく見える。話題が動物のことだからだろう。ふたりの様子を背中でうかがいながら、もしかするとミツ江の話は真実かもしれないと佐栄子は思っていた。年寄りの記憶のメカニズムというのは不思議なもので、遠い過去のことほど微に入り細にわたり覚えているものだ。惚《ぼ》けはじめたミツ江にしても例外ではなく、時折、聞いている者がハッとするほど過去の出来事を正確に描写してみせる。そんな時は、昔のミツ江に戻ることはないにせよ、惚けの進行が止まるのではないかという一縷《いちる》の希望を佐栄子は持つのだった。もちろん、そんなはずはないのだが……。

やがて武彦は、兄に「ゲームをやるぞ」と誘われて二階にあがって行った。残されたミツ江は茶を啜《すす》りながら、魂を吸い取られたような面持ちでテレビを見つづけた。

　そうして二十分あまりがすぎた。

「お客さんだよ」

　ミツ江の声に、キッチンで夫用の食事を温めはじめていた佐栄子が振り返った。

「呼び鈴、鳴りましたっけ？」

「裏にきているよ」とミツ江はいった。

「裏？　誰ですか」

「知らねえ」

　ミツ江は関心なげにいって、テレビから眼を逸《そ》らそうともしない。佐栄子は濡《ぬ》れた手をタオルで拭《ふ》き拭き、リビングを通って裏庭に降りるサッシの方に近づいた。警戒心などまったくなかった。田舎のことだから、隣近所の人間がずかずかと裏庭に入り込んでくることもめずらしくはないのだった。

「はあい、今、開けます」

　そういってサッシを開いた佐栄子の眼の前に、大きな黒い影がぬうっと現われ出た。フイゴを踏むような荒々しい呼吸音を聞き、濡れたイヌが発散させるようなひどく獣臭い匂いを嗅《か》いだと思った瞬間、佐栄子は後ろ向きに押し倒されていた。その時、彼女は鋭い爪で胸元を袈裟《けさ》斬りにされていたが、痛みはまったく感じなかった。ただただ烈風か怒濤《どとう》のごとく迫りくる暴力の気配に圧倒されただけだ。佐栄子の口からは「ひぃ」という小さな悲鳴しか洩《も》れなかった。恐怖を感じる暇もなく、彼女は首筋をヒグマに噛まれ、今度こそ激痛のあまり失神した。ヒグマは二度、三度と執拗《しつよう》に同じところを噛み直して獲物を完全に絶命させた。巨大な口が離れた時には、佐栄子の抉《えぐ》られた首筋の皮膚と肉片が牙《きば》に引っかかって垂れており、無残な傷口からはドクドクと大量の血液が吹き出していた。佐栄子のデスマスクは白眼を剝《む》き、口腔《こうこう》からは舌が飛び出していた。それからヒグマは牙や爪で衣服を乱暴に剝《は》ぎ取ると、柔らかい腹部の肉を喰《く》い千切った。ひとしきり味わうように厚い脂肪を咀嚼《そしゃく》したあと、牙で孔を穿《うが》って内臓を引きずり出し、リビングの床を血の海にした。いや、床だけではない。テーブル、柱、テレビにも血飛沫《ちしぶき》が飛び、それはミツ江の躰も汚した。ヒグマは血を啜り、腸を貪《むさぼ》り喰い、片手で軽々と佐栄子の躰を裏返すと、陰部の匂いを嗅ぐような仕種《しぐさ》を見せたあげく、今度は左大腿部《だいたいぶ》に齧《かじ》りついた。血の饗宴《きょうえん》は、主《あるじ》の茂雄が帰宅するまで三十分ほどもつづき、その間、ミツ江は傍らで石のように固まり、自分が失禁していることにも気づかず、賑《にぎ》やかなテレビの音と佐栄子の骨が噛み砕かれる音を聞いていた。

　茂雄は玄関の扉を開けた時から異変を嗅ぎ取っていた。そう、文字通り血腥《ちなまぐさ》い匂いを嗅いだのだ。慌ててリビングに踏み込んだ彼は、凄惨《せいさん》な光景を目の当たりにして危うく気絶しかけたが、ほとんど本能的にキッチンに置いてあった消火器を手にすると、奇声を発しながらヒグマめがけて噴射した。リビングが消火剤で真っ白になった。騒ぎを聞きつけた息子ふたりが二階から降りてきた時には、ヒグマは裏庭に逃走していた。

ヒグマはそのまま烏川に駆け戻って水に飛び込み、白い粉と異臭を洗い流した。それから岸にあがってブルブルッと全身を震わせて被毛の水を切ると、神経質そうに右前肢《まえあし》の付け根あたりを嘗《な》めた。そこには銃創があるのだった。キャンプ場でハンターに撃たれた時のものだ。致命傷にはほど遠いが、熱を持っていて不快この上もない。苛立《いらだ》ちに駆られたヒグマは低く吠《ほ》え、身を躍らせて一気にマツ林の斜面を駆けあがり、再び離山の住宅地に近い林道に舞い戻った。戻った途端、眼を射るような光に照らされ、彼の苛立ちはさらに募った。

すぐそばに煌々《こうこう》とナイター照明を点《とも》らせているテニスコートがあり、若い男女の屈託のない声が響いていた……。

26　六月一日　堀金村役場〈対策本部〉I

対策本部の事務机の上に行儀悪く腰かけて携帯電話で誰かと話していた高村が、「ご苦労さん」といって通話を切り、そばにいる堺、凜子、榊の顔を眺めまわした。

「病院詰めの署員からでした。運び込まれた新聞記者ですが、命に別状はないとのことです。嚙まれた肩の傷は決して軽くはないようですが、思いのほか出血量が少なかったことが幸いしました。ほかにも裂傷や頸椎捻挫《けいついねんざ》を負っているが、大したことはないらしい」

「それはよかった」

そう呟《つぶや》いたのは榊だった。堺と凜子は無言で、表情の険しさにも変化はなかった。キャンプ場ではふたりの死者が出ている。今はなにを聞いても喜べる心境ではなかった。

高村の尻《しり》の横にある仮設電話がけたたましく着信音を鳴り響かせた。受話器を取った高村は「なんだって？　ほんとうか」と顔色を変え、そのまま絶句した。今度は悪い報《しら》せのようだった。普通ではないその様子に、凜子たちも緊張の面持ちを浮かべた。しばらく黙って相手の話に耳を傾けていた高村は「四の五のいうな。とにかく退避を徹底させろ！」といい放って電話を切り、帽子を力まかせに机に叩《たた》きつけた。

「なにがあったんです？」と堺が訊《たず》ねた。

高村はその言葉を無視し、無線機のハンディマイクを取った。

「本部の高村から〈鳥川キャンプ場〉、本部の高村から〈鳥川キャンプ場〉、応答せよ」

束の間の沈黙にも高村は苛立ち、「誰か応答しろ！」と声を荒らげた。眼は異様に血走っている。

「……はい、こちらキャンプ場の丹羽です。どうぞ」

「川向こうの〈穂高テニスクラブ〉にヒグマが出没し、女性が襲撃された模様。一一〇番通報を受け、現在、パトカーと救急車が急行中。キャンプ場に最低限の人員を残し、ほかの者は直ちに鳥川渓谷橋を渡ってそちらに移動されたし」

「了解。すぐ向かいます」

「もうひとつ。居残り班は、キャンプ場周辺にいる野次馬やマスコミをひとり残らず建物の中に退避させること。現場は近い。ヒグマが舞い戻ってこないとも限らないから、彼らを一歩たりとも外に出すな。これは厳命だ。絶対に彼らを外に出すな。どうぞ」

「了解。ひとつ確認させてください。ヒグマは現在もそこにいるんですか。どうぞ」

「数分前の通報の時点では駐車場で女性を襲っていたようだ」高村は机上に広げてあった住宅地図を覗《のぞ》き込んだ。「駐車場は敷地の東側に位置している。移動班は南側テニスコートのフェンス沿いに接近してくれ。くれぐれも慎重にな。仮に襲撃がつづいていた場合は、ひとまず空砲や爆竹などでヒグマを追い払い、被害者の救出に当たること」

「了解」

「とにかく急げ！」と高村は怒鳴るようにいった。「以上。通信を終える」

　血相を変えた凜子がいった。

「現在進行形の話なんですね？」

　高村は頷《うなず》いた。

「ほかにも何人かテニスコートにいるようですが、フェンスに囲まれているので、とりあえず彼らは無事のようです。その中のひとりが携帯電話で通報してきたんです」

「どうしてのんびりテニスなんかしている人がいるんです？」と堺が色をなした。「警察の方で避難させなかったんですか」

「いや、あの地区でも繰り返しアナウンスをしていたが、彼らが受け入れなかったんです。ことの重大さがわかっちゃいないんだ」高村は苦り切った表情でいった。「それに、家の中にいても必ずしも安全というわけではなさそうだ。実は、その前に離山の人家が襲われ、主婦が喰い殺されています」

「えっ、ヒグマが家屋に押し入ったんですか」

「押し入ったどころか、しばらく家の中に居座って死体を貪り喰ったらしい。そっちには別働隊が現着していますが、目も当てられない有様だそうです」

部屋の中が冷たく静まり返った。

まるでその静寂を壊したくないとでもいうように、榊が小さく呟いた。

「いったい何人殺せば、気が済むんだ？」

「気が済むなんてことがあるのかね？」高村が虚空を睨《にら》みつけながらいった。「まったく狂ってやがる。あいつは完全に怪物になっちまったよ」

再び高村の携帯電話が鳴り、全員が一様に表情を強張《こわば》らせた。高村が通話ボタンを押して電話を耳にあてがった。やり取りは短く、高村は「わかった。役場の対策本部にきてくれ」といっただけで通話を終え、堺に告げた。

「うちの柳下がこっちにくるそうです。先生と山口さんにまたお話をうかがいたいそうなので、付き合ってやってください。私は現場に行ってきます」

高村は脱ぎ捨てた帽子をもう一度かぶり直し、足早にドアに向かった。

「私たちも一緒に行きます」凜子が、高村の背中にいった。「今はヒグマの駆除が最優先事項でしょう。柳下さんの件は、あとでもいいじゃないですか」

高村は振り返り、厳しい表情でいった。

「危険です。正直いって、向こうであなたたちに手伝ってもらうことはない。気を揉《も》まれるのはわかるが、ここからは我々の仕事ですよ」

「でも……」

「柳下にも柳下の仕事があります。そっちも重要だ。協力してやってください」

「……わかりました」と凜子は引っ込んだ。「状況は逐一、報せてくださいね」

「もちろん。無線か携帯で報告しますよ」

高村がドアを開けた。

「高村さん」と凜子がもう一度、呼びかけた。

「はい？」

「必ずヒグマを仕留めてください」

高村は黙って頷き、廊下の方に消えた。

それから柳下が本部にやってくるまでの十分間、堺も凜子もじりじりとした気持ちですごした。詮《せん》ないこととは知りつつも、ふたりは強い自責の念に駆られていた。生駒がどんなに庇《かば》ってくれようが、ヒグマの捕獲に失敗したことは紛れもない事実であり、その責任は自分たちにあると思っている。せめて現場に赴き、身を挺《てい》してでもこれ以上災厄が拡大するのを喰い止めたかったたし、できることならヒグマの最期をしっかと我が眼で見届けたかった。

そんな気持ちでいたので、柳下が部屋に入ってきた時、ふたりは期せずして親の仇敵《かたき》に出逢《であ》ったように彼を睨みつけてしまった。その視線に臆《おく》した柳下は一瞬、戸口で立ち竦《すく》んだ。それから部屋の中を見渡し、「高村は現場に出たんですか」と訊ねた。

凜子が小さく頷いた。

「ついさっき聞いたんですが、また犠牲者が出たらしいですね。これで四人目ですか、今日一日だけで」

柳下があらためて死者の数を口にしたことで、凜子の表情は殴られたように歪《ゆが》んだ。その上、今この瞬間もどこかの誰かが危機に瀕《ひん》しているのだ……。

「で、僕たちに話とはなんです?」と堺が訊ねた。その声には苛立ちと焦燥が滲《にじ》んでいる。

「はい、ちょっとお引き合わせしたい人がいまして」

柳下はそういい、部屋の外にいた女を引き入れた。凜子にはその女に見覚えがあった。三月に逢った時よりも陽に灼《や》けて、髪もずいぶん伸びていたが、ある種の齧歯目《げっしもく》動物を連想させるコケティッシュな顔つきは、小日向美樹のそれに違いない。

「小日向さんね」

凜子の言葉に、美樹は「その節はどうも」と小さく会釈した。柳下があらためて美樹を紹介し、四人は会議用の長机を囲んで腰かけた。

「刑事さんがわざわざこの人を連れてきたということは、やはり〈開田高原クマ牧場〉への嫌疑が濃くなったということですか」と堺が訊ねた。

「まだはっきりしません」と柳下はいった。「ですから、小日向さんとおふたりのお話を摺《す》り合わせる必要があると感じ、ここにお連れしました」

「おっしゃっている意味がわかりません。いったはずですよ、僕はクマ牧場のことはなにも知りません。お役に立てるとは思わないが……」

「そんなことはありません。山口さんは特に、です」

「私が？」

「あなたはヒグマを目撃したそうですね？」

「ええ。ほんの数メートルのところで」

「そんなに近くで？　よく無事に済みましたね」

「幸運でした」

「しかし、不幸中の幸いというかなんというか……目撃したのがあなたでよかった。あなたは動物の専門家だ。それほどの至近距離で見ていれば、ヒグマの特徴を覚えているんじゃないですか」

「ああ、そういうことですか。クマ牧場のヒグマを知っている小日向さんの意見と照合しようってわけですね？」

「そうです。堺先生も牧場を見学された時にヒグマをご覧になっているんでしょう？」

「見ることは見ましたが、はっきり覚えていませんよ。なにしろ十年近くも前の話だし、あの時、ヒグマはまだほんの子供で、薄暗い宿舎の中の檻《おり》に押し込められていて、僕はその前を足早に通りすぎただけですから」堺はそういい、美樹に訊ねた。「こういう会見が持たれるということは、つまり、きみもあのヒグマが牧場から逃げ出した可能性を否定できないと考えているのかい？」

美樹は困ったように眼を伏せた。

「それが……よくわからないんです」

「わからないってどういうことよ？」と凛子が鋭い口調で問い質《ただ》した。「ねえ、小日向さん、クマ牧場でいったいなにがあったの？」

「ちょっと事情がありましてね、彼女がわからないというのも無理はないんですよ」と柳下が代弁した。「その説明は後まわしにするとして、自分としては、まずは山口さんの目撃談からうかがいたいんですが」

「正直にいいます。私は木の上でひたすら怯《おび》えていました。あんなに怖い思いをしたのは生まれて初めてです。そういう精神状態でしたから、個体を特定できるほどの細部まで思い出せるかどうか自信がありません」

「可能な限りで結構です」と柳下はいい、美樹に向かって「あなたから話してもらった方がいいでしょう」とうながした。

美樹は頷き、「ついさっき、刑事さんにヒグマが映っているというビデオを見せられました」と口を開いた。「あれでは全体像がわかりませんが、毛色は茶色っぽく見えます。実際はどうなんでしょう？」

「茶色よ」と凜子は答えた。「というより、ビデオ映像よりもだいぶ赤茶けているように見えたわ」

ヒグマがスプレーの洗礼を受けて木から落下した時のことを思い出し、彼女は付け加えた。

「ちらっと見ただけで確信はないけど、四肢の付け根あたりからお腹にかけては白っぽかったような気がする」

「そうですか。では、タロウではありません」

「タロウ？」

「牧場にいた牡《おす》のヒグマです。タロウの毛色はヒグマにしてはめずらしく真っ黒で、ツキノワグマと非常によく似ています。そして、胸にはかなりはっきりとした月の輪も走っているんです」

「じゃあ、まったく別の個体だわ」

「でも、牝《めす》のユウコの毛色は明るい茶で、光線の加減では赤茶けて見えると思います」

「牝じゃないわ。前肢《まえあし》の掌幅が十七センチもあるのよ」

美樹は、その事実は今初めて知ったようだった。

「そうなんですか」

「渓流の近くで比較的新しい足跡を見つけて、私がメジャーで測ったの。間違いないわ。それに……」

「ちょっと待ってください」と柳下が割り込んだ。「今、おっしゃったことはどういう意味です？」

凜子が掌幅と雌雄の判別についての講釈を垂れると、柳下は「なるほど」と一度は頷《うなず》いたが、「しかし、それは絶対的な話ですか。並外れて大きい牝ということは考えられませんか」と疑問を呈した。

「ユウコは、ヒグマとしてはそんなに大型の方ではありませんでした」と美樹はいった。

「それに……」

凜子は、美樹の方に向き直った。

「私は専門家じゃないけど、クマって顔つきや躰《からだ》つきでなんとなく性別がわかるじゃない？」

「ええ、そうですね」

「あれは間違いなく牡だわ」

「ユウコの年齢は？」と堺が訊《たず》ねた。

「私が牧場を辞めた四年前の時点で、たしか……数え年でタロウが八歳、ユウコが六歳でした」

「ということは、完全なる成獣で、もう成長は止まっているな。例外的に牝が大きく育ったというようなわずかな可能性も消えるわけだ」堺は、柳下の方に顔を向けた。「これではっきりしましたね。クマ牧場から逃げ出したものじゃないですよ」

「ところが、そうともいい切れないんです」と柳下。

「どういう意味ですか」

柳下は答える代わりに、美樹の顔を見つめた。

「私も俄《にわか》には信じられないんですが……」

美樹はそう前置きし、堺も知らなかった事実を告げた。

27　六月一日　須砂渡渓谷〈テニスクラブ〉

会社のテニス同好会の活動に参加するため〈穂高テニスクラブ〉を訪れた江上優子《えがみゆうこ》は、駐車場に愛車を置いてクラブハウスの方へ歩きはじめたまさにその時、ヒグマと遭遇したのだった。まったく不運としかいえないタイミングだったが、今夜の彼女は必ずしもすべてのツキに見放されていたというわけでもなかった。優子自身はヒグマの接近に気づいていなかったが、先に到着してコートで練習をはじめていた仲間たちが大声で警告を発してくれたお陰で不意打ちを免れることができたし、ヒグマがコートの方に気を取られて立ち止まったため、その隙を衝《つ》いて逃げ出すことさえできた。瞬時に距離を目算した優子は、クラブハウスに向かうよりも車に駆け戻った方が賢明であると判断し、実際にそうした。

だが、突発的な彼女の動きがヒグマの注意を惹《ひ》いてしまった。興奮したヒグマが走り出した。その時点でもまだ優子の方に分があった。実際、彼女は数秒後に車に辿《たど》り着いていた。

にもかかわらず、焦った優子はそこで取り返しのつかない失策を犯した。スポーツバッグの奥深くにしまい込んだキーをなかなか探し出せず、ようやく探り当てて摘《つ》まみあげた途端、それを地面に落としてしまったのだ。

ヒグマが至近距離に迫った。もはや万事休すかと思われた。しかし、優子の運はまだ尽きていなかった。彼女は咄嗟《とっさ》に車の下にもぐり込んだが、その際に放り出した真っ赤なスポーツバッグがヒグマの足を止めた。塩化ビニール製のバッグはあっという間にズタズタにされ、ラケットやトレーニングウェアやタオルなどが散乱した。匂いのせいだろう、ヒグマはまるでそれが優子そのものであるかのようにトレーニングウェアに固執し、凌辱《りょうじょく》するような荒々しさで引き裂いた。やがてそれらへの興味を失ったヒグマは身を低くして車の下に頭を突っ込んだ。

優子の肩に触れるくらいに鼻づらが接近した。吐き気を催すような獣の匂いが優子の鼻孔を塞《ふさ》ぎ、身の毛もよだつ唸《うな》り声が彼女を絶望の淵《ふち》に追い込んだ。半狂乱になった優子は金切り声をあげながら身を回転させ、我を忘れてヒグマの顔を蹴《け》りまくった。か弱そうに見えた獲物の予想外の反撃にヒグマは往生し、顔を引っ込めた。そして、今度は前肢を繰り出して鋭い爪で獲物を掻《か》き出そうと試みた。優子は間断なく蹴りつづけ、そして叫びつづけた。

優子は運だけではなく、仲間にも恵まれていた。しばらく呆然《ぼうぜん》と成り行きを見守っていたコート上の三人の男女が、ヒグマを追い払おうとしてあらんかぎりの大声を出しはじめた。そして、女が携帯電話で警察に通報し、男のひとりが勇敢にもゲートを開けてフェンスの外に出てくると、ヒグマに向かって矢継ぎ早にサーブを放った。ボールはほとんど命中しなかったが、それでもヒグマの気を散らすくらいの効果はあった。ヒグマがうるさそうに男の方を振り返った。ヒグマの注意が自分の方に向けられると、男はさっとフェンスの内側に駆け込んだ。そんなやり取りが三回ほど繰り返された。そのため優子に対するヒグマの攻撃は散漫になった。しかし、彼らの精一杯の反撃もさすがにヒグマを追い払うまでには至らなかった。三人は騒いでいるだけで結局なにもできないのだということを見透かしたようで、やがてその巨獣は車の下の獲物を狩ることに集中しはじめた。

優子とその仲間たちにとっては長い長い悪夢の時間だった。しかし、実際は十分程度のことだった。いつの間にか男たちの一団が南側のフェンス沿いに近づいてきていた。制服警官が五人。オレンジ色のベストを身につけた猟友会メンバーが四人。一団の中には丹羽の姿もあった。フェンス越しに優子の仲間たちに現状を問い質した彼は、すぐさま爆竹に火をつけて放った。ほかの者も丹羽に倣って次々と爆竹を鳴らしはじめた。ヒグマは動揺し、攻撃の手を緩めた。次に空砲が夜空に鳴り響いた。さらに別方向から近づいてくるパトカーと救急車のサイレンの音……。

危機を察したヒグマは身を翻し、色鮮やかなペチュニアが咲き誇るレンガの花壇を飛び越えてクラブハウスの前庭に駆け込んだ。動きは迅速で、ナイター照明を受けて銀色に輝く巨軀《きょく》が疾走する様はさながら一陣の風のようだった。丹羽たちはフェンスに視界を遮蔽《しゃへい》される位置に陣取っていたので、銃に実弾を込めていた猟友会の男も逃げるヒグマを狙い撃つことはできなかった。石畳のプロムナードを通ってクラブハウスを迂回《うかい》したヒグマは、裏山の木立ちの中に消え去った。

野生の荒々しい気配が消えたテニスコートを静寂が覆った。ナイター照明の青白い光がなにやら夢幻のごとき空間を演出していて、つい今しがたの喧騒《けんそう》までもが虚像であったかのような錯覚を人々に抱かせた。車の下から洩《も》れ聞こえてくる女の泣き声だけが生々しい現実だった。

丹羽を先頭に制服警官が一斉に駆け寄って車の下から優子を引きずり出した。ヒグマの襲撃に必死に耐えた彼女だが、スカート姿ではさすがに無傷では済まなかった。両脚にいくつもの裂傷を負い、膝《ひざ》から下が鮮血に染まっていた。そして、なにより精神がひどく傷ついているようだった。丹羽がしっかりと優子を抱き締め、「もう大丈夫ですよ」と励ました。彼女は幼子が母親に取り縋《すが》るように丹羽の躰に必死にしがみついて病的に震えた。眼は正気を失ったように異様に見開かれ、頬は涙でびっしょりと濡《ぬ》れ、その口からは意味不明の叫び声が洩れていた。丹羽は自分の温みを相手に与えるように背中を撫《な》で擦《さす》り、「もう大丈夫。もう怖くない」と繰り返し耳元に囁《ささや》いた。

そこにパトカーと救急車が到着し、少し遅れて高村が運転するランドクルーザーが駐車場に滑り込んだ。救急隊員が押してきたストレッチャーに優子は載せられた。彼女の脚の傷は数こそ多いものの、どれも深手ではなさそうだった。狭い空間だったので、ヒグマも思うように力を込められなかったようだ。

救急隊員がコートの方に叫んだ。

「ふたりまでなら同乗できますから、どなたか一緒にきてください」

フェンスの内側でも、優子と同じ年端の女が恐怖と安堵《あんど》のあまり泣き崩れていた。男ふたりが目配せし合った結果、ついさっきヒグマめがけてサーブを放った男が優子の付き添い役として同行することになった。

救急車がふたりを飲み込んで走り去ったあと、丹羽が高村に報告した。

「ヒグマは裏山に逃げ込みました。どうせならここで仕留めたかったんですが、なにしろあっという間のことで……」

「いや、仕方ない。女の子が救かったんだ、ここはこれで良しとしよう」と高村はいった。

「しかし、厄介なことになりましたね。ここまで降りてきたんじゃ、もう山の上の罠《わな》は意味をなさんでしょう。だからといって、追跡しようにも、この暗さではどうにもならない。闇そのものを相手にするようなもんだ」

高村は難しい顔つきで、ヒグマが逃げ込んだという裏山の闇を見つめている。

「明日の朝一番で、山狩りを敢行しますか」と丹羽が判断を仰いだ。

「そんな悠長なことはいってられんよ。やつは狂っている。今からでも人家を襲うかもしれん。実際、もう襲っているんだ」

「えっ？」

高村は、離山で起きた惨事を丹羽に伝え、「これ以上、やつを下には行かせたくない」といった。

「やつは人里にくだりますかね？」

「そう思って対処した方がいい。ここより下の主要道路に人を配置して監視させよう。それに橋も、だ。川づたいにくだる可能性もあるからな」

「今の人員ではどうにもなりません。応援を要請してください」

高村はランドクルーザーの窓越しに無線機を取り、その旨を各方面に通達した。


周平と生駒は、丹羽が置き去りにして行ったジムニーの中で警察無線の交信に耳を傾けていた。場所は〈烏川キャンプ場〉の下、丹羽たちがテニスコートに向かうために渡った烏川渓谷橋の袂《たもと》だ。「直ちに車で帰宅するか、キャンプ場の管理棟の中へ避難してください」という警察側の勧告を、ふたりは黙殺した。周平としては、ハンターが殺された一件で萎縮《いしゅく》してしまった警察がことさらに民間人を遠ざけているように思われ、すっかり蚊帳《かや》の外に置かれた気分だった。たしかに銃も扱えない自分など無力に等しいが、それでも現場の前線にとどまりたかったし、最新情報にも触れていたかった。丹羽の車なら無線を聞けると踏んで、生駒を誘って無断でここに忍び込んだのだった。

「……どうやら逃げられたらしいな」と生駒が無念そうにいった。「離山の草間んところのかみさんが殺されたようだし、こいつはえらいことになっちまったぞ」

「草間という人をご存じなんですか」と周平が訊《たず》ねた。

「あそこの次男坊とうちの倅《せがれ》が同じサッカー・チームに入ってるんだ。気の毒になあ。かみさんは器量よしで、気立てもいい女だったのに……」

生駒は舌打ちし、やり切れないというように首を横に振った。

無線ではさっきから怒声ともつかぬ声が盛んに飛び交っている。

「高村たちも相当焦っているようだな」と生駒がいった。「投光器がどうのこうのっていってるが、警察は夜通し非常線を張るってことかい？」

「そのようですね。人里に向かわせたくないんでしょう」

「だけど、効果があるのかね？　ヒグマなんざぁ、どこを通るかわかったもんじゃないぜ。夜の闇に紛れて動きまわられたんじゃ、人間の方がお手あげだぞ。恐怖の一夜ってやつになりそうだな」

「一夜で済めばいいんですが……」

周平は窓の外の暗がりを見つめながら呟《つぶや》いた。

「しかしよ、人間なんてからっきし弱いもんだよなあ、周さん。いくら兇暴《きようぼう》だっていっても、相手はたった一匹の獣なんだぜ。これだけ大勢の人間が出張ってさ、知恵を出し合ったり、大層に銃なんか持ち出してきても、ずっと振りまわされっ放しじゃねえか。犠牲者の数を増やす一方じゃねえか」生駒は大きな溜息《ためいき》をついた。「あいつはいったいなんなんだろうな？　神様だか悪魔だかの使いなのかね？」

「神も悪魔も関係ありませんよ。これはほぼ間違いなく人災なんですから」

「そりゃそうなんだろうが……」

「どこかの飼い犬が逃げ出し、小学生を噛《か》み殺したとしましょうか。それでも社長はそんなふうに考えますか」

「しかしなあ、キャンプ場のあの惨状を見せられると、なんだか途轍《とてつ》もない悪意の存在を感じちまうよ。周さんも見ただろう？　人間の最期があんなに無残なものであっていいはずがない。ありゃ、惨《むご》すぎる。人間の尊厳なんてものは断片もないじゃねえか。やられた本人はもちろん気の毒だが、ああいうものを見てしまったおれたちもなんだか試されているというか……罰を受けているような気がするんだよ。〈人間よ、驕《おご》り高ぶるな〉っていわれている気がするんだよ」

生駒はめずらしく深遠な表情で闇を見つめた。

と、その時、周平はその同じ闇の中に微《かす》かに動くものを見たような気がした。川の対岸、整備された遊歩道を右から左にゆっくり移動している影がある。周平は窓を開けて身を乗り出し、眼を凝らした。

「どうした、周さん？」

「……橋の向こう側になにかいます」と周平は小声でいった。

「野郎、舞い戻ってきやがったか」生駒も前傾姿勢になってフロントガラス越しに橋の向こうを見た。「よく見えないが……ヘッドライトを点《つ》けてみようか」

「驚かさない方がいいかもしれません」

周平には見えていた。影は明らかに大きな獣のもので、落ち着きなく首を振って円を描くように徘徊《はいかい》している。

「ヒグマです。間違いありません」

生駒はそわそわしはじめた。

「どうするよ、周さん？」

「丹羽さんたちを呼び戻しましょう」

「呼び戻すたって、警察無線を勝手に使ってもいいもんかね？」

「携帯は持っていませんか」

「そうか」

生駒は作業着のポケットから携帯電話を取り出した。

「本部に連絡すれば、丹羽さんたちに……」

「いや」生駒は周平の言葉を遮った。「丹羽さんの番号ならメモリーに入ってるんだ」

橋の向こうでは、ヒグマが天空の匂いを嗅《か》ぐように高鼻をかかげた。そして、ゆっくりと橋の方に近づいてきた。

28　六月一日　堀金村役場〈対策本部〉II

「仔《こ》グマがいただって？」堺は驚いた。「そんな話は初耳だ。タロウとユウコの間にできた子供なのか」

「そうです」と美樹は頷《うなず》いた。「牧場が閉鎖される前の年の二月はじめに生まれました。そのこと自体は別に秘密でもなんでもなかったんですが、牧場側が積極的に広報しなかったので、あまり世間には知られなかったんです」

「堺先生はほんとうに知らなかったんですか」と凜子が訊ねた。

「ああ。そんな報道を見た覚えはないし、その頃はもう僕のところにはクマ牧場が発行していた季刊誌も送られてこなくなっていた。だから知る機会がなかったんだ」

「〈やまおやじ通信〉ですね。あれは、経費を節減しろという本社の意向でとっくに廃刊になっていました」

「牧場の経営は相当苦しかったということなんだね？」

「はい。本社の締め付けが異常なほどに厳しくて、ずっとギスギスした雰囲気でした。餌《ペレット》の購入費まで削られてしまって、たぶん不足分は秋吉場長がポケットマネーで補っていたんだと思います」

「なんだ、それじゃあ企業の体を成していないじゃないか」と堺は憤った。「秋吉さんもお気の毒に。夢や志をあのクマ牧場に託したはずが、そんなことになってしまうとは……。さぞかし辛《つら》かっただろうな」

堺は同じ道の研究者である秋吉千賀子の不遇に心底同情を寄せているようだった。しかし、感傷はすぐに嚙み殺した。

「ところで、生まれた仔グマは牡《おす》だったのかい？」

「雌雄一対の双子でした」

「双子か……。で、牡の方がなんらかの事情で逃げ出し、北アルプス山中で生き延びたと、きみはそう考えているのか」

「タロウでもユウコでもないとしたら、そうとしか考えられないんじゃないかと……」

「だけど、逃げ出すことなんて可能なの？」と凜子が訊ねた。

「普通では考えられないことです」

「〝普通〟じゃないことが起きたのね？」

「……ええ、そういう話を聞きました」

「聞きました？」凜子は、美樹の言葉尻《じり》を捉《とら》えて鋭く問うた。「あなたが直接見たり、体験したことじゃないの？」

「小日向さんはその年の九月から翌年の三月まで――牧場が閉鎖される直前ですね――栃木の方に出向していて、帰ってくるやいなや即刻解雇されたんですよ」柳下が事情を詳しく説明した。「……とまあ、そんなわけで、当時の牧場の様子はよくご存じないんです」

「そうだったの……。で、あなたは誰からなにを聞いたわけ？」

「牧場を辞めたあと、松本市内で偶然、あそこの清掃員だった人と逢《あ》ったんです。アスラニア・ザールさんというイラン人で、最後まで牧場に居残ったひとりなんですが、彼がいうには、あそこでは信じられないほどひどいことが行われたようなんです」

「だから、いったいなによ？」

「ヤクザみたいな連中が牧場を占拠して、債権回収のためなのか遊び半分なのか知りませんが、狩猟マニアの人たちから高いお金を取ってハンティングをさせたらしいんです」

「なんですって？」

「放牧場に数頭ずつクマを放して、それを追いかけまわして片っ端から撃ち殺したそうです。残酷で愚劣な狩猟ゲームですよ。世の中には鉄砲を撃ちたくてたまらない人や、鳥なんかでは満足できずに大型哺乳類《ほにゅうるい》や猛獣を殺したがる、そういう病気みたいな人たちがいるんだそうですね。何十人も人が集まったそうです。それで、殺したクマの毛皮や熊の胆は全部ヤクザみたいな連中が持ち去ったとのことでした」

凜子は呆《あき》れて言葉も出なかった。

「牧場内に大量に遺棄されたのは毛皮を剝《は》がれた死体だったというわけか……」堺は大きな溜息をつき、倒れ込むように背凭《せもた》れに躰《からだ》を預けた。「まったく狂気の沙汰《さた》だな」

「そんなことを黙認したんですから、牧場も本社もとことん腐り切っていたんだと思います。メチャクチャになっていたんだと思います」

「他人事《ひとごと》みたいにいわないで！」と凜子が声を荒らげた。「伝聞だろうがなんだろうが、そのことを知っていて今まで黙っていたあなたも同罪でしょう。なぜ告発しなかったのよ？」

美樹は殴られたように肩を竦《すく》めた。

「ザールさんにも口止めされていたし……変に騒ぎ立てて妙な人たちに眼をつけられるのも怖かったし……正直、あの牧場のことは早く忘れてしまいたかったし……誰にも相談できなくて……」涙声になった。「ほんとうに申し訳ありません」

凜子は興奮を鎮めるように息をつき、「大きな声を出してごめんなさい」と詫《わ》びた。それから美樹の肩にそっと手を置いて訊《たず》ねた。

「ということは、タロウもユウコもその時に射殺されたわけ？」

「ザールさんからはそう聞きました。彼は、牧場のクマがすべて殺されたといったんです。でも、刑事さんと話しているうちに、もしかしたらザールさんが勘違いしたか、それこそなにかの手違いがあって、ほんとうはタロウかユウコのどちらかが逃げたのかもしれないと思いはじめたんです。山口さんのお話を聞いて、結局そうではなかったとわかったんですが……」

「それにしても、問題のあるそんな施設を、県や村や保健所はちゃんと監督していたのかしら？」

「動物管理法は、動物愛護法として改正されたあとも行政側の定期的な監視などは求めていない。事前に状況を把握することは難しかったかもしれないな」と堺はいった。

凛子は、打ち萎《しお》れている美樹にあらためて訊ねた。

「あなたは、その時のどさくさに紛れて仔グマが逃げ出したと考えているの？」

「そうかもしれないですし……」

美樹はそういって少し考え込んだ。

「どうしたの？」

「これは私の想像なんですけど……」美樹は充血した眼を凛子に向けた。「仔グマはずっと牧場の敷地内にとどまっていたのかもしれません。その騒ぎがあった時も、ひょっとすると牧場が閉鎖されたあとも」

凛子は眉根《まゆね》を寄せた。

「どういう意味よ？」

「冬ごもり実験場です」

堺が弾《はじ》かれたように躰を起こした。

「仔グマは冬ごもりをしていて難を逃れたっていうのかい？」

「今日の今日まで、私もそんなことは考えてもみませんでした。仔グマたちも殺されてしまったんだろうと勝手に思い込んでいました。でも、思い出したんです。私が栃木に行く前、秋吉場長が〈せっかく子供を授かったんだから、ヒグマの冬ごもりのデータも取ってみたい〉とおっしゃっていたのを。今思えば、解雇をいい渡されたあの日も私は仔グマの姿を確認しているわけではありませんし、時期的にも冬ごもりシーズンと重なります。そういうことを考え合わせると、あり得ないことではないんじゃないかと……」

「クマ牧場の惨状を聞いてしまった今となっては、どんな事態が起きていたとしても不思議ではないという気はするが……。しかし、そうなると、秋吉さんは冬ごもり実験をほっぽり出して失踪《しっそう》してしまったことになるよ。それはちょっと考えにくいことじゃないかな」

「失踪の事実そのものを、私は疑っています。ほんとうは秋吉場長の身になにかよくないことが起きたんじゃないでしょうか」

堺は苦悶《くもん》するように「う〜ん」と唸《うな》り、再び背凭れに倒れ込んだ。

「そして誰もいなくなった牧場に仔グマだけが取り残されたというわけか……」

「秋吉さんのことは警察にまかせるとして、質問をクマのことに絞るわね」と凜子がいった。「私はヒグマのことには詳しくないんだけど、牧場で生まれ育った当歳子《とねっこ》が実際に単独で冬ごもりなんてできるものなの？」

堺が代わりに答えた。

「それは逆だよ。牧場で生まれ育ったからこそできるんだ。人工飼育された個体は栄養状態がいいから、野生の個体に比べてかなり早熟だし、躰も大きくなる。体力的にはまったく問題ないのさ」

美樹も同意するように首肯した。

「実際、私が栃木に行く直前に計量した時は、仔《こ》グマたちの体重は優に三十キロを超えていて、おそらく冬ごもりに入る頃にはツキノワグマの中型の成獣くらい……六、七十キロにはなっているだろうと秋吉場長は予想していました。あとは仔グマがお気に入りの穴を見つけたり、自分で穴を掘ったりできるかどうかなんですが……」

「そうだ、それを聞きたかった。僕は昔、炭焼き小屋を借りてツキノワグマの冬ごもり実験を試みたことがあるが、クマ牧場の冬ごもり実験場というのはどういう造りになっていたんだい？」

「見学の時にご覧になりませんでした？」

「いや、僕が招待された時にはあそこはまだ未完成だった」

「基本的には放牧場と同じで、コンクリートに囲われているんですが、そこに土砂を運び込んで人工の築山《つきやま》を盛ってありました。切り株や洞《うろ》のある木やササなんかも植えて、なるべく自然のフィールドに近い環境を造ってあったんです」

「しかしだよ、放牧場と同じ構造だというなら、クマが逃げ出すことは不可能だろう。壁はかなりの高さがあるし、穴を掘り進んでも地面の下はコンクリートなんだから。しかも、冬ごもり明けとなれば、体重も体力も相当落ちているはずだ。脱出を試みるより先に、実験場の中で餓死してしまうのがオチじゃないかな？」

「私も最初は不可能だと思いました。でも、〈のぼりべつクマ牧場〉で起きた昔の事故のことを刑事さんに指摘されて……」

「どんな事故だったの？」と凜子が訊ねた。

それについては柳下が口早に説明した。

聞き終えた凜子は、柳下から美樹に視線を移した。

「冬ごもり実験場が雪で埋まったかもしれないっていうの？」

美樹は頷《うなず》いた。

「木曽といえども、融雪も除雪もしないで放っておけば、それくらいの積雪量になると思うんです。特に日陰になりやすい壁際あたりには吹き溜《だ》まりもできるでしょうし……。だとすれば、簡単に壁を乗り越えることができたかもしれません」

堺が得心したように腕組みし、「こりゃ、冬ごもり実験場を調べてみるべきだな」と呟《つぶや》いた。「冬ごもり穴が残っていて、そこから体毛やなにかしらの躰の組織が採取できれば、DNA鑑定で個体を特定できるかもしれない」

「やりましょう」と柳下が膝《ひざ》を打った。「皆さんもぜひご協力ください」

凜子が厳しいまなざしを柳下に向けた。

「刑事さん、小日向さんは重大なことをいってるんですよ。彼女の仮説が当たっているとすれば、もう一頭、牝《めす》のヒグマが逃げ出したかもしれないという疑いが生じるんです。そういうことでしょう、小日向さん？」

美樹はまるでそれを認めたくないというように暗い表情で頷いた。

29　六月一日　烏川渓谷橋

「丹羽さんか。すぐこっちに戻ってきてくれや！　……えっ？　ああ、おれは生駒だよ。今な、眼の前にやつがいるんだよ。……ヒグマだよ、ヒグマ！　とにかく大急ぎで……」

生駒は興奮しており、電話口での説明も要領を得なかった。

見かねた周平が電話を替わり、口早に伝えた。

「丹羽さん、三井です。おれたちは烏川渓谷橋のキャンプ場側の袂《たもと》にいるんですが……」

「どうして三井さんたちがそんなところにいるんです？」電話の向こうの丹羽が詰《なじ》るような口調でいった。「あれほど避難してくださいと……」

「時間がありません。お叱りも質問も一切なしで聞いてください」周平は大声を出して丹羽の言葉を遮った。「今、ヒグマは橋を渡ってこちらに向かってきています。これは千載一遇のチャンスですよ。こちら側の退路を断ってヒグマを橋の上で立ち往生させれば、きっと仕留められます。一刻も早く鉄砲撃ちの人を差し向けてください。お願いします」

「退路を断つって、どうやって？　それに三井さんたちは大丈夫……」

周平は一方的に電話を切った。こちらの身を案じてくれている丹羽には気の毒だと思ったが、とにかく今は分秒を争う時だった。

ヒグマは橋の半ばあたりまでくると立ち止まり、川の上流方向を振り仰いだ。すぐそばに二段の堰堤《えんてい》があって水が瀑布《ばくふ》状に流れ落ちており、そこから舞ってくる霧のような水滴が心地好《よ》いのかもしれないし、キャンプ場を取り囲んでいる常夜灯かコテージの灯が視界に入り、それが気に障ったのかもしれない。あるいは、殺戮《さつりく》の限りを尽くし、それがゆえに人間どもに追われることになった自らの運命を憂えたのかもしれない。

「なんてでかさだ」闇に眼が慣れたらしい生駒がようやくヒグマの全体像を視認し、怖気《おぞけ》をふるった。「あんなもんに襲われたら、そりゃ人間なんてひとたまりもないわな」

「これ以上、あいつをのさばらせるわけにはいきません。ここで逃がしたら、悲劇がまた繰り返されてしまう。この橋で仕留めるべきですよ」

「退路を断つとかいってたが、どうするつもりなんだよ、周さん?」

　周平は返事をしなかった。

「なあ、周さん……」

「テニスコートからここまで、丹羽さんたちはどれくらいの時間でこられますかね?」

「そうだな……走り詰めに走って、三分ってところか。いや、しかし、若くない連中ばっかりだから、もう少しかかるかもしれないぞ」

「少なくとも三分間、あいつをここに釘付《くぎづ》けにしなければ……」

「だから、どうやって?」

「……考え中です」

「おいおい、今、考えてるのかよ?」

周平はまず車をぴったり橋に横づけにして進路を塞《ふさ》げないかと考えたが、それは不可能な話だった。烏川渓谷橋は遊歩道に繋《つな》がる歩行者専用の橋で、袂には車輌を進入させないための真鍮《しんちゅう》製のポールが立てられている。それに邪魔されて完全には塞ぎ切れず、隙間ができてしまうことは明らかだし、今、ここで車を動かせば、驚いたヒグマは向こう岸に逃げてしまうだろう。どちらにしても、ヒグマを橋の上にとどめておくことはできそうにない。どうする？

ヒグマがこちらを向いた。首をさげ、躰《からだ》を左右に揺すっている。文字通り、競走馬でいうところの〝熊癖《ゆうへき》〟というやつだ。競走馬の場合は退屈した時に見せる仕種《しぐさ》だといわれており、人間でいえば〝貧乏揺すり〟のようなものかもしれないが、実際にクマがそれをやると、ひどく不穏な感情の顕《あら》われのように思われた。苛立《いらだ》ちや怒りに駆られているように見えるし、抑《うっ》えようのない暴力衝動の前兆のようにも見える。逆に感情などとは一切無縁の所業で、虚ろな狂気に身を委《ゆだ》ねているだけのようにも見える。それとも、彼はやはり退屈しているのか。人殺しには飽き飽きしたとでもいうのだろうか……。

「動き出したぜ」と生駒が臆《おく》したような声を出した。

ヒグマがまた歩きはじめた。当然のごとくジムニーは視界の中に捉《とら》えているだろうが、そこにふたりの人間がひそんでいることには気づいていないようだった。ついさっきテニスコートでひと騒動を起こしてここまで逃走してきたわりには、ひどく落ち着き払っているように見え、歩みはゆったりとしている。それでもあと二十メートルほどで橋を渡り切ってしまう。

「どうするよ、周さん？　このままやりすごすのか」

十五メートル……十メートル。

「周さん……」

五メートル……ヒグマはこちら側の岸に辿《たど》り着きそうだった。

次の瞬間、周平は車のヘッドライトをハイビームで点灯した。フロントガラスの向こう側の闇が溶け、仄白《ほのじろ》い視界が浮かびあがった。光芒《こうぼう》に射られたヒグマはビクッとして立ち止まり、半身の姿勢を取った。瞳《ひとみ》の虹彩《こうさい》が放つ不気味な光も、今は彼の驚きと恐怖を表わしているように見えた。しかし、ヒグマはすぐに立ち直って威嚇の態勢に転じた。前肢だけで軽く跳ねてドスンと橋板を鳴らす動作をつづけざまに三度繰り返し、そして吠《ほ》えた。低く尾を引くような咆哮《ほうこう》が夜気を震わせる。周平はヘッドライトをパッシングさせ、さらにクラクションを鳴らした。ヒグマの恐怖心が蘇《よみがえ》ったようで、彼は身を翻して尻《しり》を向け、橋を戻りはじめた。周平は反射的に足許《あしもと》に置いてあったリュックサックを手にすると、ドアを開けて外に飛び出していた。

「なにするんだ、周さん？」生駒が叫んだ。「おい、よせ！」

生駒の制止を振り切り、周平は橋に駆け寄った。

「待てっ！」

人間に呼びかけるように周平は怒声を放った。ヒグマは反応しなかった。一目散に逃走し、あっという間に橋を渡り切って向こう岸に達していた。このまま逃がしてしまったのでは意味がない。周平は焦り、自分の存在を知らしめるべく「ホウ、ホウ、ホウ」と奇声を発した。ヒグマは首を振ってこちらに注意を向けたが、周平が期待したほどの興味は示さず、ちらと一瞥《いちべつ》しただけで、すぐにまた進行方向の山の斜面に眼を向けた。マツ林に逃げ込もうとしているようだった。

「ホウ、ホウ、ホウ！」

周平の声が夜の渓谷に谺《こだま》した。ヒグマが今度は躰ごとこちらを向いた。橋を挟んで、人間と獣が対峙《たいじ》した。その距離は五十メートル。

「こっちにこい！」と周平は大声で叫び、自分の胸を叩《たた》いた。「ここに餌があるぞ。ほら、こっちにきて喰《く》えよ！」

ヒグマは、まるで周平の意図を察知し、周平の背後の闇になにかよからぬ企《たくら》みが隠されているのではないかと疑ってでもいるように、立ちあがってこちらを凝視した。立つと、その巨大さが際立った。

「なにしてるんだ？　さっさと喰いにこい！」

周平はそう叫び、急いでリュックサックから十メートルあまりの麻ロープとカラビナを取り出した。ロープの一方の末端をもやい結びで自分の腰に括《くく》りつけ、一方の末端には8の字結びで輪を作ってカラビナを掛けた。右手でカラビナを、左手で束ねたロープを握った。ヒグマは常態の姿勢に戻り、頭を低くして上目遣いに周平を見ている。睨《にら》み合いがつづいた。まったく遮蔽物《しゃへい》のないところでヒグマと対峙しているというのに、不思議と周平に恐怖心はなかった。ヒグマとの距離はあるし、いざとなったら車に駆け込めばいい。たしかにそういう計算もあったが、なにより気持ちの昂《たか》ぶりが恐怖を忘れさせていた。是が非でもこいつはここで倒さねばならない。そのためには、橋におびき寄せねばならない。睨みながら、周平は胸の裡《うち》で様々な言葉を相手に投げかけていた。

——どうして襲いにこない？　怯《おび》えているのか。こっちは丸腰なんだぞ。それとも、おれが男だから気が乗らないのか。おまえはほんとうに女しか喰わないのか。やはり杏子を殺したのもおまえなんだな？　杏子はおまえの血肉になったのか。えっ、どうなんだ？

ヒグマは動かない。

周平の焦りが募った。このタイミングで丹羽たちが駆けつけたら、ヒグマは脱兎のごとく背後のマツ林に逃げ込んでしまうだろう。動け！　動いて、橋を渡れ！　周平はそう念じた。

やはりヒグマは動かない。

——そっちがこないなら、こっちから出向いてやる。

周平は橋板に足をかけた。ヒグマを睨み据えながら、ゆっくりと前に進む。

「あんた、気でも違ったのか。無茶すんな！」

生駒が窓から身を乗り出して叫んだが、周平は聞く耳を持たず、そのままさらに歩を進めた。

「どうして襲ってこないんだ？」周平は今度ははっきりと声に出した。「橋を渡ってこっちにこい。おれを殺すことなんか簡単だろうが」

ヒグマは苛立ったような唸《うな》り声を発した。しかし、相変わらず動こうとはしなかった。

「いやに慎重じゃないか。おまえらしくもない」周平は喋《しゃべ》りつづけた。「どうした？　何人も殺したくせに、今さらなにを躊躇《ちゅうちょ》してやがる？　さあ、杏子にしたことを、おれにもしてみろよ」

「周さん、戻ってこい！　殺されちまうぞ」

背後の生駒の声は、もはや周平の耳には届いていなかった。一瞬、周平は殺されても構わないという気になった。杏子と同じ血肉になるのも悪くはないという気になった。だから、「さっさと殺して、このおれを喰え！」という叫びは哀願のようにさえ聞こえた。しかし、実際にはそれが周平の昂ぶりの頂点であり、橋の中間地点に差しかかった時にはどうしようもない恐怖心に襲われた。背中に悪寒が走り、脚が震えはじめた。生物としての本能が、周平にある臨界点を教えていたのだ。自分は今、明らかにヒグマの安全圏を侵犯し、守勢と攻勢が逆転する境界線を踏《ふ》み越えようとしている……。そこからは本物の勇気が必要になった。恐怖に押し潰されそうになりながらも周平はさらに一歩、また一歩とヒグマに近づいた。ヒグマはグルッグルッと喉《のど》を鳴らして耳を伏せた。明らかに緊張の度を増している。それでもなお周平に襲いかかろうとはしない。あたかも橋に戻ることが己の運命を暗転させると感づいているように……。

――おまえはいったいなんなんだ？

周平は、さっき生駒が洩《も》らした言葉をそのまま相手に投げかけていた。血に飢えて、血に狂い、血に踊らされたかと思えば、まるで人間の心を見透かしたように振る舞いやがって。おまえはなぜここにいる？　どうして人間を襲うんだ？　おまえに宿っているのは神なのか、それとも悪魔なのか……。

周平の歩みが鈍った。彼はいよいよ焦り、そしてジレンマに陥っていた。一度は心の昂ぶりのままに命を投げ出しても構わないと思った。ところが、予期せぬ静かな展開の中で次第に死を恐れる気持ちが支配的になってきた。間もなく丹羽たちが駆けつけてくれる。そうすれば、自分は死なずに済む。しかし、眼の前の巨獣は再び暗闇に逃げ込み、人間にとっての脅威となりつづけるだろう。こうして橋の上に立つに至った自分の企みや行動はまったく無意味になる。とんだ茶番になってしまう。それでもいいのか……。そこで周平はふと思い出した。堺はいっていなかったか。動物には逃げるものを反射的に追う習性がある、と。周平は突然踵《きびす》を返し、ヒグマに背を向けて走り出してみた。

すると、ヒグマが猛然と周平を追いはじめた。堺の言葉通りだった。ジムニーでは生駒が「逃げろ、逃げろ！」と叫んでいる。しかし、周平はすぐに立ち止まって後方を振り返った。そして、カラビナを橋のワイヤーに掛けた。

「周さん！」

生駒の声はほとんど悲鳴になっていた。

その時、周平は見た。川沿いの遊歩道をこちらに向かって移動してくる光の群れを。丹羽たちの懐中電灯やヘッドランプの光に違いなかった。

ヒグマは岩雪崩のような勢いで突進してくる。もはや警戒心も躊躇もない。獲物に狙いを定めた野獣の走りだった。

「さあ、喰え」周平はそう呟《つぶや》き、欄干に足をかけた。「喰えるもんならな」

ヒグマが眼の前に迫った。「フォー」とひと声唸って立ちあがったかと思うと、そのまま惰性で前のめりになり、鋭い爪で獲物を引き裂こうとした。間一髪、周平は欄干を乗り越え、激流に向かって飛び降りていた。すぐにロープが伸び切り、周平の躰《からだ》は橋の下で宙《ちゅう》吊《づ》りになった。墜落の衝撃がまともに腰を襲い、周平は呻《うめ》いた。頭上のヒグマは飛翔《ひしょう》した獲物の行方を追って欄干から身を乗り出し、憤怒《ふんぬ》の声をあげながら手を繰り出した。周平のところに届くはずもなかった。

「撃て！」周平は声を限りに叫んだ。「丹羽さん、今だ！　撃ってくれ」

瞬間後、一発目の銃声が轟《とどろ》いた。そして二発、三発……。ヒグマは、ジムニーを停めてある岸の方に駆け出した。橋の下からでもその動きは感じ取れた。狙撃《そげき》に失敗した？　周平が失望に飲み込まれそうになった時、ヒグマは脚がもつれたように脱力し、横転した。男たちの歓声があがった。「まだ生きてるぞ」「すぐに近づいちゃいかん」「とどめを刺せ」といった叫び声や怒号が渦巻いたあと、さらに二発の銃声が鳴った。束の間の静寂の後、「死んだか」と誰かが大声で訊《たず》ねた。「死んだ、死んだ。頭にぶち込んだ」と誰かが唄《うた》うように叫び返した。さらなる歓声が渓谷に響き渡った。その間、周平は入り乱れる男たちの足音を頭上に聞いていた。しばらくして三人の男が欄干越しに顔を覗《のぞ》かせた。

最初に声を発したのは丹羽だった。

「三井さん、大丈夫ですか」

「怪我はありませんか」と問うたのは高村だ。

「心配させやがって。周さん、あんた、いくらなんでも無鉄砲すぎるぞ」生駒が泣き笑いの顔でいった。「一時はどうなるかと思ったぜ。おれは、あんたが本気であいつの餌になろうとしているんじゃないかって……」

まんざらその気がなかったわけでもないんですよ——周平は喉にまで出かけたその言葉を飲み込み、「社長、申し訳ありませんが、おれを引きあげてもらえませんか。自力であがれるような力は残っていないので」といった。

三人は協力してロープを引きあげた。

橋にあがった周平に、生駒が抱きついた。

「やったな、周さん。あんたがやっつけたんだ。奥さんの仇敵《かたき》を討ったんだ」

生駒は感極まってほんとうに泣き出した。周平は曖昧《あいまい》な微笑を返し、夥《おびただ》しい血を流して倒れているヒグマの方を見た。とどめを刺したらしいハンターがことさら勝ち誇ったように死骸《しがい》に足をかけ、ほかの男たちもその周囲で勝利の余韻に浸っている。ついさっきまで怒濤《どとう》にも岩雪崩にも化身した赤褐色の禍《わざわい》の獣は、薄汚れた毛皮を纏《まと》う哀れな肉塊と成り果てていた。

気のせいか、周平の眼にはヒグマの躰がひどく小さくなってしまったように見えた。

エピローグ――六月十七日　長野県木曽郡開田村西野川付近

〈開田高原クマ牧場〉のパーキングにはパトカーや灰色のワゴン車といった警察車輛《しゃりょう》のほかに、凜子のエスクードも駐《と》まっていた。周平はその運転席に座り、堺と凜子が戻ってくるのを待っていた。ふたりは一時間ほど前に警察関係者と一緒に施設内に入ったが、一般人の周平だけは同行を許可されなかったのだ。

初めて木曽の地を訪れた周平は、杳子と自分が終《つい》の栖《すみか》と定めた安曇野に比べて風景がずいぶん暖かく感じられるなと思った。国道十九号を南下してきたのだから、当然のごとく季節の進行は早い。そして、梅雨の到来を予感させるどんよりとした曇り空がかえって温室効果をもたらし、下界を心地好《よ》い暖気で包んでいることもたしかだ。しかし、そういった気象的な理由ではなく、眼に映るものすべてがなぜか「温《ぬく》み」を感じさせるのだ。それは「懐かしさ」といい換えてもよい。山や川や田畑や家並みが――さらにいえば、路傍にただじっと佇《たたず》んでいる人の姿さえもが――こぞって懐かしさを醸し出している。木曽路ふるさとにはまさに万人にとっての故郷を具現化したような風景が残されているのだった。

――木曽にあるものは、どれもこれも古さに繋《つな》がっている。

誰かがいった言葉を周平は思い出した。そして、今もなおこの土地は古さを育《はぐく》んでいるという気がした。

そんな風景の中にあって、西野川の畔《ほとり》にある〈開田高原クマ牧場〉はやはり場違いな異物としかいえなかった。その荒廃ぶりは四年という歳月以上のものを感じさせるが、古さというよりは滅びの痛ましさが死臭のように立ち昇っている。そこは、いってみれば丘陵地を丸ごと建造物にしてしまったような造りになっており、パーキング、事務室や展示室やレストランなどが入っていたと思われるロッジ風の大きな建物、露天のイベントスペース、クマ宿舎、放牧場、展望台などの施設が斜面沿いに上へ上へと展開していた。それぞれの施設は屋根のある渡り廊下や階段で繋がっていて周回コースになっているのだが、勾配《こう ばい》はきつそうだし、すべての施設を巡るとなるとかなりの距離を歩かされることになりそうだった。ただし、駐車場と展望台の間には直接行き来できる小さなケーブルカーが設置されていたようで、今は錆《さ》びついた軌道だけが往時の名残をとどめていた。廃墟《はいきょ》と化したレジャー施設ほどうらぶれて見えるものはないが、特にここはコンクリートやセメントの陰鬱《いんうつ》な色が目立つせいか、あるいはその造りのせいか、さながら敵の襲撃を受けて無残に陥落してしまった山砦《さんさい》のように見えた。

事件以降、堺と凜子がここを訪れるのは二度目だった。一度目は六月三日のことで、警察からの協力要請を受けたふたりは、小日向美樹とともに冬ごもり実験場を調べた。そして、二頭のヒグマが冬ごもりをしたと思われる穴を発見した。その穴のひとつから採取された体毛がDNA鑑定によって射殺された牡《おす》グマのものであると断定された。実験場にはヒグマの死体は見当たらなかったから、やはり牝《めす》の方も逃走したと断じざるを得なかった。美樹の推察が裏付けられたということだ。ところが、その時の調査が思わぬ余波を呼び、堺と凜子は再びここに足を運ぶことになった。かねてより事件の発端となった木曽を訪れたいと思っていた周平は、そのことを凜子から報《しら》され、この日の運転手役を買って出たのだった。

さらに三十分ほど待ったところで、ようやく堺と凜子が施設のゲートから出てきた。周平は車から降り立ってふたりを迎えた。

「もういいのかい？」と周平は訊ねた。

浮かぬ顔の凜子が小さく頷《うなず》いた。

「私たちは御役御免。あとは警察の仕事だわ」

「で、どうだったんだ？」

訊《き》くまでもなく、凜子の顔色を見れば、おのずと結果は知れていた。

「想像通りよ。冬ごもり穴からそう離れていない場所で見つかったわ」

「先日も結構、地面を掘り返したんですがね、そこだけが狙ったように手つかずだった。まったく盲点でしたよ」と堺がいった。

凜子が助手席に乗り込んだので、周平も運転席に戻ろうとした。ドアを開けて屈《かが》み込んだ途端、腰に電気が走った。周平は「うっ」と小さく呻き、顔を歪《ゆが》めた。

凜子が気づき、「大丈夫？」と心配そうな顔を向けた。「運転、替わりましょうか」

「いや、大丈夫……」そういいかけて、周平は意地を張るのをやめた。「そうだな、やはり替わってもらおうか」

結局、周平はリアシートに収まって躰を横たえた。先日の墜落時に痛めた腰がまだ完治していないのだ。だいぶ恢復《かいふく》してきたと思っていたが、今日の長距離運転の影響でまた痛みがぶり返した。

「年甲斐《としがい》もなく無茶するからよ」と凜子がからかった。

「しかし、骨や内臓を痛めなくてよかったですね」助手席に乗り込んだ堺が後ろを振り向いていった。「十メートルも墜落したんだから、相当な衝撃だったはずだ。しかも、伸縮性の少ない麻ロープに繋がれていたんでしょう。よくその程度で済みましたよ」

「自分を囮《おとり》にしてヒグマをおびき寄せるなんてムチャクチャだわ。まかり間違ったら、ほんとうに殺されていたかもしれないのよ」

「あいつはだいぶためらっていたぞ。そんなにまずそうに見えるかね、おれは？」と周平は軽口を叩《たた》いた。

凜子は車首を飛騨高山方面に向けた。野麦峠《のむぎ》を越えて乗鞍経由で帰りたいと堺が希望したためだ。ヒグマが辿《たど》ったかもしれない道筋を想像し、それをなぞるつもりでいる。ドライブもただのドライブでは終わらせない、彼は根っからの研究者だった。

「さっきの話のつづきなんだが」とリアシートの周平が口を開いた。「結局のところ、あそこではいったいなにがあったんだ？　誰かが実験場に死体を遺棄したということかい？」

「いや、あの状況からすると、埋めたのはおそらくヒグマでしょう」と堺が答えた。

「ヒグマが？」

周平はますます混乱した。

過日、堺たちが冬ごもり実験場で採取した様々なサンプルから人間の頭髪と骨の断片らしきものが検出されたことが、新たな騒動の発端だった。それらはヒグマが排泄《はいせつ》した糞《ふん》の中に含まれていたものと推察された。そして、大方の予想通り、今日の立ち入り調査で地中から白骨化した人間の死体が出てきたのだった。

「その死体が秋吉さんであることは間違いないんですね？」と周平は堺に訊ねた。

「ええ、疑いようがありません」と堺はいい、死体と一緒に衣類の一部や腕時計、それに注射器なども見つかっており、身元確認の材料には事欠かないのだと告げた。

「おれにはまったく状況が飲み込めないんですが……」

「僕らにだって実際のところはわからないですよ。ただし、秋吉さんを死に至らしめたのはヒグマではなさそうだ」

「というと？」

「頭蓋骨《ずがいこつ》に銃創が認められるんです」

「銃創？　誰かが秋吉さんを撃ち殺したということですか」

堺は頷いた。

「それらしきライフルの弾丸も発見されました」

「警察は、その弾から犯人に辿り着けるんですかね？」

「銃の種類はある程度まで絞り込めるし、そうすれば所有者を割り出せるだろうと、県警の人はいってましたね」

「しかし、さっき先生は、死体を埋めたのはヒグマだと……」

「ええ、そういいましたよ」

「よくわからないな。犯人が死体を埋めたんじゃないんですか」

「その可能性は低いと思いますね。人間ならもっと深く穴を掘って、ちゃんと後始末をするはずです。そもそも、いずれ再開発の手が加わるかもしれない土地にわざわざ自分が殺した人間の死体を埋めるような真似はしないでしょう。リスクが高すぎる。犯人はおそらく秋吉さんを撃ったという自覚も、実験場に死体があるという認識もなかったんじゃないかな」

「認識がなかった？」

「秋吉さんはたまたま実験場にいて、運悪く流れ弾に当たってしまったんじゃないかと思うんですよ。もちろん今の段階ではなにも断定できないし、すべては想像の域を出ないわけですが……」

凜子のエスクードは木曽街道を西の方角にひた走っている。道沿いの川に一羽のシラサギが立ち込んでいて、魚を狙っていた。

「警察の人とも話したんだけど、たぶんこういうことじゃないかしら」と凜子が口を開いた。「狂ったハンティングが行われたその日、秋吉さんは冬ごもりの最中だったヒグマの双子を薬殺しようとして実験場に足を踏み入れたと思うの。それだけは自分の手でやらなければならないと考えたんじゃないかな。落ちていた注射器の中身はおそらく硝酸ストリキニーネだったでしょう。ところが、そこに流れ弾が飛んできて彼女の頭に命中した。誰も秋吉さんがそこに倒れていることに気づかず、そのうち春先の雪が死体を覆ってしまい、ますます行方がわからなくなってしまった。だから、〈信越観光開発〉側はほんとうに彼女が失踪《しっそう》したと思ったのかもしれない。牧場のお金が失くなったのは明らかにほかの人の仕業で、秋吉さんに濡《ぬ》れ衣《ぎぬ》が着せられたんだわ。そうこうしているうちに、実験場では人知れずヒグマたちが冬ごもりから目醒《めざ》めた。彼らはすぐに逃げ出したわけじゃなく、しばらく実験場の中にいて体力の恢復を待ったんだと思う。それとも牧場を離れることが怖かったか……。冬ごもり明けでお腹が空きはじめた彼らは、実験場に植えてある木の若芽や葉っぱ、小枝や樹皮、ことによるとスゲ類やコケ類なんかを食べたかもしれない。冬ごもりの間は忘れていた食べる喜びがふつふつと蘇《よみがえ》ってくる。でも、それは同時に彼らに飢餓感を思い出させることにもなったはずだわ。実験場の食べ物なんかすぐに尽きてしまい、彼らは雪を掘り起こしたんでしょう。すると、そこに秋吉さんの死体が出てきた。皮肉なことに、自分たちを殺そうとした人の死体を食べて、ヒグマたちはどうにか生き長らえたのよ。明け二歳の子供でもヒグマはヒグマ。死体を保存するために、あらためて土の中に埋め直したんじゃないかしら……」

凜子お得意の想像だったが、周平はまたもその話に引き込まれ、実験場の悲劇をまざまざと見たような気がした。

「そして、体力の恢復した彼らはある日、一大決心をして牧場から脱出したというわけか」

「たぶんね」

「ヒグマは最初から人の肉の味を覚えてしまったんだな。だから人間を襲うようになったんだろうか」

「でも、逃げ出してから数年間はなにもしなかったのよ。少なくとも、それらしき事故は報告されていないわ」

「性的ストレスが暴力衝動に転化したのかもしれないな」と堺がいった。「ヒグマは満三歳くらいで発情するといわれている。殺された牡グマも性的には十分成熟していたわけだ。しかし、当然ながらペアは組めないわけだから、彼は相当苛立《いらだ》っていたんだと思う。もちろん理由はそれだけではなく、もっと複合的なものだと思うが」

堺は眼鏡のブリッジを指で持ちあげると、ふと遠い眼つきになって御嶽山の方角を見遣《みや》った。

「クマ牧場でほんとうはいったいなにがあったのか、秋吉さんを殺したのは誰なのか……それを調べるのは警察の仕事だが、僕たちにも残された宿題があるな」

「牝《めす》の行方ですよね？」

「うん。警察も県も対応に苦慮している。堀金村の悲劇を繰り返さないとも限らないわけだからね。かといって、あまり騒ぎ立てると、登山者や観光客の足が鈍るんじゃないかと心配するムキもある」

「さっき県警のお偉方と、そのことでなにか話していませんでした？」

「ああ、調査隊を組織できないかと相談されたんだよ。今度の件では僕も責任を感じているから力になりたいのは山々だが、果たして行方を突き止めることなんてできるかな？」

周平が呟《つぶや》いた。

「もう一頭のヒグマもまだ生きていますかね？」

それは誰にも答えられないことだった。クマ牧場から逃げ出したのは疑いようのないことだが、はたして生き延びることができたのか。仮に生き延びたとすれば、どこに向かい、今はどこにひそんでいるのか……。

「ヒグマの寿命はどのくらいなんですか」と周平は質問を重ねた。

「たしか、飼育下の最長記録が四十歳だったと思います。野生のものでも二十年以上は生きるんじゃないかな。しかも、人間と同じで、牝の方が長寿ときている。厄介な話ですよ」

「その牝が、殺された牡《おす》の近くにいたということは考えられませんか」

「逃げ出してからしばらくは行動をともにしたかもしれないが、いつまでも一緒にいたとは思えませんね。野生の本能で、親兄弟とはことさら距離を取ろうとするはずですから。親グマの根城である牧場から離れ、牡グマとも袂《たもと》を分かって、遠くに旅立ったんでしょう」

その旅先で牝グマが引き起こすかもしれない悲劇を想像したのか、はたまた彼女の旅そのものの苦難を思ったのか、堺の表情が暗く翳《かげ》った。

「僕たちはこれからしばらく本来の自然界にはあり得ない脅威を感じつつ山に入ることになるんでしょうね。しかも、それは幻かもしれない……」

「〝不自然〟も自然の内とはいえないかしら？」と凜子がいった。「奥さんを殺された三井さんの前でこんなことをいうのは気が引けるけど、私はヒグマたちに同情しているの。ううん、もっと正直にいえば、驚かされているし、感動さえしているの。コンクリートに囲まれた牧場で生まれた仔《こ》グマが、親グマや人間の手を借りずに必死に生き延びたのよ。自分の力だけを頼りに成長したのよ。命は健気《けなげ》で逞《たくま》しいものだと再認識したわ。それを歪《ゆが》めてしまうのは、やはり人間の愚かさなのよ。逃げ出した牝グマは、もしかしたら山や自然を畏怖《いふ》する気持ちを私たちに思い出させる存在になってくれるかもしれないわ」

「どうやらきみの方が立派な動物学者らしい」と堺はいった。「事件の顚末《てんまつ》を知ったあとも、きみは〝命〟に思いを馳《は》せている。僕は今、まったく違う考えに囚《とら》われていたよ」

「違う考え？」

「僕はなんだか、あのヒグマが秋吉さんの亡霊だったような気がするんだよ。彼女は肉体を供してヒグマに命を吹き込んだだけではなく、自分の怨念《おんねん》までもヒグマに宿してしまったんじゃないか。そんなふうに思えて仕方ないのさ」

だとすれば、その怨念はいまだ浄化されず、山中を漂っているのかもしれない——三人は同じ思いに囚われながら山脈《やまなみ》を見つめ、むっつりと黙り込んだ。

三人の視界を遮るように、木曽路に雨が降りはじめた。

〈了〉

ファントム・ピークス——幻の山を越えて見えたもの

映画監督　黒沢　清

僕が初めて北林一光さんに出会ったのは一九九一年で、彼は当時、別の名（もちろん本名）で映画の宣伝会社に勤めていました。

まだバブル期が続いていて、西友がアメリカのサンダンス映画祭と提携し、毎年「サンダンス・フィルム・フェスティバル・イン・トーキョー」を開催していました。その映画祭では、毎年日本から若手監督を一人選び、ユタ州にあるサンダンス・インスティテュート（ロバート・レッドフォードが主宰）が行うジューン・ラボに送り込む選考会を行っていました。僕は当時ディレクターズ・カンパニーという映画製作会社に在籍し、『カリスマ』の脚本を書き上げてみたけれど、製作費がなかなか集まらない状況でした。そこで、この脚本をサンダンスのジューン・ラボの公募にダメもとで応募したんです。正直言って、まったく期待していませんでした。

やがて合格通知が届き、候補の一人に選出され、たいそう驚いたのですが、応募規定は、アマチュアではなく商業映画を撮ったプロの若手監督を対象にしていたので、さほど狭き門ではなかったと思います。僕を含めた四人ぐらいが面接を受け、最終審査を経て、何と僕が選ばれたんです。

そしてジューン・ラボに送り込む様々な手配や世話をしてくれたのが、北林さんが勤務していた映画宣伝会社でした。北林さんは開口一番「黒沢さんが受かって、ほんとに嬉《うれ》しいです」とおっしゃってくれたんですが、僕は逆に受かってしまって、この後どうすればいいんだろうと不安でいっぱいでした。すると北林さんはすぐに「まず英語を勉強しましょう」と言われ、さっそく「英会話ならあそこがいいですよ」と、こと細かにアドバイスしてくれたことを覚えています。「授業料が高いので……」と躊躇《ちゅうちょ》してたら「その心配はいりません」と。

一九九二年二月、僕の渡米準備に北林さんがいろいろ奔走してくれていた頃、「ゆうばり国際ファンタスティック映画祭」で自分が監督した『地獄の警備員』(一九九二年製作)が上映されるので夕張に行ってみたら、そこで北林さんとバッタリ会って驚いたんです。「この映画祭もうちの会社が絡んでいるんですよ」と微笑む北林さんに、結果夕張でも手とり足とりお世話になってしまいました。北林さんは、映画宣伝会社という業務の範疇《はんちゅう》を超え、これだと思ったら一つのことを推し進める力、この人と期待をかけた人をとことんバックアップするのだという信念をお持ちの方だったようです。

サンダンスのジューン・ラボに行ったのはその年の六月で、滞在期間は約二ヶ月、参加者は十人ぐらいの若手監督でほとんどがアメリカ人。下は二〇代から一番上の方は五〇歳を超えていました。その中に特待生のような日本人監督の僕が入っていたわけです。現役ばりばりのアメリカの映画監督、プロデューサー、脚本家らが毎日やってきて、個々に希望を出した映画人とディスカッションをします。討論する内容は応募時に提出した脚本で、僕の場合は『カリスマ』。もちろん英語に翻訳されたものです。また脚本の中から場面を選び、地元のボランティアの俳優を使い、ビデオ・カメラですが実際に撮影もしました。

日本に帰ってきた僕は、北林さんにジューン・ラボについて嘘偽りなくこう話しました。「ハリウッドの映画の作り方を徹底的に教わりました。そして、半分は凄《すご》いなと思う反面、だからつまらないんだとも実感しました。確かに参加して僕の人生の中でも貴重な体験の一つだったと言えるし、カルチャーショックを受け、とても勉強になって刺激的ではあったけれど、僕はこれから、ハリウッド映画ではない映画を作っていくのだということに、確信と自信を持つことができました。それを知ったことは自分にとってとても重要なことでした」と。すると北林さんは、「それでいいんですよ。そのためにジューン・ラボに送り込んだようなものですから」と笑っていたような記憶があります。

北林さんは元々アメリカ映画が好きでしたが、好きな分、八〇年代以降のアメリカ映画は面白くないと言い、疑問を抱いていました。七〇年代のアメリカ映画の主人公はみな屈折していて、混乱しながら、でも最後には事件を解決する、そこが痛快なんだともおっしゃっていました。それに較べて九〇年代のアメリカ映画の主人公はもっとずっと単純で、もちろん痛快なことはやるんだけど、キャラクターとしては全然物足りないと感じていらっしゃったようで、僕も同感ですと言ったことを覚えています。その点、大いに誤解されているのがスピルバーグだとも。彼の映画は一見ハッピーで単純と言われていますが、決してそうじゃないと。スピルバーグのダークで複雑で屈折した部分、それでいてエンタテインメントに仕上げる技量、そういう矛盾した才能を北林さんは認めていました。僕もまったく同感で、21世紀に入ってからのスピルバーグはますます凄くなってきていると思うのですが、北林さんがどう感じていらっしゃるか、ついに聞けなかったのが残念でなりません。

その後、北林さんが映画の宣伝会社を辞めて長野に帰郷してからは年一回の年賀状のやり取りぐらいで、長野でどんな生活をしているのかも知らなかったし、いずれ東京に戻ってくるんじゃないかな、とも感じていました。だから彼が小説を執筆していたことを知ったのは亡くなった後です。

『ファントム・ピークス』を読み終わって、北林さんらしい作品だなとすぐに思いました。僕は北林さんの一面しか知りませんが、彼の大好きな七〇年代あたりのアメリカ映画の良さを抽出したような作品ではないでしょうか。まず、非常にこなれた文才のにじみ出る文章であるにもかかわらず、不必要なことは書かないストイックさが、全編にみなぎっている。そう簡単に都合よく物語が展開しないところが面白い。映画にたとえれば、予算も限られ大体の上映時間も決められた中、集中的に山場を作って、後はなるべくふせてふせて、という手法です。アメリカには映画を意識した作りの小説があるようですが、これは日本にあまりないタイプの小説だと思います。ほんとに映画の脚本に近い小説なんです。

それに、まだ何も現れていないのに何かの気配を感じさせてみたり、まだ何も起こっていないのにずっと緊張感を持続させたりするのは、小説としてはとても難しい技術じゃないでしょうか。映画の場合、効果音とか微妙なカメラワークとかで意外に巧《うま》く表現できますが、小説では書いていないことは分からないわけですから……だからよくぞここまで表現したと感心しました。

映画は、怪物が大暴れするシーンは最小限におさえないと、予算がいくらあっても足りませんん。その点小説は、人間と怪物が血みどろの死闘を繰り広げる場面をいくらでも書けるわけですが、そこをグッとおさえているところが実に映画っぽい。特に怪物と対峙《たいじ》するクライマックス、ストイックでいいですねえ。不必要なドラマ部分とか、本来劇的に見せなくちゃいけないようなところをおさえにおさえ、起こりそうな出来事を畳みかけるように、かつ的確に書いた、まるで質のいいハリウッドのアクション映画を想起させてくれます。やっぱり北林さん、映画が好きだったんだよねって、つくづく感じました。

それとテーマのひとつでもある〈人間と自然の共生〉についてもはたと膝《ひざ》を打った部分があります。僕がサンダンスのジューン・ラボに応募した『カリスマ』の脚本が、まさにそれをテーマにしていたんです。あの頃、北林さんとどういう雑談をしていたかは忘れましたが、『カリスマ』で扱った「共生とは、死ととなり合わせの非情な生き方である」という考え方には、大いに賛同してくれたことを覚えています。

その後、北林さんは実際に山の中を歩き回ったというし、自然に囲まれた中から肌で感じたことを『ファントム・ピークス』で表現していると思います。自然は基本的には恐ろしいものです。その恐ろしさを人間が引き受けないと共生なんてできない。共生するということは仲良く暮らすという意味もありますが、どっちかがどっちかを食べるという意味合いにも取れます。喰《く》うか、喰われるか……それが共生、共存なんだと思います。だから過酷なことなんです。北林さんは、『ファントム・ピークス』でそのあたりまで踏み込んで執筆したと感じました。

『ファントム・ピークス』はエンタテインメント小説のファンだけでなく、映画ファンにも受け入れられる要素が多分にあります。僕は映画に情熱を持っていた北林さんしか知りませんが、もしこの小説が映画化されたら、一番喜ぶのは彼なのかもしれません。

（本解説は、単行本時収録されたものに、大幅に加筆改稿したものです）

この作品は二〇〇七年十一月に小社より刊行された単行本を文庫化したものです。
地名、公的機関、役職等の名称については、著者執筆当時のままとしています。

ファントム・ピークス

北林《きたばやし》一《いつ》光《こう》

平成22年 12月25日　初版発行
令和7年　9月30日　24版発行

発行者●山下直久

発行●株式会社KADOKAWA
〒102-8177　東京都千代田区富士見2-13-3
電話　0570-002-301（ナビダイヤル）

角川文庫 16592

印刷所●株式会社KADOKAWA
製本所●株式会社KADOKAWA

表紙画●和田三造

●お問い合わせ
https://www.kadokawa.co.jp/（「お問い合わせ」へお進みください）
※内容によっては、お答えできない場合があります。
※サポートは日本国内のみとさせていただきます。
※Japanese text only

ISBN978-4-04-394402-6　C0193

◆◇◇

角川文庫発刊に際して

角川源義

第二次世界大戦の敗北は、軍事力の敗北であった以上に、私たちの若い文化力の敗退であった。私たちの文化が戦争に対して如何に無力であり、単なるあだ花に過ぎなかったかを、私たちは身を以て体験し痛感した。西洋近代文化の摂取にとって、明治以後八十年の歳月は決して短かすぎたとは言えない。にもかかわらず、近代文化の伝統を確立し、自由な批判と柔軟な良識に富む文化層として自らを形成することに私たちは失敗して来た。そしてこれは、各層への文化の普及滲透を任務とする出版人の責任でもあった。

一九四五年以来、私たちは再び振出しに戻り、第一歩から踏み出すことを余儀なくされた。これは大きな不幸ではあるが、反面、これまでの混沌・未熟・歪曲の中にあった我が国の文化に秩序と確たる基礎を齎らすためには絶好の機会でもある。角川書店は、このような祖国の文化的危機にあたり、微力をも顧みず再建の礎石たるべき抱負と決意とをもって出発したが、ここに創立以来の念願を果すべく角川文庫を発刊する。これまで刊行されたあらゆる全集叢書文庫類の長所と短所とを検討し、古今東西の不朽の典籍を、良心的編集のもとに、廉価に、そして書架にふさわしい美本として、多くのひとびとに提供しようとする。しかし私たちは徒らに百科全書的な知識のジレッタントを作ることを目的とせず、あくまで祖国の文化に秩序と再建への道を示し、この文庫を角川書店の栄ある事業として、今後永久に継続発展せしめ、学芸と教養との殿堂として大成せんことを期したい。多くの読書子の愛情ある忠言と支持とによって、この希望と抱負とを完遂せしめられんことを願う。

一九四九年五月三日